6. samedi suprême

Retrouvez les résumés des tomes précédents
en fin d'ouvrage.

Titre original : *Superior Saturday*
Édition originale publiée par Scholastic Inc.
© Garth Nix, 2008, pour le texte
© Éditions Gallimard Jeunesse, 2008, pour la traduction française
Couverture illustrée par John Blackford pour *Keys to the Kingdom* :
Superior Saturday, de Garth Nix © Scholastic Inc., 2008, pour l'illustration.
Reproduite avec l'autorisation de Scholastic Inc.

LES SEPT CLEFS DU POUVOIR

6. samedi suprême

Garth Nix

Traduit de l'anglais par
Alice Seelow

GALLIMARD JEUNESSE

À mes lecteurs, à mes amis éditeurs qui ont patiemment attendu que je termine l'écriture de ce livre.

Et bien sûr à Anna, à Thomas, à Edward, à ma famille, à mes amis

Prologue

Samedi, autoproclamée Magicienne Supérieure du Haut-Palais, se tenait dans son observatoire et appartement privé, au faîte de son empire, au sommet de la tour qu'elle faisait édifier depuis presque dix mille ans. Cette pièce aux murs de pur cristal se trouvait toujours au point culminant de son royaume, un peu plus élevée chaque fois que les bâtisseurs, en dessous, y encastraient un nouvel étage.

Samedi regardait, à travers la vitre battue par la pluie, la multitude de petites lueurs vertes qui chatoyaient sous ses yeux. C'était comme si la tour, haute de plusieurs kilomètres, était victime d'une pluie de vers luisants. Les taches de lumière provenaient en fait de lampes aux abat-jour verts disposées à la même place sur chaque bureau du Haut-Palais, de même que chaque bureau était situé exactement au centre d'un cube dont la partie supérieure était ouverte. Un cube en fer forgé rouge, au sol grillagé, sans plafond.

Ces cubes – qui constituaient la structure de la tour de Samedi – glissaient sur des rails verticaux et horizontaux qui montaient, descendaient, ou se déplaçaient de biais, au gré des mérites fluctuants des Autochtones qui travaillaient dans ces bureaux.

Chaque cube était tiré par des chaînes elles-mêmes actionnées par de formidables machines à vapeur en mouvement au plus profond de la tour. La construction des rails et le ravitaillement en combustible des machines étaient exécutés par des automates en bronze et par un petit nombre d'infortunés Autochtones qui avaient déçu Samedi d'une façon ou d'une autre. Mais, affligés d'un statut encore plus bas étaient les Mécanos, ces enfants du Joueur de Flûte qui huilaient et entretenaient des kilomètres de dangereux rouages à rotation intense.

Suprême Samedi contemplait son empire, pas le moins du monde émue par la vision de sa tour colossale et des dizaines de milliers de sorciers qui l'occupaient. Mais de temps en temps, cédant à l'envie qui la torturait de regarder le ciel, elle levait les yeux.

Au début, elle ne vit qu'une grande nuée, puis apparut une lueur verte, d'un vert plus sombre et plus mystérieux que celui de ses lampes. Les nuages s'entrouvrirent alors légèrement pour découvrir le plafond d'émeraude du Haut-Palais, qui se trouvait être aussi le sol des Jardins Incomparables. Samedi fit la grimace, ce qui enlaidit considérablement son visage par ailleurs extraordinairement beau. Cela faisait dix mille ans qu'elle faisait élever sa tour afin de pouvoir atteindre et pénétrer les Jardins Incomparables. Mais, quelle que soit la hauteur à laquelle sa tour s'élevait, les jardins s'éloignaient toujours davantage ; le seigneur Dimanche la narguait ainsi, tout en prenant garde à ce qu'elle soit la seule à s'en rendre compte. Si jamais le moindre de ses Autochtones osait un jour lever les yeux, le rideau de nuages se refermerait sur-le-champ.

Samedi détourna les yeux, mais la vue qu'elle rencontra alors ne lui fut d'aucun réconfort. Au loin, à la lisière du Haut-Palais, une ombre s'étirait verticalement du sol aux nuages. Plus près, une lueur verte émanait d'un grand arbre, un des quatre Drasils, ces trolls transformés en arbres, qui formaient les piliers des Jardins Incomparables.

C'était à cause d'eux que Samedi ne parvenait jamais à élever sa tour assez haut : les Drasils poussant en effet plus vite que les bâtiments ne s'édifiaient, ils soulevaient en même temps les Jardins Incomparables.

Elle avait bien essayé de freiner ou d'anéantir leur croissance avec des sortilèges, du poison et de la force brute, mais aucun de ces moyens n'avait jamais affecté les Drasils. Elle avait ordonné aux Ingénieux Fainéants et aux sorciers surnuméraires de grimper sur leurs troncs pour infiltrer le domaine du seigneur Dimanche, mais ils n'étaient jamais allés plus loin qu'à mi-hauteur, vaincus par les insectes-soldats géants qui grouillaient dans les tunnels creusés dans leur écorce. Quant à voler, c'était hors de question. Là-haut, derrière les nuages, les branches des Drasils se déployaient en tous sens, et les membres de ces arbres prédateurs étaient agiles et retors.

Telle était la situation depuis des millénaires. Samedi bâtissant, les Drasils croissant, et Dimanche distant, majestueux, tout en haut, en sécurité dans les Jardins Incomparables.

Mais tout cela avait changé lorsqu'un éternuement s'était produit à la surface d'une étoile lointaine et disparue depuis des lustres. L'Ultime Volonté, enfin libérée, avait choisi un Héritier Légitime. Dès lors, cet héritier n'avait eu de cesse de reprendre les Clefs aux Curateurs déloyaux – Arthur, pour ne pas le nommer : un jeune mortel dont la rapidité et le succès n'avaient pas seulement étonné Samedi.

Non que cette dernière s'inquiétât des triomphes du jeune garçon, vu qu'elle avait programmé l'exécution du Testament et l'arrivée d'un héritier à l'instant même où la Grande Architecte avait disparu. Le fait est qu'elle n'était pas seulement une Curatrice douée du pouvoir dont la Clef de la Grande Architecte l'avait investie, mais encore une magicienne immensément puissante et remarquable. Avec l'Ancien et la Grande Architecte, elle était la plus ancienne entité de l'univers ; à cet égard, la jalousie la rongeait. En tant que Première Autochtone que la Grande Architecte avait créée, elle estimait en effet qu'elle devait être supérieure à tout autre, y compris aux enfants de la Grande Architecte elle-même (aventure qu'elle avait décrite à l'époque). Ce n'était pas Dimanche qui devait habiter les Jardins Incomparables, mais elle, Samedi.

Tous ses actes n'avaient qu'un but : remédier à cette injustice.

Une petite toux étouffée derrière son dos la rappela aux affaires présentes. Elle se retourna, et son manteau aux éclats argentés de lune et aux scintillements de ciel étoilé tournoya autour de ses jambes fuselées. Sous ce vêtement chargé de pouvoirs magiques, Samedi portait une robe d'or semée de minuscules saphirs, et des chaussures à talons hauts en acier garnis de redoutables pointes. Ses longs cheveux bleu électrique étaient lâchés sur ses épaules et retenus au front par un bandeau doré festonné de lettres de diamants aux reflets changeants.

— Je **vous** demande pardon, Majesté, dit le nouveau venu, un immense Autochtone magnifiquement vêtu.

Quand elle se tourna vers lui, il s'agenouilla, et sa queue-de-pie recouvrit les talons de ses bottes éblouissantes.

— Vous êtes celui que j'ai choisi pour être mon nouveau Crépuscule, lui annonça Samedi.

L'Autochtone baissa la tête encore plus bas pour exprimer son accord.

– L'ancien Crépuscule était bien votre frère, issu de la même moisissure ?

– Oui, Majesté, notre aîné pour le moment.

– Bien, approuva Samedi. Il m'a bien servie, et sa dernière mission du moins fut couronnée de succès, bien qu'elle l'ait conduit à sa fin. Midi vous a-t-il informé de toutes les affaires en cours ?

– Je crois, Majesté.

Sur un petit geste de la main de Samedi, son Crépuscule se leva. Bien qu'il mesurât largement plus de deux mètres, sa maîtresse le dépassait d'une tête, sans compter la hauteur de ses talons. Malgré cela, il gardait la tête penchée, n'osant rencontrer ses yeux.

– Dites-moi : toutes mes actions s'accordent-elles bien en vue de la victoire finale ?

– Nous le pensons, la rassura le sieur Crépuscule. Si le Palais ne s'effondre pas aussi vite que nous l'avons espéré, toujours est-il qu'il s'écroule, qu'il tombe en ruine, et notre nouvelle offensive devrait accélérer les choses. Pour le moment, nos rapports établissent que le Rien a progressé jusqu'aux Confins Extrêmes et a pénétré une grande partie de l'Océan Frontalier. En outre, bien que cela ne soit pas lié à nos activités, les défenses de la montagne du Grand Labyrinthe ont subi des dégâts considérables. Sauver ces royaumes de la destruction est maintenant quasiment hors du pouvoir de dame Prima, comme l'Ultime s'appelle elle-même, et de son exécutant, Arthur.

– Bien, approuva Samedi. Et qu'en est-il des arbres ?

– Le Rien s'étend, et les racines les plus profondes des Drasils se dégradent. Leur croissance a déjà ralenti de six pour cent. Malgré cela, ils soulèvent encore les Jardins

Incomparables plus vite que nous n'arrivons à construire. Nous prédisons que lorsque la totalité des Confins Extrêmes et du Bas-Palais aura été dévorée par le Rien, nous édifierons plus vite que les arbres ne pousseront et atteindrons ainsi en quelques jours la position recherchée. Si l'effondrement du Palais se produit plus tôt, ce ne sera qu'une question d'heures.

– Excellent! s'écria Samedi avec un sourire qui étira ses lèvres laquées de bleu. J'espère que la Porte Principale restera fermée, et les ascenseurs bloqués? Je ne veux aucune ingérence de dame Prima ou du Joueur de Flûte.

– La Porte Principale demeure fermée, bien que le Lieutenant Gardien de l'entrée ait présenté une pétition devant la Cour des Jours pour qu'elle soit rouverte. Ainsi, si jamais le seigneur Dimanche…

– Dimanche reste cloîtré dans les jardins, l'interrompit Samedi. Rien d'autre ne lui importe. Il ne contrecarrera pas nos projets, nous ne lui en laisserons pas le temps.

– Vous avez tout à fait raison, Majesté, convint diplomatiquement le sieur Crépuscule. Toutes les portes des ascenseurs du Haut-Palais ont été scellées et sont sous haute surveillance, mais le bruit court que de perfides standardistes auraient installé des récepteurs dans d'autres parties du Palais.

– Laissons-les courir dans les ruines, persifla Samedi. Les sortilèges jetés sur l'escalier Imprévisible et la Clef Cinquième agissent-ils toujours?

– Quatre équipes de chacune neuf cents sorciers gardent les salles. Deux mille huit cents sorciers dirigeants attendent devant leurs bureaux, pour parer à toute manœuvre éventuelle des Clefs détenues par le Prétendant, ou à une attaque du Joueur de Flûte.

– Le Joueur de Flûte! éructa Samedi. Si seulement j'avais pu en finir avec lui il y a des siècles! Quelles sont donc les dernières nouvelles à son propos? Sommes-nous arrivés à nous débarrasser de ses fichus rats?

Le sieur Crépuscule commença prudemment:

– Nous ne sommes pas tout à fait au courant des faits et gestes du Joueur de Flûte. Il a retiré ses forces armées du Grand Labyrinthe pour, nous le supposons, les affecter dans le petit monde qu'il a créé pour ses nouveaux Moins-que-Rien. Mais nous n'avons pas encore localisé cet univers et ignorons s'il y a regroupé ses forces pour nous combattre nous, ou dame Prima.

– Nos défenses tiendront aussi bien devant le Joueur de Flûte que devant le Prétendant, déclara Samedi, confiante. Ils ne peuvent se servir ni des ascenseurs, ni de l'escalier, ni de la Clef, ni passer par la Porte Principale. Or qu'y a-t-il d'autre?

Le Crépuscule de Samedi ne dit mot mais, l'espace d'une seconde, une imperceptible ride se creusa sur son front, laquelle s'effaça aussitôt.

– Et les Rats? le pressa Samedi.

– Nous n'en avons pas vu un seul depuis cinq jours. Mais nous avons abandonné quatorze cadres inférieurs et quelques enfants du Joueur de Flûte dans les automates-pièges-à-Rats, qu'on nous a demandé de ramener.

– Non! fut la réplique immédiate de Samedi. Laissez-les là où ils sont. Je ne veux pas que ces créatures rôdent par ici.

– À ce propos, nous utilisons un grand nombre d'entre eux comme Mécanos et ouvriers à la chaîne, mais le bruit court que le Joueur de Flûte a fait se retourner quelques enfants appartenant au sieur Jeudi contre ce dernier. Nous ne voudrions pas que nos enfants se rebellent de la même façon contre nous.

– Certes, fit Samedi. Il a du pouvoir sur ses créatures, qui obéissent au son de sa flûte. Cette éventualité ne se produira pas si on l'empêche d'accéder au Haut-Palais, et nous avons absolument besoin de ces enfants pour accélérer la construction de nos bâtiments. Il n'empêche que nous devons nous préparer. Dites à Midi d'affecter un nombre approprié de sorciers surnuméraires pour prendre les enfants du Joueur de Flûte en filature – et les tuer, si j'en donne l'ordre.

– Très bien, Majesté, fit le sieur Crépuscule. Il y a autre chose…

– Oui ?

– Le Prétendant, cet Arthur Penhaligon. Nous avons entendu dire qu'il est retourné dans les Royaumes Secondaires, sur Terre. Mettons-nous en œuvre le plan d'urgence ?

Samedi eut un sourire malin :

– Oui, immédiatement. A-t-il une Clef sur lui ?

– Nous n'en savons rien, Majesté, mais étant donné les circonstances, on pourrait supposer qu'il possède au moins la Clef Cinquième.

– Je me demande si elle le protégera. Il sera intéressant de voir ce qui se passe. Dis à Pravuil d'agir immédiatement.

– Hum… (Le sieur Crépuscule toussa.) J'ai le regret de vous dire qu'on n'est pas encore samedi sur Terre, Majesté. On est à une quarantaine de minutes de minuit de vendredi, et le Palais et les Royaumes Secondaires sont pratiquement à la même heure.

Samedi hésita, évaluant la situation. L'accord entre les Curateurs était effectivement rompu, mais le traité existait encore, et si elle ou ses agents outrepassaient les pouvoirs qui leur étaient attribués dans les Royaumes Secondaires, cela pourrait entraîner des conséquences surnaturelles.

– Pravuil devra frapper juste après que les douze coups de minuit auront sonné, commanda-t-elle. À la première seconde de samedi. Voyez cela tout de suite.

– Bien, Majesté, dit le nouveau Crépuscule.

Sur une élégante révérence, il se retira pour se diriger vers l'escalier d'argent qui déroulait sa spirale jusqu'au cube situé exactement sous la Salle d'Observation.

Dès que le sieur Crépuscule fut parti, le regard de Suprême Samedi fut de nouveau attiré vers le ciel : les nuages s'écartèrent, et elle jeta un nouveau coup d'œil exaspéré mais non moins fasciné sur l'envers des Jardins Incomparables.

Chapitre 1

Il faisait sombre dehors, devant le petit hôpital privé ; de l'autre côté de la route, les lampadaires étaient éteints et les maisons semblaient hermétiquement closes. Seules deux ou trois lueurs derrière certaines fenêtres indiquaient qu'il y avait probablement des gens à l'intérieur, et que la ville avait encore l'électricité. D'autres lumières brillaient dans le ciel, mais c'étaient les feux de navigation des hélicoptères, minuscules points rouges. De temps à autre, une lumière jaillissait des projecteurs de l'un des appareils, immédiatement suivie du crépitement des mitraillettes.

À l'intérieur de l'hôpital, un éclair illumina soudain le bassin vide, accompagné d'un coup de tonnerre qui fit vibrer toutes les fenêtres et noya les bruits lointains des hélicoptères et des coups de feu. Quand la lumière de l'éclair se fut évanouie, un lent et régulier battement de tambour retentit dans les couloirs.

Dans le bureau directorial, une femme à l'air fatigué, vêtue d'un uniforme d'hôpital bleu, détourna le regard de l'écran vidéo qui transmettait les dernières terribles nouvelles et bondit sur l'interrupteur électrique du couloir. Puis, saisissant son balai à franges et son seau, elle se mit à courir. Le coup de tonnerre et le battement de tambour annonçaient l'arrivée de docteur Vendredi, et le docteur Vendredi voulait toujours que les sols soient nettoyés avant qu'elle y pose les pieds, afin de pouvoir admirer son reflet dans la surface miroitante du linoléum fraîchement lavé.

La femme de ménage traversa les salles en courant, allumant les lumières en passant. Juste avant la salle du bassin, elle jeta un coup d'œil à sa montre. Il était vingt-trois heures quinze, vendredi soir. Le docteur Vendredi n'était jamais arrivée aussi tard. De toute façon, la femme de ménage n'était pas autorisée à partir avant que le jour s'achève complètement. Non qu'il y ait quelque part où aller, avec les nouvelles mises en quarantaine en vigueur, et les hélicoptères qui tiraient sur quiconque s'aventurait dans les rues. Les nouvelles ne parlaient maintenant que d'une «solution de dernier recours» contre l'épidémie de peste qui sévissait dans la ville.

Devant la salle du bassin, la femme s'arrêta pour reprendre sa respiration. Puis elle baissa la tête, trempa son balai à franges dans le seau et poussa le tout dans la pièce, tendant le bras pour presser le bouton de la lumière sans regarder, comme elle l'avait fait tant de fois, tant de vendredis. Elle avait appris depuis longtemps à ne pas lever les yeux, de peur de rencontrer le regard de Vendredi ou d'être éblouie par son miroir.

Mais ce n'était ni Vendredi ni ses laquais qui sortaient en ce moment du sombre portail et empruntaient la rampe d'accès du bassin.

La femme de ménage vit leurs pieds nus et leurs chemises de nuit bleues d'hôpital. Laissant tomber son balai, elle leva les yeux vers eux et cria :

— Ils reviennent ! Pourtant, ils ne reviennent jamais !

Les dormeurs qu'elle avait vus entrer dans le bassin pas plus tard que ce matin, conduits par le docteur Vendredi en personne, étaient en train d'en remonter lentement, les bras tendus devant eux, dans la pose classique des somnambules qu'on voit au cinéma et à la télévision.

Mais cette fois, le docteur Vendredi n'était pas là, ni aucun de ses ridiculement grands et beaux assistants.

Enfin, la femme de ménage aperçut la jeune fille, celle qui était réveillée ce matin. Elle s'occupait du premier des dormeurs, qui était une femme, et la dirigeait vers le milieu de la rampe. Les dormeurs n'étaient pas aussi obéissants que ce matin, à moins qu'ils ne fussent pas aussi profondément endormis.

— Bonsoir ! cria l'adolescente. Vous vous souvenez de moi ?

La femme de ménage hocha silencieusement la tête.

— Je m'appelle Lilas. Et vous ?

— Vess, chuchota la femme.

— Donnez-nous un coup de main, Vess ! Nous avons réussi à remettre tout le monde au lit, en tout cas pour cette nuit.

— Et… Et le docteur Vendredi ?

— Elle est partie. Vaincue par Arthur !

Lilas fit un geste derrière elle, et la femme de ménage vit un jeune et beau garçon d'un âge proche de celui de la fille. Sa peau était éclatante de santé, ses cheveux brillants, et ses dents d'un blanc lumineux. Mais ce n'était pas ce qu'il avait de plus frappant. Car il tenait une lumière dans la main, une étoile scintillante que la femme reconnut : c'était le miroir de Vendredi.

— Seigneur ! s'écria-t-elle.

Elle s'agenouilla et courba la tête. Lilas fronça les sourcils et regarda Arthur et, à ce moment, elle le vit comme si c'était la première fois.

– Qu'est-ce qu'il y a ? fit Arthur. Allez, continue à les faire avancer, sinon il va bientôt y avoir un carambolage.

– Désolée, dit Lilas. (Elle se hâta d'écarter de la file la dormeuse qui était en tête du cortège, sa propre tante Cerise, et la prit par le bras.) C'est que… Je viens de me rendre compte que tu as l'air… que tu n'es plus le même.

Arthur baissa les yeux vers ses pieds puis les releva, perplexe.

– Tu étais un peu plus petit que moi, dit Lilas. Tu as beaucoup grandi et tu es… euh… beaucoup plus beau.

– Ah bon ? marmonna Arthur.

Quelques semaines auparavant, il aurait été ravi d'entendre qu'il avait grandi. Maintenant, cela lui faisait froid dans le dos. Il jeta un coup d'œil à l'anneau qu'il portait au doigt, celui qui indiquait exactement à quel degré son sang et ses os avaient été contaminés par la magie. Mais, avant qu'il pût estimer à quel point l'or de la bague avait gagné sur l'argent, il se força à détourner le regard. Il ne voulait pas savoir si sa transformation en Autochtone était arrivée au point de non-retour. En tout cas pas maintenant – bien que, dans son for intérieur, il connût la réponse – il n'était pas nécessaire qu'il regarde l'anneau.

– Ne t'occupe pas de ça maintenant, reprit Arthur. Nous devons installer tout le monde. Pardon, quel est votre nom, déjà ? Vess, nous aurons besoin de votre aide pour remettre tous ces dormeurs au lit, s'il vous plaît. Il y en a à peu près deux mille, et nous n'avons que Martine et Harrison pour nous aider.

– Martine et Harrison ? s'écria Vess. Je ne les voyais pas… Je les croyais morts !

– Martine et Harrison surveillaient les dormeurs dans le refuge de dame Vendredi. Attention, Lilas, ils se cognent dans la porte!

Lilas retourna doucement vers le mur et courut en tête du cortège aider les premiers dormeurs à passer la porte, appuyant sur la butée pour la maintenir ouverte. Puis elle sortit un petit cône d'argent de sa ceinture et le porta à sa bouche. C'était l'instrument qu'utilisaient les servantes de Vendredi pour diriger les dormeurs. Il amplifiait et altérait la voix de Lilas, et Vess trembla en entendant résonner celle de Vendredi.

– Marchez en direction d'un lit non occupé et postez-vous à côté, ordonna Lilas. Marchez en direction d'un lit vide, et n'en bougez plus!

Les dormeurs obéirent. Ils avancèrent tous ensemble, ayant tendance à se grouper autour d'un seul lit, se bousculant un peu, jusqu'à ce que l'un d'eux se détache et vienne se planter à côté de la tête du lit. Alors, seulement, les autres s'en allaient vers les lits disponibles. Lilas revint vers sa tante qui tournait sur elle-même, obéissant à l'ordre, tâtonnant à la recherche d'un lit.

Arthur retourna devant le bassin pour répéter l'ordre de Lilas au fur et à mesure que les dormeurs en émergeaient. Il n'avait pas besoin d'un cône d'argent pour se faire obéir, sans doute parce qu'il détenait la Clef Cinquième, ou parce que les dormeurs réagissaient au pouvoir de sa voix, toute pénétrée de l'autorité que conférait son statut d'Héritier Légitime de la Grande Architecte.

Bien qu'il ait l'apparence d'un garçon comme les autres, Arthur avait arraché cinq Clefs à cinq Perfides Curateurs, et maintenant il régnait sur la majorité du Palais, l'épicentre de l'univers. Cependant, malgré le peu de temps qui s'était écoulé, il sentait qu'il était devenu beaucoup plus vieux, et qu'il perdait de plus en plus son caractère humain.

Les dormeurs continuaient à apparaître, sortant du fond obscur du bassin qui était en réalité un passage vers un autre Royaume Secondaire, la retraite secrète de dame Vendredi. Là, elle vampirisait les souvenirs des êtres humains, les laissant inconscients, à l'état de coquilles vides. Les dormeurs qui revenaient en ce moment avaient échappé de justesse à ce destin. Ils se réveilleraient en temps et en lieu, ignorant tout de leur calvaire.

Martine, l'une des employées humaines de dame Vendredi, émergea alors. Elle fit un signe de tête à Arthur avant de s'engager sur la rampe. Son visage exprimait la peur et l'excitation mêlées. Depuis plus de trente ans, Martine avait été forcée de travailler dans la retraite de Vendredi.

Elle allait trouver le monde actuel étrange, pensa Arthur. Un monde qui devenait de jour en jour plus étrange – notamment parce que l'apparition des Autochtones et des Moins-que-Rien du Palais avait des conséquences néfastes sur les Royaumes Secondaires comme la Terre, semant la confusion sur l'environnement à différents niveaux. Ainsi le développement d'une génération spontanée de nouveaux virus mortels.

Arthur tournait ces pensées dans sa tête tout en observant les dormeurs, intervenant de temps en temps pour les faire avancer. Sa présence en possession de la Clef Cinquième allait sans doute amener des perturbations sur la Terre, peut-être même créer quelque chose d'aussi terrible que la Peste narcotique. Il ne pourrait s'y attarder, et peut-être n'aurait-il même pas le temps de retourner chez lui pour se rassurer sur sa famille. Pourtant, il était urgent qu'il s'assure que sa sœur Michaëla et son frère Éric allaient bien, urgent qu'il découvre où était sa mère, Emily, qu'il sache si elle se trouvait encore sur Terre et qui aurait pu l'enlever, si Renifleur était honnête, etc.

Une sonnerie de téléphone interrompit le cours de ses pensées. Le timbre était de plus en plus fort, de plus en plus proche. Arthur fronça les sourcils. Il n'avait pas de téléphone portable, mais ce bruit de grelot sortait de la poche de son costume en papier…

Il soupira, rangea la Clef dans sa poche, et fouilla pour voir s'il y trouvait quelque chose d'autre. Et, effectivement, ses doigts se refermèrent sur un petit tube froid qui ne s'y trouvait pas avant. Quand il le sortit, il découvrit un téléphone à l'ancienne, style chandelier, grandeur nature, avec un écouteur derrière. Jamais un tel objet n'aurait pu entrer dans sa poche, pas davantage en sortir. C'était, en d'autres mots, l'émanation d'un téléphone du Palais, qui se comportait selon ses propres règles magiques.

– Oui? fit Arthur.

– Ne coupez pas, dit une voix qui ressemblait plus à celle d'un téléphoniste humain qu'à celle d'un Autochtone. Je vous mets en ligne, monsieur.

– Qui est là? demanda une autre voix.

Une voix familière et masculine, et toujours pas celle d'un Autochtone.

– Eratzmus? fit Arthur, surpris.

Eratzmus, l'aîné de ses six frères et sœurs, était sergent-major dans l'armée. Comment pouvait-il appeler sur un téléphone du Palais?

– Arthur? Comment se fait-il que je ne te voie pas sur l'écran? Peu importe. Emily est à la maison?

– Euh, non, dit Arthur. Je ne…

– Et Éric? Et Michaëla?

Eratzmus parlait très vite, sans laisser le temps à Arthur de placer un seul mot, aussi ne put-il pas lui expliquer qu'il n'était pas à la maison, même si c'était le numéro qu'il avait composé.

– Non, ils ne sont pas…

– Parce que…

La voix d'Eratzmus s'évanouit une seconde, puis revint, avec un débit encore plus rapide qu'avant.

– OK… Tu vas prendre des bouteilles d'eau, des boîtes de conserve, un ouvre-boîtes, des vêtements chauds, et descendre le plus vite possible à la cave, mais pas dans plus de dix minutes, dix minutes maximum, d'accord ? Enferme-toi là et n'en bouge pas. Tu sais où sont Emily et les autres ?

– Non ! Que se passe-t-il ?

– Le général Pravuil vient juste d'arriver : il a ordonné le lancement de quatre petites bombes atomiques contre ce qui reste de l'hôpital du Secteur Est, à minuit une. Une fois dans la cave, tu seras en sécurité, il suffit que tu n'en sortes pas jusqu'à mon arrivée. Je fais partie du groupe de nettoyage…

– Quoi ! s'exclama Arthur. Des bombes atomiques ! Je ne te crois pas. L'armée va bombarder une partie de la ville ! Mais il doit y avoir des milliers de gens…

– Arthur ! Je ne devrais même pas être en train de te parler ! Ne perds pas de temps !

Arthur perçut un accent désespéré dans la voix d'Eratzmus.

– Impossible d'arrêter ça, le général a déjà pris toutes les mesures : l'hôpital est décrété, en vertu de la loi Creighton, propagateur de peste. Allez, vite, prends de l'eau, de la nourriture et des couvertures avec toi, et descends immédiatement à la cave !

Sur ces mots, la communication fut coupée. Le téléphone commença à disparaître dans la main d'Arthur, ses contours fondirent, et l'objet devint froid, presque irréel.

– Restez en ligne, ordonna Arthur. (Il serra plus fort le combiné.) Je veux passer un appel !

Le téléphone se resolidifia. Il y eut un son, une sorte de chœur lointain, suivi d'un cri indistinct. Puis une lumière, et une voix au timbre argentin :

– Ici notre central téléphonique. Nous ne nous soucions pas de ce que dit Samedi. Je suis le standardiste.

– Ici, Lord Arthur. S'il vous plaît, je dois parler d'urgence au Dr Scamandros. Je ne sais pas exactement où il se trouve, probablement dans le Bas-Palais.

– Oh, Lord Arthur! C'est un peu délicat, pour l'instant. Mais je vais faire de mon mieux. Ne quittez pas, je vous prie.

Arthur baissa le combiné et regarda autour de lui. Pas d'horloge en vue, et il n'avait aucune idée de l'heure qu'il pouvait être. Aucune idée non plus de la distance entre cet hôpital privé et l'hôpital du secteur Est – qui était peut-être à deux pas d'ici. Lilas, Martine et Vess étaient dans les autres salles en train d'installer les dormeurs dans leurs lits : personne ne pouvait donc le renseigner. Une légion de vieillards continuait de passer devant lui en traînant les pieds.

Arthur remonta la rampe, frôlant de près les dormeurs qui oscillaient, leurs pieds raclant le sol. Il porta l'écouteur à son oreille, mais maintenant il n'entendait plus rien, pas même la clameur en arrière-fond.

– Lilas! Lilas! Quelle heure est-il? cria-t-il en direction de la porte.

Puis, baissant la voix, il insista :

– Je dois parler au Dr Scamandros! Vite, je vous en supplie!

Chapitre 2

Lilas revenait en courant pendant qu'Arthur fonçait vers la porte, si bien qu'ils se rentrèrent dedans. Sous le choc, ils bousculèrent plusieurs dormeurs. Il leur fallut un petit moment pour les remettre en rang, ce que tenta de faire Arthur sans lâcher le téléphone.

— Quelle heure est-il ? insista-t-il.

— Quelle heure ? Aucune idée ! s'esclaffa Lilas. En tout cas, il fait nuit dehors.

— Demande à Vess, vite ! L'armée va bombarder l'hôpital du secteur Est à minuit une, samedi !

— Quoi ? hurla Lilas.

— Je peux probablement faire quelque chose, ajouta Arthur à toute allure. Je dois prévenir le Dr Scamandros et lui demander à quelle distance nous sommes du secteur Est !

Lilas partit en courant. Ayant cru entendre quelque chose, Arthur pressa son oreille plus fort contre le combiné. Mais il n'entendit pas d'autre bruit que celui des pas traînants des dormeurs qui passaient lentement devant lui. Le téléphone n'émettait aucun son.

– Allez, allez, chuchota nerveusement Arthur, à la fois dans le téléphone et à l'adresse des dormeurs.

Il avait une vague idée de ce qu'il pouvait faire, mais il fallait absolument qu'il en parle avec le Dr Scamandros pour savoir exactement comment s'y prendre et éviter les éventuelles conséquences fâcheuses de ses initiatives.

Aucune réponse ne lui parvint. Mais Lilas revenait maintenant en courant.

– On est vendredi soir, et il est minuit moins dix! cria-t-elle. Et nous sommes à moins d'un kilomètre du secteur Est. Ce petit hôpital était une annexe du grand il y a des années!

Elle dérapa en s'arrêtant à côté d'Arthur et demanda dans un souffle, paniquée:

– Qu'est-ce que tu vas faire? Nous n'avons plus que dix minutes!

– Allô! hurla Arthur dans le téléphone. Je dois parler au Dr Scamandros! Tout de suite!

Pas de réponse. Arthur serra le téléphone encore plus fort, impatient d'être mis en liaison, mais cela n'eut aucun effet.

– Plus que neuf minutes, le pressa Lilas. Il faut absolument que tu fasses quelque chose, Arthur!

Arthur jeta un coup d'œil à l'anneau crocodile, ce qui n'échappa pas à Lilas.

– Peut-être que Scamandros se trompe sur cette histoire de contamination magique, le rassura-t-elle. Et peut-être que la mesure de l'anneau n'est pas fiable.

– C'est bon, lui dit calmement Arthur. J'ai déjà réfléchi à tout cela. Tu sais pourquoi l'Ultime m'a choisi pour être l'Héritier Légitime, et comment elle a dupé maître Lundi? J'allais mourir… C'est la Clef Première qui m'a sauvé…

– C'est vrai, je m'en souviens. Mais maintenant, nous allons tous mourir, si tu ne trouves pas de solution!

– Mais je *vais* faire quelque chose! C'est exactement ce

que je suis en train de t'expliquer. J'ai compris que j'allais mourir de toute façon et que, tout ce que j'ai vécu, tout ce que je vis à partir de maintenant, est en quelque sorte un cadeau. Et que même si je me transforme en Autochtone, je serai au moins en vie, je pourrai aider les autres et…

– Arthur, je comprends! Mais fais quelque chose, je t'en supplie! Nous parlerons de ça plus tard!

– D'accord.

Arthur laissa tomber le téléphone. Dans sa chute, l'objet se transforma en une pluie de minuscules points de lumière qui s'éteignirent avant de toucher le sol.

Arthur prit une profonde inspiration et, l'espace d'un instant, s'émerveilla de l'aisance de sa respiration ; son asthme disparaissait en même temps que son humanité, ainsi que toutes les fragilités de sa condition humaine au fur et à mesure de sa transformation en immortel. Il sortit le miroir (autrement dit la Clef) de sa poche, et le tint devant son visage. Une lumière intense rayonna autour du miroir, mais Arthur put voir sans être aveuglé le reflet de son propre visage transformé, son nez plus régulier, ses dents plus blanches, ses cheveux plus soyeux.

Lilas se protégea les yeux de son bras replié, et même les dormeurs détournèrent la tête, serrant plus fort les paupières tout en continuant à avancer.

«J'espère vraiment que ça va marcher, pensa Arthur. Ça doit marcher. Mais j'aurais vraiment aimé avoir le Dr Scamandros, au cas où…»

Arthur grimaça, chassa cette voix intérieure angoissée, et se concentra sur ce qu'il voulait faire faire à la Clef. Parce que c'était plus naturel et que cela lui semblait plus efficace, il lui parla tout haut:

– Clef Cinquième de la Grande Architecte! Moi, Arthur Penhaligon, Héritier Légitime de la Grande Architecte…

Je… Je souhaite que tu abrites cette ville dans une bulle qui l'isole de la Terre, pour protéger les habitants de tout mal qui pourrait leur être fait… et… euh… c'est tout… merci.

Le miroir émit une nouvelle lueur très vive et, cette fois, Arthur plissa les yeux. Quand il les rouvrit, il se sentit momentanément instable sur ses pieds et, pour retrouver son équilibre, il dut étendre les bras comme un funambule. En cet instant, tout le monde avait cessé de bouger. Lilas et le cortège des endormis étaient immobiles, figés comme sur un instantané. De nombreux dormeurs avaient un pied légèrement levé, position que personne ne pourrait tenir dans des circonstances normales.

Le silence régnait. Arthur n'entendait plus ni les hélicoptères, ni les coups de feu, ni aucun autre bruit. C'était comme se trouver dans un musée de cire après l'heure de la fermeture, entouré de statues aux poses diverses.

Il glissa le miroir dans sa poche et se passa les doigts dans les cheveux – lesquels étaient devenus considérablement longs, plus qu'il l'aurait souhaité, même s'ils ne lui tombaient pas dans les yeux.

– Lilas ? se hasarda-t-il en tapotant l'épaule de son amie. Lilas ? Tu vas bien ?

Lilas ne bougeait pas. Arthur regarda son visage. Ses yeux étaient ouverts mais ses pupilles restèrent fixes quand il passa un doigt devant. Il ne pouvait même pas savoir si elle respirait.

Une peur soudaine s'empara de lui. « Je les ai tués, pensa-t-il. Je voulais les sauver, et je les ai tués… »

Il toucha à nouveau l'épaule de Lilas. Un faible halo de lumière rouge émanait de ses doigts, mais elle ne bougeait pas, ne réagissait pas.

Arthur recula de quelques pas pour observer la scène. Une lueur rouge entourait chaque dormeur. Quand il s'approcha pour les toucher, elle irradia un instant. Arthur ignorait ce que signifiait cette lueur, mais il la trouva plutôt rassurante : elle évoquait une incidence magique et lui suggérait qu'il n'avait peut-être pas tué tout le monde.

« Mais je ne sais même pas si je nous ai protégés des bombes atomiques, pensa-t-il. Quelle heure peut-il être ? »

Il se précipita dans le couloir, traversa deux salles et déboucha dans le hall. De là, il mit une minute pour trouver le bureau et l'horloge, qui venait précisément de s'arrêter sur vingt-trois heures cinquante-sept, l'aiguille des minutes tremblotant près du chiffre douze. L'horloge était elle aussi auréolée d'une lueur rouge, et les aiguilles des heures et des minutes projetaient des ombres fantomatiques et écarlates.

Arthur se rua vers la sortie. Les portes se refermèrent derrière lui dans un bruit funèbre. Il s'arrêta d'un coup, dérapant devant la rampe d'accès aux handicapés : tout baignait dans une lumière écarlate. C'était comme regarder le monde à travers des lunettes rouges par une journée embrumée, car le noir du ciel avait été remplacé par un rouge uniforme et vibrant, sur lequel il était impossible de fixer les yeux, comme un feu de circulation qu'on regarderait de trop près.

« Je crois avoir fait quelque chose, pensa-t-il. Mais quoi exactement ?... »

Il marcha un peu plus loin, jusqu'au parking. Là, il aperçut quelque chose dans le ciel, qu'il fixa quelques secondes avant de comprendre que c'était un hélicoptère de combat. Un hélicoptère immobile. C'était comme une maquette plantée sur un câble de fer, suspendue dans un ciel barbouillé de rouge.

Figée dans le temps.

« C'est cela. J'ai arrêté le temps. C'est pour cela qu'ils sont tous statufiés. C'est de cette façon que la Clef protège les habitants de la ville... »

Si le temps s'était seulement arrêté ou suspendu à l'intérieur d'une bulle qui protégeait la ville, un autre pouvoir pourrait certainement lui faire reprendre son cours. Ce qui signifiait que l'attaque nucléaire sur l'hôpital du secteur Est n'était pas enrayée. Il n'avait pas sauvé la ville de l'assaut, il l'avait juste repoussé…

Il regarda l'étrange rue déserte noyée dans la lumière rouge, et se demanda s'il ne devrait pas courir jusqu'à chez lui pour s'assurer que sa famille allait bien. Peut-être pourrait-il les emmener dans la cave… Mais, s'il le faisait, il perdrait un temps précieux qu'il pourrait employer plus judicieusement à essayer de trouver comment protéger les autres. Il ne pouvait pas protéger tout le monde du danger.

Il avait fait gagner un moment de répit à la ville, qu'il pouvait prolonger en retournant au Palais. S'il partait maintenant, il pourrait revenir à la même heure, quand bien même il passerait des jours voire des semaines au Palais.

« C'est une possibilité, mais pas une certitude, fut l'implacable pensée qui traversa Arthur. J'aimerais comprendre la relativité du temps. J'aimerais savoir utiliser le pouvoir des Clefs. J'aurais aimé ne jamais, jamais être mêlé à tout ça… »

Il s'interrompit.

– Mais si je ne l'étais pas, je serais mort, reprit-il tout haut. Je dois tout simplement continuer.

« Continuer, pensa-t-il. Et regarder les choses en face. »

Il regarda sa main et examina l'anneau crocodile. Malgré cette étrange lueur rouge, il le voyait nettement. Les yeux de diamant du crocodile étaient menaçants, obscurs comme du sang noir ; le rose initial avait disparu. Les dix sections de son corps, chacune marquée d'un chiffre romain, enregistraient le degré de contamination magique de son sang et de ses os. Si plus de six sections passaient de l'argent à l'or, Arthur serait à jamais contaminé par la sorcellerie et irrémédiablement destiné à devenir un Autochtone.

Arthur tourna lentement l'anneau pour voir jusqu'où l'or

avait progressé, comptant dans sa tête : « Un, deux, trois, quatre, cinq… » Il savait qu'il était déjà allé jusque-là. En tournant encore l'anneau, il se rendit compte que l'or avait complètement envahi le cinquième segment, et même débordé sur le sixième.

« Je vais… Je vais devenir un Autochtone. »

Arthur, angoissé, inspira profondément et regarda encore, mais ne vit aucun changement sur l'anneau. Les six segments étaient dorés. Il était devenu immortel à soixante pour cent.

– Pas question que je m'en aille ! déclara Arthur au monde rouge qui l'entourait. Il est temps que je me remette au travail.

Il détourna les yeux de l'anneau puis sortit la Clef de sa poche et la leva devant son visage. Selon dame Prima, le miroir de dame Vendredi pouvait le transporter dans n'importe quel endroit connu de lui dans le Palais, dès lors qu'il s'y trouvait une surface qui réfléchissait la lumière.

Arthur imagina la salle du trône dans le Bas-Palais, la grande salle d'audience où il avait rencontré dame Prima avant qu'il ne soit affecté dans l'Armée de la Grande Architecte. L'antichambre de Lundi était le lieu qu'il pouvait le plus facilement se représenter, car il y avait peu de soldats dans cette pièce somptueusement décorée, au sol et aux murs tapissés de marbre miroitant.

– Clef Cinquième, emmène-moi dans la salle du trône, dans l'Antichambre de Lundi !

La Clef vibra dans la main d'Arthur et un rayon de lumière blanche en jaillit, balayant tout le rouge. Elle dessina un rectangle aux contours parfaitement droits, qui avait la forme exacte d'une porte.

Arthur traversa le rectangle de lumière et disparut de sa propre ville, puis de la Terre.

Peut-être à jamais.

Chapitre 3

La salle du trône était vide. Par ailleurs, elle se présentait aux yeux d'Arthur exactement comme la dernière fois qu'il l'avait vue : une sorte d'immense et luxueuse salle de bains d'hôtel, d'un style plutôt douteux. Elle avait la dimension d'un théâtre, et ses murs, son sol et son plafond étaient uniformément recouverts d'un marbre blanc veiné d'or qui brillait comme un miroir et pouvait sans aucun doute réfléchir de la lumière.

La grande table ronde en fer forgé rouge était toujours au centre de la pièce, entourée de ses cent fauteuils blancs à dossier haut. En face, le propre trône d'Arthur en fer forgé doré, à côté du fauteuil de dame Prima aux couleurs de l'arc-en-ciel.

— Il y a quelqu'un ? cria Arthur.

Sa voix emplit le vide, et seul l'écho lui répondit. Il soupira et marcha à grandes enjambées vers la porte, ses pas produisant un autre écho derrière lui, qui lui donna l'impression d'être talonné par une foule de petites créatures.

À l'extérieur, le couloir était toujours envahi de milliers de liasses de papier, toutes attachées par un ruban rouge et empilées comme des briques. Contrairement à la fois précédente, nul sergent commissionnaire ne se tenait au garde-à-vous entre chaque pile de papier.

— Il y a quelqu'un ? insista Arthur.

Il courut le long du couloir, s'arrêtant devant chaque porte pour vérifier si elles s'ouvraient sur l'extérieur. Il en trouva une tout au bout, maintenue entrouverte par une cale. En partie cachée derrière des liasses de papier, il n'aurait jamais pu la découvrir si l'une de ces piles ne venait pas de s'écrouler.

Toujours pas le moindre Autochtone en vue. Arthur passa le seuil de la porte entrouverte et longea un autre couloir vide, ouvrant des portes mais ne rencontrant personne derrière.

— Il y a quelqu'un ? criait-il régulièrement.

Mais jamais aucune réponse.

Il arriva finalement devant deux hautes portes voûtées en chêne, toutes deux barricadées. Il souleva sans peine la traverse – qui devait peser au moins une centaine de kilos – sans même s'étonner d'être devenu si incroyablement fort. Une fois la barre soulevée, il ouvrit facilement la porte.

Cette porte donnait sur l'extérieur. Arthur s'attendait à voir le lac et le bord du cratère qui environnaient l'antichambre et, au-dessus, le plafond du Bas-Palais. Or rien de cela. Rien qu'une énorme vague incurvée de Rien qui s'élevait au-dessus de lui, une vague qui avait déjà tout dévoré sauf la petite villa derrière lui. Il avait l'impression d'être perché au sommet d'une colline, dernier morceau de terre non inondée après un tsunami. Mais la vague arrivait, colossale, haute comme un mur, et bientôt elle s'écraserait sur ce dernier refuge pour le détruire.

Arthur se mit à courir, le cœur battant, la bouche sèche. Mais après ce premier mouvement de panique, il s'arrêta et se retourna. La vague de Rien descendait sur lui, et il n'avait pas le temps de s'enfuir. Il douta que la Clef puisse le protéger d'un si puissant afflux de Rien, du moins pas tant qu'il n'utiliserait pas directement son pouvoir.

«Il faut que je fasse quelque chose», se dit-il.

Aussitôt eut-il formulé cette pensée qu'il obtint la réponse.

Quand la vague de Rien s'écrasa sur lui, il leva le miroir et le tint haut, très haut vers le ciel crépusculaire.

– Stop! cria-t-il, la voix rauque, tendue, totalement concentré sur sa tentative d'arrêter le tsunami de Rien. Stop! Par le pouvoir des Clefs que je détiens, j'ordonne au Rien de renoncer! Palais, résiste aux abysses du Rien!

Une lumière blanche, aveuglante jaillit du miroir, projetant des rayons incandescents dans le ciel incendié, frappant le déluge de Rien, éclaboussant les ténèbres, petits points scintillants dans le vide.

Arthur sentit une grande douleur lui traverser le cœur, qui s'étendit jusqu'à ses bras et ses jambes. Puis ses jointures produisirent d'affreux bruits de craquement, et il ne put s'empêcher de serrer fort les paupières et de crier quand ses dents se repositionnèrent parfaitement dans sa mâchoire, laquelle se mit à bouger, sans compter les os de son crâne qui se mirent à glisser les uns contre les autres.

Cependant, même terrassé, à genoux, il continuait à tenir le miroir très haut au-dessus de sa tête. Il se servait de sa douleur, la canalisait pour alimenter sa concentration, dirigeant toute sa volonté contre le flot de Rien.

Puis ce fut trop. Arthur fut incapable de supporter plus de souffrance et de poursuivre son effort. Il tomba en avant, face contre terre, et ses cris se transformèrent en sanglots étouffés. Ses forces l'abandonnaient. Il laissa tomber la Clef sur l'étroite bande d'herbe, tout ce qui restait des pelouses qui avaient un jour bordé la villa.

Il était là, étendu sur le ventre, assommé, attendant l'anéantissement, sachant qu'il avait échoué et que, lorsqu'il mourrait, le reste de l'univers suivrait. Tout ce qu'il aimait serait détruit, sur la Terre, dans le Palais, et dans les autres mondes.

Une minute passa, puis une autre. Mais aucun signe d'anéantissement. La douleur dans ses os faiblit. Il gémit et se retourna sur le dos. Il affronterait le Rien plutôt que de se laisser moucher par lui comme une chandelle et rester étendu dans l'herbe, vaincu.

La première chose qu'il vit, loin d'être le début d'une désagrégation, fut un lacis de lumière chatoyante qui se déploya dans le ciel, une délicate dentelle lumineuse qui, tel un filet, retenait les ténèbres menaçantes. Arthur sentait encore la pression du Rien, du vide infini qui luttait contre cette résistance. Car le Rien savait qu'il viendrait bientôt à bout de ce réseau de lumière, et qu'il continuerait sa progression.

Arthur ramassa le miroir et essaya tant bien que mal de se remettre debout. Le sol lui semblait plus bas que d'habitude et il perdit un instant l'équilibre, vacillant sur place. Il secoua la tête et, quand sa sensation de vertige eut disparu, il courut vers les portes. Il y avait un téléphone dans la bibliothèque, il le savait; il devait absolument appeler pour savoir quelle zone était déjà anéantie par le Rien. Il ne voulut pas penser à ce qui pourrait lui arriver s'il se servait de la Clef pour qu'elle l'entraîne tout droit dans le vide, quoique cela ait sûrement l'avantage d'être rapide…

« Ou bien la Clef me protégerait encore un moment, assez longtemps pour que je puisse sentir le Rien dissoudre ma chair… », pensa-t-il, envahi d'une nausée soudaine.

Il remonta à fond de train le couloir principal et s'arrêta devant une porte qui ne lui était pas inconnue. Il la franchit, grimpa les marches quatre à quatre, si vite qu'il se cogna contre le mur de l'escalier en colimaçon. Arrivé en haut, il trouva un autre couloir lui aussi encombré de piles d'archives dont le support n'était pas du papier, mais du papyrus ou du cuir séché. Une grande plaque commémorative était couchée sur le sol, entravant le passage. Il dut s'arrêter pour la soulever, ce qui lui fit perdre un peu de temps, aussi ne prit-il pas la peine de tourner la poignée de la porte pour l'ouvrir : un bon coup de pied suffit.

Il se retrouva dans la bibliothèque.

La pièce était vide, et pas seulement d'Autochtones. Les livres avaient disparu des étagères, les confortables fauteuils de cuir et le tapis n'étaient plus là. Même le cordon écarlate que Renifleur avait tiré pour découvrir la pièce heptagonale qui abritait l'horloge aux sept cadrans s'était volatilisé. La pièce, elle, devait encore exister, derrière la bibliothèque.

Quant au téléphone, auparavant posé sur la desserte, il s'était également évaporé.

Arthur éprouva alors un certain découragement. Il sentait la pression qui s'exerçait dehors, lancinante, il la sentait contre son front, comme une douleur aux sinus. Il savait que c'était le poids du Rien qui luttait pour rompre les liens qui l'emprisonnaient, et ce poids était là, dans son esprit, si accablant qu'il avait du mal à organiser ses pensées.

– Téléphone…, marmonna-t-il en tendant la main droite, la précieuse Clef dans la gauche. Je voudrais un téléphone, s'il vous plaît. J'en ai besoin. Maintenant.

Séance tenante, un téléphone apparut dans sa main. Arthur le posa par terre et s'assit à côté ; il pressa l'écouteur contre son oreille et se pencha pour parler dans le récepteur. Il entendit des craquements et des bourdonnements, et au loin quelqu'un qui chantait « *Line-drops are lining up tonight* » sur l'air de *Raindrops keep falling on my head*.[1]

— Allô, je suis Lord Arthur. Je veux parler à dame Prima. Ou à Renifleur. Enfin bref, à quelqu'un.

Le chant s'arrêta brusquement, remplacé par une petite voix douce qui évoquait un bruissement de papier.

— Mais d'où appelez-vous ? Cette ligne n'est reliée techniquement… hum… à rien.

— Du Bas-Palais, l'informa Arthur. S'il vous plaît, je suis sur le point d'être englouti par le Rien, et je dois absolument savoir où trouver refuge.

— Plus facile à dire qu'à faire, répondit la voix. Avez-vous essayé de relier une ligne téléphonique inexistante à un standard disparu ?

— Non, dit Arthur.

Quelque part dehors, il entendit un son qui ressemblait à celui d'une corde de guitare qu'on pinçait. Il eut un haut-le-cœur. Son réseau de lumière, sa défense contre l'envahissement du Rien Brut était en train de se rompre.

— Je vous en prie, vite !

— Je peux vous mettre en relation avec le Dr Scamandros, ça vous va ? proposa le standardiste. Vous vouliez le joindre, c'est inscrit ici…

— Où est-il ? balbutia Arthur.

— Dans la Mine, et ça, c'est un peu bizarre, fit remarquer le standardiste. Car rien n'est plus en liaison dans le Bas-Palais… Mais les détournements surnaturels n'ont jamais été mon fort… Je vous mets en liaison ? Allô… Allô… Vous êtes là, Lord Arthur ?

---

1 La chanson est celle du film *Butch Cassidy et le Kid. (Note de l'éditeur : Des gouttes de pluie me tombent sur la tête. Quant à : Line-drops are lining up tonight : Jeu de mots avec Raindrops. Littéralement «Les petits mots s'alignent cette nuit», mais aussi, vu le contexte : Les coupures de ligne se succèdent cette nuit.*

Arthur laissa tomber le téléphone et se leva sans attendre d'en savoir davantage. Il se concentra sur le miroir, dans l'espoir de voir apparaître la surface miroitante d'une flaque d'eau dans la Mine, si tant est qu'il y en eût une, et une source de lumière.

Il fut un instant distrait par la vue de son propre visage, qui lui était à la fois étranger et familier. Familier, parce qu'il était fondamentalement le même que chaque fois qu'il s'était regardé dans une glace, et étranger parce qu'il y décelait de nombreux petits changements : ses pommettes étaient plus saillantes, la forme de sa tête légèrement différente, ses oreilles plus petites…

– La Mine ! cria Arthur dans le miroir, à la fois pour oublier les pensées qui lui traversaient alors l'esprit, et pour passer enfin à la tâche urgente : trouver une issue, un lieu où s'échapper avant que le Rien ne détruise l'antichambre de Lundi.

Son image vacilla et fut remplacée par une scène qui montrait dans la pénombre une lampe à huile posée sur un livre relié en cuir de l'épaisseur de plusieurs briques, lui-même posé au sommet d'une pyramide de morceaux de charbon quelque peu effondrée. La lueur de la lampe était faible, mais Arthur aperçut quelqu'un à côté de la pyramide, qui lançait une canne à pêche. Arthur ne voyait que les mains du lanceur garnies de deux manchettes jaune moutarde, et il le reconnut sur-le-champ.

– Clef Cinquième, ordonna Arthur, emmène-moi dans la Mine, auprès du Dr Scamandros.

Comme précédemment, une porte rayonnant d'une lumière blanche apparut devant lui. En la franchissant, il sentit le filet de lumière se déchirer, et le torrent de Rien enfler derrière lui.

Quelques secondes après, les derniers vestiges du Bas-Palais avaient cessé d'exister.

Chapitre 4

Arthur apparut, surgi de nulle part, à côté d'une pyramide de charbon. Il surprit un petit Autochtone chauve
vêtu d'une redingote jaune qui, de frayeur, laissa tomber
sa canne à pêche, fit un bond en arrière et tira de sa poche
un boulet en bronze qui fumait et avait tout l'air d'une
grenade.

– Docteur Scamandros! cria Arthur. C'est moi!

– Lord Arthur!

Les trompettes tatouées sur le front du Dr Scamandros
explosèrent en un déluge de confettis. Alors qu'il s'efforçait
d'éteindre la mèche de la grenade, une flamme ondula le
long de ses doigts et se mit à brûler. De la fumée sortit en
gros nuages de l'infernal engin.

– Scamand…, bafouilla Arthur.

Mais le sorcier jetait déjà son boulet fumant derrière une
gigantesque pyramide de charbon, à quatre mètres de là.

– Une seconde, Lord Arthur.

Un bruit assourdissant se produisit, puis il y eut un grand souffle d'air suivi de près par une explosion de fumée et de poussière de charbon qui s'éleva en spirales dans le ciel. Un instant plus tard, une pluie de charbon tomba, et des morceaux de la taille d'un poing s'écrasèrent dangereusement aux pieds du sorcier et du garçon.

– Je vous demande pardon, Lord Arthur. (Haletant, le Dr Scamandros s'agenouilla, et des nuages de poussière de charbon s'enroulèrent en volutes autour de ses épaules.) Bienvenue.

– Je vous en prie, docteur Scamandros, relevez-vous.

Arthur se pencha pour aider l'Autochtone à se relever. Le Dr Scamandros était étonnamment lourd, du moins considérablement alourdi par le contenu des poches de son pardessus jaune.

– Qu'est-ce qui s'est passé? l'interrogea Arthur. Je suis retourné dans l'antichambre de Lundi, et il y a eu cette énorme vague de Rien! Heureusement que j'ai pu la retenir assez longtemps pour lui échapper!

– Je crains de n'avoir pas très bien saisi ce qui s'est passé, répondit Scamandros. (Les tatouages de son visage se transformèrent en une tribu de singes déboussolés qui se mirent à tourner en rond sans discontinuer de son menton à l'arête de son nez, trébuchant dans leur course.) Je suis ici depuis que nos chemins se sont séparés dans la retraite de dame Prima, il y a quelques jours. Elle a voulu que je me penche sur des phénomènes inhabituels, parmi lesquels la croissance soudaine de certaines fleurs et un puissant arôme d'essence de rose. Ce fut en quelque sorte un intermède paisible, cependant je dois dire que l'essence de rose n'est plus ce qu'elle…

S'apercevant qu'Arthur fronçait les sourcils, l'Autochtone revint à la situation présente:

— Euh… C'est que… il y a une heure à peine, j'ai senti la terre trembler sous mes pieds, et peu après un brutal assaut de Rien a anéanti au moins un tiers de la Mine. Par chance, ce n'était pas le tiers où je me trouvais à ce moment-là! J'ai tout de suite essayé de joindre dame Prima dans la Citadelle, mais toutes les lignes avaient été coupées. Je n'ai pas pu appeler d'ascenseur non plus. Les quelques petites expériences que j'ai menées m'amènent à conclure ceci: Un… (Il tendit trois doigts noircis par la fumée, les refermant l'un après l'autre au fur et à mesure qu'il égrenait ses points.)… Les défenses contre le Rien dans les Confins Extrêmes ont dû brusquement s'effondrer, ce qui a permis un violent assaut du Rien. Deux: Si vous rencontrez une vague de Rien aussi haute que l'Antichambre de Lundi, alors il est vraisemblable que la totalité des Confins Extrêmes et du Bas-Palais ont été détruits. Mais voici un point plus clair, que j'appellerai le point Trois: Si vous obtenez un standardiste, c'est que le rempart entre le Bas-Palais et le Moyen-Palais a tenu. Du moins, qu'il résiste pour l'instant, même si tout a disparu en dessous.

— Tout? Mais là où nous sommes maintenant, s'étonna Arthur, c'est une partie du Bas-Palais… Comment se fait-il qu'il n'ait pas… disparu?

— La prison de l'Ancien est très solide, expliqua Scamandros.

Il pointa l'index en direction d'une petite lueur bleue. Arthur vit qu'elle provenait du cadran de l'horloge où l'Ancien était enchaîné.

— La Grande Architecte a dû rendre cette zone quasi indestructible pour pouvoir garder l'Ancien sous son contrôle. Grâce à sa résistance, elle a tenu contre l'assaut initial du Rien. Mais maintenant, elle n'est plus qu'un petit îlot perdu dans le vide. Car le vide nous environne, et nous isole complètement du reste du Palais. Très intéressant… Néanmoins je dois avouer que je suis soulagé que vous soyez ici, Lord Arthur. Sans vous, je crains que…

Scamandros s'interrompit. Les singes tatoués baissèrent la tête et se transformèrent lentement en vagues pyramides de pierre, sortes de mémoriaux pour les morts.

— Je crains que la situation actuelle, intéressante cela va sans dire, ne nous soit peut-être fatale dans un espace de temps relativement bref, étant donné que le Rien dévore notre petit refuge à la vitesse approximative d'un mètre et demi à l'heure.

— Mais vous disiez justement que cette zone est indestructible, qu'elle peut résister à tout! releva Arthur.

Il scruta l'obscurité, mais ne put dire s'il percevait la progression du Rien ou si c'était parce qu'il ne pouvait voir au-delà de la faible lueur de la lanterne posée sur le tas de charbon.

— En fait, seule la zone qui entoure immédiatement l'horloge doit être à l'épreuve du Rien Brut, exposa Scamandros. Mais, voyez-vous, avant votre arrivée, je me demandais ce qui était pire : se faire rouer de coups par l'Ancien ou se laisser dissoudre par le Rien.

— L'Ancien ne vous tabasserait pas… enfin si… effectivement, il pourrait le faire, rectifia Arthur. Il déteste les Autochtones.

Il cessa de parler et tourna les yeux vers la lueur bleue, tandis que des souvenirs de sa toute première rencontre avec l'Ancien lui revenaient à l'esprit. Il ressentit la sensation qu'il avait éprouvée à la vue de la chaîne pendue au cou du vieillard.

— J'espère qu'il me parlera encore, reprit-il. Tant que j'y suis, j'aimerais lui poser quelques questions.

Le Dr Scamandros regarda Arthur avec des yeux de

hibou. Ses demi-lunes, qui permettaient à son troisième et à son quatrième œil de converger dans une même direction, étincelaient sur son front.

— Il est vrai que l'Ancien éprouve une grande affection à l'égard des mortels. Quoique je ne pense pas que vous soyez encore mortel. Qu'indique donc… mon anneau ?

Arthur regarda son doigt. L'or avait progressé jusqu'au septième segment.

— Contaminé à environ soixante-dix pour cent, constata Arthur. J'espère que l'Ancien saura reconnaître le quart d'humanité qui reste en moi.

— Peut-être vaudrait-il mieux que nous nous en allions, suggéra Scamandros. Cependant, je vous assure, vous avez encore de la marge, l'anneau a encore…

— Il faut absolument que j'essaie au moins d'obtenir certaines réponses de sa part, le coupa Arthur. Si je garde mes distances, tout se passera bien. Ensuite, nous monterons à la Citadelle pour que dame Prima nous explique ce qui se passe. Au fait, je voudrais vous poser une question à propos d'un moment que j'ai passé sur Terre…

Arthur décrivit brièvement comment il s'était servi de la Clef, et l'étrange paysage rouge dans lequel il avait alors erré, qui ressemblait à une ville figée dans le temps.

— Je ne peux pas le savoir, Lord Arthur, avant d'avoir fait ma propre enquête, lui répondit Scamandros. Mais, comme vous avez dû le supposer, il se peut que vous ayez désolidarisé votre monde de la marche générale du temps dans les Royaumes Secondaires, ou que vous en ayez temporairement désorganisé une partie, autour de votre ville. Dans les deux cas, la suspension du temps s'épuisera lentement. Son cours reprendra son rythme normal, et tout ce qui devait advenir adviendra, à moins que vous reveniez avant la reprise de la marche du temps et empêchiez qu'arrive ce qui doit arriver, ce que vous devriez être en mesure de faire, compte tenu de l'élasticité du temps entre le Palais et les Royaumes Secondaires. Je suis sûr que Renifleur pourrait vous en dire plus, avec les sept cadrans…

— Mais les sept cadrans ont certainement été détruits, le coupa Arthur. Avec l'antichambre de Lundi.

Il s'interrompit et se frappa la tête du plat de la main.

— Et tous les dossiers archivés dans le Bas-Palais! Eux aussi, ils doivent avoir été détruits! Est-ce que cela veut dire que tout ce dont traitaient ces dossiers dans les Royaumes Secondaires sera aussi détruit? Mon rapport y était!

Scamandros hocha pensivement la tête.

— Les sept cadrans ont dû être mis en sûreté, espérons-le, dans un endroit du Palais que nous contrôlons. Quant aux comptes rendus, seules quelques observations sans aucun intérêt se trouvent détenues dans le Bas-Palais. Il est vrai que leur destruction créera des trous dans le passé, mais ce n'est pas très grave. Je suppose qu'on a dû remettre provisoirement votre rapport à Lundi. L'Ultime a dû s'en charger mais, normalement, en tant que rapport actif, il devrait être conservé dans le Haut-Palais.

— Renifleur me l'a donné après ma victoire sur Lundi, mais je l'ai laissé, dit Arthur. Dame Prima l'a donc probablement repris.

— À moins qu'il ait été remis dans le Haut-Palais. De tels documents ne peuvent être gardés longtemps loin de leur place appropriée.

— Mais alors, Samedi peut changer mon compte rendu! s'inquiéta Arthur. Elle pourrait le détruire… et moi avec, par la même occasion!

Scamandros hocha encore pensivement la tête. Un tatouage de juge coiffé d'une toque rouge au nez crochu apparut sur sa joue gauche, hochant la tête de concert avec lui.

– Non. Même si Samedi sait où il est, elle ne pourrait ni le changer ni le détruire. Dès lors que vous êtes en possession d'une Clef, même d'une seule, elle ne peut rien.

– J'ai l'impression que ma tête va exploser. (Arthur se massa les tempes et poussa un soupir.) C'est qu'il y a trop de… mais… que faites-vous?

Scamandros était en train de sortir une grosse perceuse électrique d'une poche intérieure de son manteau ainsi qu'une longue mèche d'une poche extérieure.

– Si je perce un trou dans votre crâne, juste à cet endroit, expliqua-t-il en tapotant la tempe d'Arthur, ça vous soulagera de la pression que vous ressentez. Ce doit être un effet secondaire de votre transformation en Autochtone supérieur.

– Je ne vous disais pas que ma tête allait exploser pour de bon, s'énerva Arthur. Reposez donc cette perceuse, s'il vous plaît! Ce que je voulais dire, c'est que j'ai trop de choses à faire, trop d'informations à gérer en même temps, enfin bref, trop de problèmes!

– Peut-être pourrais-je vous aider d'une autre façon? proposa Scamandros tout en faisant disparaître ses outils.

– Non! Surtout pas! Attendez ici. Je vais parler à l'Ancien.

– Euh, Lord Arthur, puis-je m'éloigner un peu dans cette direction? (Scamandros indiqua une pile de charbon, à quelques mètres de là.) Je vois que la moitié du versant de cette pyramide, là-haut, a disparu…

– Bien entendu que vous pouvez bouger! lui rétorqua Arthur, agacé.

Il sentait la rage monter en lui, émotions qui ne l'avaient jamais traversé auparavant, sans parler de l'exaspération d'avoir affaire à des Autochtones mineurs et à des créatures inférieures. Un instant, il eut envie de frapper Scamandros, ou de le forcer à se prosterner devant lui pour qu'il lui demande pardon.

Puis cette colère s'évanouit pour laisser place à un profond sentiment de honte et de remords. Arthur aimait Scamandros et détestait les sentiments qu'il venait d'avoir à son égard, cette orgueilleuse colère qui avait bouillonné en lui comme le soda dans une bouteille qu'on secoue, prêt à exploser. Il s'arrêta, reprit son souffle et se rappela qu'il n'était qu'un jeune garçon investi d'une mission difficile et délicate, et qu'il avait besoin de toute l'aide qui se présenterait sur son chemin, une aide qui devait venir d'amis pleins de bonne volonté, et non de celle, forcée, de serviteurs terrorisés.

«Je ne vais pas devenir comme l'un de ces Curateurs, se raisonna-t-il. Ni comme dame Prima…», ajouta-t-il, car son ombre planait toujours dans son esprit.

– Désolé, désolé, docteur Scamandros, reprit-il tout haut, je ne voulais pas vous agresser. Simplement, je suis un peu, comment dire…? De toute manière, faites ce que vous avez à faire pour échapper au Rien. Nous allons bientôt sortir d'ici.

Tandis qu'Arthur s'éloignait, et comme le Dr Scamandros s'inclinait très bas, une autre grenade de la taille d'une balle de base-ball tomba de l'une de ses poches intérieures et se mit immédiatement à fumer. L'Autochtone souffla zut! zut! éteignit l'amorce entre ses doigts et la glissa dans sa manche, ce qui ne semblait pas le lieu le plus sûr. Toujours est-il qu'elle n'en retomba pas immédiatement.

Arthur avançait, se faufilant entre les pyramides de charbon, mettant le pied dans des flaques d'eau polluée de poussière de charbon. Il se souvint qu'il avait eu très froid lors de sa dernière visite à la Mine, mais à présent la température était agréable, il faisait presque chaud.

« C'est peut-être un effet secondaire du Rien qui nous entoure », songea-t-il.

Mais ce n'était pas le seul changement. Comme il se rapprochait de la lumière bleue qui émanait de l'horloge, il remarqua, fait nouveau, que des fleurs jaillissaient des pyramides. Des rosiers grimpants poussaient sur le charbon, et entre les flaques s'épanouissaient des bouquets de campanules.

Plus le sol montait, plus il devenait sec, et plus il y avait de campanules. Au lieu d'un lit de poussière de charbon, un tapis de fleurs recouvrait à présent l'ardoise, chose également impossible, mais qui ne troublait pas vraiment Arthur. Il était, disons, habitué aux phénomènes du Palais. Des fleurs qui poussaient dans le charbon et dans la pierre n'étaient pas, loin de là, ce qu'il avait vu de plus étrange.

Arrivé devant la dernière pyramide, il s'arrêta, comme il l'avait fait lorsqu'il s'était approché à pas de loup de la prison de l'Ancien. La lumière bleue éblouissante, moins gênante qu'elle ne l'était alors, lui permit de mieux percevoir ce qui l'entourait sans avoir besoin de faire appel à la Clef pour qu'elle adoucisse l'éclairage.

Il vit alors un paysage sensiblement différent de ce qu'il avait été. Entre lui et l'horloge-prison s'étendait un épais tapis de campanules, parsemé de bouquets de hautes tiges vertes qui se déployaient à leur sommet en fleurs blanches semblables à de très longues jonquilles, des fleurs qui ne venaient sûrement pas, vu leur aspect, de la Terre qu'il connaissait.

La plate-forme de pierre circulaire qui constituait le cadran de l'horloge était considérablement plus petite, comme si on l'avait réduite. Avant, elle faisait au moins deux mètres de diamètre, la longueur de l'accès à la maison d'Arthur. Maintenant, elle en faisait moins de la moitié, et les chiffres romains, à sa périphérie, étaient plus petits et ternis, leur couleur bleue avait partiellement disparu. Certains étaient courbés à angle droit, voire plus, et couronnés, ainsi que la plus grande partie du pourtour du cadran, de rosiers rouges et roses.

Les aiguilles de métal avaient rétréci en proportion du cadran. De longues chaînes d'acier bleu étincelant reliaient encore l'extrémité des aiguilles à l'axe central, tout en restant attachées aux menottes qui emprisonnaient les poignets de l'Ancien.

L'Ancien lui-même n'offrait pas le même aspect que celui qu'Arthur avait connu. Il ressemblait toujours à un barbare de deux mètres et demi, puissamment musclé, mais sa peau anciennement parcheminée et presque translucide était maintenant souple et bronzée. Sa tête, autrefois dégarnie, arborait maintenant une belle masse de cheveux blancs éclatants attachés sur sa nuque. Il ne portait plus de pagne, mais un gilet de cuir sans manches et un caleçon vermillon qui lui arrivait sous le genou.

Alors que l'Ancien ressemblait autrefois à un vieillard déchu et décrépit de quatre-vingts ou quatre-vingt-dix ans, il ressemblait aujourd'hui à un super-héros de cinquante ou soixante ans pouvant aisément s'attaquer à de nombreux adversaires plus jeunes et plus petits que lui, et les écraser sans difficulté.

Le géant, assis au bord de l'horloge entre les chiffres trois et quatre, cueillait lentement les pétales d'une rose. Il tournait le dos, de trois quarts, à Arthur, aussi le garçon ne pouvait-il voir ses yeux – ou bien ses orbites vides et suintantes, pour peu que les automates à l'intérieur de l'horloge les lui aient arrachés.

À cette pensée, et comme il n'était pas question qu'il voie ce spectacle, Arthur tendit le cou pour vérifier l'emplacement des aiguilles. Celle des heures était positionnée sur le chiffre neuf, celle des minutes sur le cinq, ce qui fut un soulagement à plusieurs égards : les yeux de l'Ancien auraient beaucoup de temps pour repousser, et ses chaînes seraient assez serrées pour le maintenir contre l'horloge ; et, plus important peut-être, cela impliquait aussi que les automates tortionnaires n'apparaîtraient pas avant des heures.

Arthur s'avança et traversa le champ de campanules. Tout en approchant, il entendit un cliquetis de chaînes : l'Ancien se levait pour l'observer. Arthur s'arrêta à une dizaine de mètres de l'horloge : si son cadran avait diminué, il ne pouvait être totalement sûr en effet qu'il en était de même pour les chaînes. Si bien qu'il pécha par excès de prudence.

– Salut, l'Ancien ! cria-t-il.

– Salut, mon garçon ! grommela l'Ancien. Ou peut-être ne puis-je plus t'appeler mon garçon ? Arthur est ton nom, n'est-ce pas ?

– Oui.

– Viens t'asseoir à côté de moi. Buvons un verre de vin, et parlons.

– Vous me promettez de ne pas me frapper ? le supplia Arthur.

– Pendant un quart d'heure mesuré par cette horloge, tu seras protégé de tout mal. Ta qualité de mortel m'interdit de t'écraser comme un cafard ou de te massacrer comme un Autochtone du Palais.

– Oh, merci !

Arthur s'approcha prudemment. L'Ancien se rassit et, à l'aide de sa chaîne repliée, il repoussa les roses aux tiges épineuses pour faire place à Arthur à côté de lui.

Arthur monta avec précaution.

– Du vin ! ordonna l'Ancien en tendant la main.

Un pichet en grès sortit du sol et vola jusqu'à sa main, sans rien déranger du tapis de campanules. L'Ancien le porta à sa bouche et but une longue goulée de vin résiné. Arthur sentit son puissant bouquet et, à nouveau, il éprouva une légère nausée.

— La dernière fois, c'est en récitant un poème que vous avez fait apparaître le vin, risqua Arthur.

Il pensait aux questions qu'il voulait lui poser, et ne savait pas comment commencer.

— C'est la puissance de ma volonté qui façonne le Rien, lui répondit l'Ancien. Il est vrai que beaucoup d'êtres inférieurs ont besoin de concentrer leurs pensées par des formules ou des chansons, pour traiter avec le Rien. Moi, je n'en ai pas besoin bien que, à l'occasion, il ne me déplaise pas de m'essayer à quelques vers.

— J'aimerais vous poser une ou deux questions. Et vous dire quelque chose.

— Vas-y, commence, je répondrai si ça me plaît. Quant à ton discours, si je n'aime pas ce que j'entends, je ne manquerai pas pour autant à ma promesse. Quoi qu'il en soit, tu sortiras d'ici sain et sauf. À condition que tu n'excèdes pas le temps qui t'est alloué.

Il s'essuya la bouche du dos de la main et lui présenta le pichet. Arthur secoua négativement la tête, et l'Ancien en reprit une gorgée.

— Vous en savez sans doute plus que quiconque sur la Grande Architecte, commença Arthur. J'aimerais vous demander ce qui lui est arrivé. Et aussi, qu'est-ce exactement que le Testament ? Qu'est-ce qu'il… enfin… qu'est-ce qu'Elle va faire ? En bref, je suis censé être l'Héritier Légitime avec tout ce que cela entraîne, et je suppose que cela veut dire que je vais finir responsable de tout, que je le veuille ou non. Mais, maintenant, je n'en suis pas si sûr.

— Je connais la Grande Architecte depuis longtemps, répondit lentement l'Ancien. (Il but plusieurs petites gorgées avant de reprendre la parole.) Mais pas aussi bien que je le pensais, sinon je ne serais pas resté ici à souffrir aussi longtemps. J'ignore ce qui lui est arrivé, tout ce que je sais, c'est que ce doit avoir été, du moins en partie, son propre choix. Quant au Testament, il est une expression de son pouvoir, et a été établi dans un but précis. Si tu es l'Héritier Légitime, je te conseille de poser la question suivante : qui es-tu exactement pour être l'Héritier, et l'Héritier de qui ?

— Je ne veux pas être l'Héritier, riposta Arthur en fronçant les sourcils. Je veux juste retrouver mon ancienne vie et m'assurer que tout le monde est sain et sauf. Mais je suis incapable de résoudre tous les problèmes sans l'aide des Clefs, et c'est à cause de cela que je me transforme en Autochtone. Scamandros m'a fabriqué un anneau qui indique mon degré de contamination. Maintenant, je suis contaminé à… à plus d'un sixième. Et c'est irréversible. Donc je vais devenir un Autochtone, c'est bien ça ?

— Ton corps prend une forme immortelle, c'est évident, poursuivit l'Ancien. Mais toute chair immortelle n'est pas forcément celle d'un Autochtone. Souviens-toi, la Grande Architecte n'a pas créé les mortels de la Terre. Elle a conçu l'essence de la vie et en a ensemencé toute la création. Vous, mortels, n'êtes que la conséquence de cette potentialité qu'elle a conçue et, bien qu'elle ait toujours aimé penser ainsi, vous ne faites pas directement partie de son projet. Il y a autre chose en toi, de même qu'en chaque mortel, que la simple chair que vous habitez.

— Mais est-ce que je pourrai redevenir un garçon normal ?

— Je n'en sais rien.

L'Ancien se versa le reste du vin, puis jeta le pichet derrière l'horloge illuminée. Arthur l'entendit se fracasser au cœur des ténèbres, preuve qu'il y avait encore de la terre ferme au-delà, du moins pendant encore un petit moment.

— En général, personne ne redevient ce qu'il a été. Mais si tu poursuis et vas plus avant, tu pourras accomplir les désirs que tu as conçus dans le passé. Si tu survis, tout peut arriver. (L'Ancien cueillit une nouvelle rose sans paraître gêné par ses épines, et la respira.) Peut-être même t'offrira-t-on des fleurs. L'horloge tictaque, Arthur. Ton temps s'épuise.

— J'ai tant de questions. Ne pouvez-vous pas me donner encore dix...

L'Ancien reposa sa rose et regarda le garçon de son implacable regard bleu, qui ferait frémir le plus grand des Autochtones.

— Peu importe, répondit Arthur, la gorge nouée. Je voulais simplement vous dire que, si je finis par tenir les rênes de tout, je ferai tout ce qui est en mon pouvoir pour vous libérer. Ce n'est pas juste que les automates vous torturent.

L'Ancien cligna des yeux et approcha de nouveau la rose de ses narines.

— Tu me fais grand honneur. Mais, vois-tu, il n'y a plus d'automates. Au fur et à mesure que le Palais s'affaissait, ma force croissait. Il y a une heure, l'horloge tremblait, et je sentais le Rien se rapprocher. Les automates l'ont senti aussi et, pour obéir à leur devoir, ils ont pris de l'avance sur le temps afin d'empêcher ma délivrance ou toute tentative d'évasion. Je me suis battu avec eux, je les ai brisés, puis jetés. Je suis encore enchaîné, mais ma force grandira encore avec la chute du Palais, tandis que ma prison deviendra vulnérable. À ce moment-là, je serai libre, du moins ces fleurs me l'ont-elles promis. J'ai arraché leurs pétales pour les jeter sur mes ennemis. Les automates n'aiment pas les fleurs, ils savent qu'elles sont un présage de changement. Allez, je t'accorde le temps de les regarder !

Arthur se leva, pas très tranquille, et regarda le cadran de l'horloge. Il ne bougea pas. Il n'avait guère envie de s'approcher des trappes qui s'ouvraient de chaque côté de l'axe central de l'horloge.

– Vite ! l'exhorta l'Ancien.

Arthur fit un pas en avant. Les trappes étaient défoncées, des morceaux et des éclats de bois étaient accrochés à leurs gonds de fer. Un bruissement se fit entendre à l'intérieur. Arthur baissa les yeux et aperçut une pièce étroite et profonde emplie d'une montagne de pétales de rose. L'automate coupeur de bois s'y trouvait, avec encore sur la tête son bonnet vert, dont la plume était maintenant cassée en deux. Ce n'était pas seulement sa plume qui était brisée, mais ses membres, et tout ce qu'il pouvait faire était de gigoter sur son lit de pétales de rose, grincer des dents et jurer.

Arthur frissonna et revint sur le bord de l'horloge. Dans sa hâte, il se heurta presque à l'Ancien.

– J'espère… J'espère que nous ne serons jamais ennemis, balbutia-t-il.

L'Ancien inclina la tête, mais ne dit mot. Arthur sauta du cadran de l'horloge et s'enfuit, l'esprit bouillonnant de peurs et d'appréhensions. Il avait cru que l'Ancien allait l'aider à rendre les choses plus claires, à comprendre sa situation.

Or, il n'avait fait que l'empirer.

Chapitre 5

— Lord Arthur, je suis extrêmement soulagé de vous revoir, dit Scamandros à la vue d'Arthur qui revenait en courant. Je suppose que l'Ancien a répondu à vos interrogations ?

— Pas exactement. Même pas de près ou de loin, en fait. Est-ce que le Rien progresse toujours ?

En guise de réponse, Scamandros lança sa canne à pêche au bout de laquelle pendait un appât. L'appât, un grand crustacé du genre homard, disparut dans le noir. Le docteur rembobina lentement le fil et, quand il eut fini, il n'y avait rien, plus rien au bout de sa ligne.

— Six... sept... huit. La vitesse de l'invasion augmente, Lord Arthur.

— Où était dame Prima la dernière fois que vous avez été en contact avec elle ? Et Suzy ?

— Toutes deux se trouvaient dans la Citadelle. La Citadelle est devenue le quartier général de vos forces armées dans tout le Palais, Lord Arthur.

– Ce serait risqué d'y aller. Du moins d'utiliser le pouvoir de la Clef, puisque la Citadelle est protégée contre dame Vendredi. Je crois que nous devrions prendre l'escalier Imprévisible...

Scamandros secoua négativement la tête, et Arthur s'arrêta de parler. Puis il reprit :

– Ah oui, c'est vrai, vous ne pouvez pas passer par l'escalier. Voyons donc... Il y avait un miroir dans les quartiers du sieur Jeudi... enfin... dans les miens. Je peux essayer ce moyen-là et, s'il ne marche pas, alors nous devrons nous rendre au Moyen-Palais ou ailleurs pour trouver un ascenseur. (Il sortit la Clef et la tint un instant devant son visage, puis la remit dans sa poche.) Mais si je parviens à faire apparaître une porte, comment je fais pour vous emmener avec moi ?

– Si vous me permettez de me tenir à vos basques, je pourrai passer, Lord Arthur, suggéra le Dr Scamandros.

– Tenez-vous à mes basques, alors. Nous allons essayer.

Il regarda dans le miroir et essaya de se rappeler à quoi ressemblaient ses quartiers dans la Citadelle de Jeudi. Il se souvint du grand lit à baldaquin aux colonnes sculptées de scènes de bataille, puis de la penderie, de la chaise sur laquelle on l'avait rasé et, en effet, d'un grand miroir au cadre en bronze. S'il pensait à ce miroir comme à une fenêtre alors, en y plongeant le regard, il pourrait voir le lit, la porte, et la fresque sur le mur...

Peu à peu, il commença à voir la pièce, bien que noyée dans une sorte de brume – il lui fallut un petit moment avant de se rendre compte que le miroir en bronze était en fait partiellement recouvert d'un tissu. Mais il distinguait en partie la pièce, assez, il en était sûr, pour que la Clef y ouvre une porte.

– Clef Cinquième, emmène-moi... emmène-nous... dans mes quartiers de la Citadelle du Grand Labyrinthe !

Il ne fut pas facile, cette fois, de franchir la porte de lumière blanche, et le transfert ne fut pas aussi immédiat. Arthur se sentait tiré en arrière non seulement par ses basques mais par une force qui essayait de le retenir et contre laquelle il luttait mentalement et physiquement. C'était comme marcher contre le vent, un vent puissant. Puis, brusquement, cette force le lâcha. Il se retrouva alors dans sa pièce de la Citadelle, et le Dr Scamandros le bouscula. Tous deux s'effondrèrent sur le plancher, et la tête d'Arthur alla heurter l'une des colonnes sculptées du grand lit.

— Aïe! cria-t-il.

Il sentit la douleur, aiguë au début, puis de plus en plus sourde. Il n'y avait pas de plaie, pas de sang.

— Je vous demande pardon, Lord Arthur, s'excusa le Dr Scamandros en se redressant. Je suis très maladroit. C'était vraiment fascinant: une expérience tout à fait différente de celle de la Plaque de transfert. Je vous suis profondément reconnaissant de m'avoir sauvé de la Mine.

Arthur s'accrocha à la colonne du lit pour se redresser. Ce faisant, les manches de son manteau de papier remontèrent. En voulant les remettre en place, pour la première fois il remarqua qu'elles lui arrivaient au-dessus du poignet. Son pantalon, lui aussi, était ridiculement court, genre feu de plancher.

— Je ferais mieux de me changer, constata Arthur.

Là-dessus, il marcha vers la penderie, hésita, puis retourna vers la porte, l'ouvrit et cria:

— Sentinelle!

Un Autochtone ahuri, en uniforme de sergent de troupe, arriva en trombe dans la pièce et se mit au garde-à-vous, tremblotant, tenant contre son visage son épée flamboyante et crépitante. Arthur entendit un bruit de bottes dans le couloir. C'étaient des soldats, une douzaine au moins, qui

revenaient de permission et défilaient dans la plus pure tradition de l'armée de terre.

– Lord Arthur! La garde, monsieur!

Mais Arthur était déjà dans la penderie. Il avait enlevé ses
vêtements de papier et était en train d'enfiler l'uniforme le
plus passe-partout qu'il avait pu trouver: la tunique sable et
la culotte de cuir jaune pâle assortie d'un Frontalier en
mission dans le désert; une tresse d'or était cousue sur les
épaules de la tunique et des rayures dorées couraient le long
des jambes de la culotte, ce qui n'en faisait pas une tenue si
ordinaire que cela, mais aucun Frontalier n'aurait jamais cette
chance de porter des vêtements aussi souples et confortables. Au bout d'un moment, ils s'ajustèrent parfaitement à
la nouvelle stature d'Arthur.

– Merci! fit-il à l'adresse du sergent. Dans une minute,
nous descendons dans la salle des opérations. Dame Prima
est-elle ici? Et Suzy Turquoise Bleue?

– Dame Prima se trouve dans la salle des opérations, monsieur! rugit le sergent. (Il semblait avoir le sentiment
qu'Arthur était soit sourd, soit beaucoup plus loin qu'il ne
se trouvait en réalité.) Et le général Turquoise Bleue est quelque part dans la Citadelle.

– Le général Turquoise Bleue? s'étonna Arthur. Je n'ai
pas promu Suzy au rang de général, que je sache? Je me
souviens qu'elle en avait parlé, mais je ne pense pas…

– Elle n'a probablement fait que mettre un uniforme,
intervint le Dr Scamandros. Comme cela, personne ne
pouvait l'interroger.

Arthur fronça les sourcils, mais sa perplexité laissa rapidement place au rire.

– Ça ressemble tout à fait à Suzy. Je parie qu'elle a fait cela
pour obtenir un thé de meilleure qualité ou quelque chose
dans ce genre-là. Ou pour embêter dame Prima.

Il prit une paire de sandales cloutées et cuirassées, les regarda un instant, puis les reposa sur l'étagère avant de choisir une paire de bottes noires classiques et reluisantes.

– Ça fait du bien de vous voir de retour, monsieur, dit le sergent à Arthur pendant que celui-ci sortait de la penderie.

– Encore merci, sergent. Allons dans la salle des opérations. Je dois comprendre ce qui se passe exactement.

Une vingtaine de gardes, dans le couloir, se rassemblèrent autour d'Arthur dès son apparition. Alors qu'ils se dirigeaient tous ensemble, au pas, vers la salle des opérations, Arthur pria le commandant d'envoyer un messager à la recherche de Suzy.

La salle des opérations s'était agrandie depuis le dernier passage d'Arthur – il y avait de cela quelques jours selon le temps du Palais. C'était toujours la même grande pièce au plafond voûté, sauf que les murs avaient reculé, et ainsi doublé sa superficie. Elle était maintenant aussi vaste qu'un gymnase d'école, et en plus de tous les soldats vêtus d'uniformes variés, qui appartenaient au Régiment, à la Horde, à la Légion, à la Compagnie d'Artillerie Modérément Honorable et aux Frontaliers s'y trouvaient de nombreux Autochtones en tenue civile, nombre d'entre eux sans leurs manteaux mais munis de manchettes de protection vertes (contre les projections d'encre) qui recouvraient jusqu'au coude les manches de leurs chemises immaculées.

À côté de la table centrale beaucoup plus grande qu'elle ne l'avait été, sous la vitre de laquelle se déployait une carte, s'alignaient maintenant des rangées de bureaux étroits, des meubles d'étudiant destinés aux civils, lesquels étaient tous occupés à parler dans des téléphones à l'ancienne ou à griffonner des messages. Toutes les secondes, l'un ou l'une de ces civils repoussait sa chaise et courait à travers la pièce pour communiquer un message qui à l'Aube, qui à Midi, qui au Crépuscule, qui à dame Prima penchée sur la table, absorbée par certains détails de la carte, au milieu d'une foule d'Autochtones qui bredouillaient des messages autour d'elle, souvent tous en même temps.

Dame Prima était plus grande qu'elle ne l'avait jamais été – elle devait bien mesurer deux mètres et demi. Elle portait une cotte de mailles en écaille dorée qui cliquetait quand elle bougeait. Son costume semblait très inconfortable pour elle et d'autant plus dangereux pour les autres, vu qu'il était équipé de spalières[2] cloutées en forme de griffes recourbées, accrochées à ses épaules, mais également hérissées d'éperons et de spirales métalliques qui pointaient dans toutes les directions.

Les gantelets qui constituaient la Clef Seconde étaient coincés dans la large ceinture en cuir de dame Prima, à droite de la boucle. L'aiguille des heures, sorte d'épée qu'était la Clef Première, était suspendue dans son fourreau à son flanc gauche. À son flanc droit était accroché, rangé dans son étui, le petit trident (ou la Clef Troisième), et elle tenait à la main le bâton de maréchal (ou la Clef Quatrième) avec lequel, de temps à autre, elle faisait de grands gestes.

La cacophonie des messages lancés, des sonneries des téléphones, des chaises qui raclaient le sol et le tapage des Autochtones avec leurs souliers ferrés ou leurs semelles de cuir cessa soudain quand on annonça l'arrivée d'Arthur, mais pour redoubler quelques secondes plus tard : tous se levèrent brusquement de leur chaise ou se décollèrent du mur contre lequel ils étaient appuyés, pour se tourner vers la porte et se mettre au garde-à-vous.

– Continuez ! cria Arthur.

---

2 Ou espalière : pièce d'armure protégeant l'épaule de l'homme d'armes au Moyen Âge.

Un nouveau silence, puis la pièce retrouva sa folle effervescence. Les combinés des téléphones se remirent à crépiter sur leur support en forme de chandelier tandis que les vieilles sonneries chevrotèrent plus qu'elles ne sonnèrent, les messagers coururent à travers la pièce, et les officiers se remirent à parler tous en même temps.

Mais les messagers ne parvinrent pas à remettre à dame Prima leurs messages hâtivement gribouillés. Elle se contenta de leur faire un signe de la main et traversa la pièce pour saluer Arthur, les maréchaux Aube, Midi et Crépuscule sur ses talons.

– Lord Arthur! Une arrivée qui tombe à point nommé! Je suppose que vous avez appris à ne pas accepter de cadeaux de la part de visiteurs étrangers?

Arthur mit un petit moment à comprendre que dame Prima se référait au colis qu'il avait reçu d'une servante de Vendredi, Emelena. Ce colis contenait une Plaque de Transfert qui s'était immédiatement activée et l'avait transporté au Moyen-Palais. Il avait oublié qu'il n'avait pas revu dame Prima depuis, du moins pas dans son intégralité. Il avait trouvé le cinquième fragment, qu'il aimait beaucoup, et dont il avait espéré qu'il adoucirait le caractère du Testament en y ajoutant quelque indispensable bon sens. Le cinquième fragment avait été assimilé, étant donné que ce qu'il avait cru à première vue être une veste sur le dos de dame Prima était en réalité de délicates ailes translucides pareilles à celles de la chauve-souris tapie dans les Ténèbres Intérieures du Moyen-Palais.

– J'en apprendrai plus la prochaine fois, dit-il. Ce que j'ai besoin de savoir maintenant, c'est ce qui va arriver. Le Bas-Palais est-il détruit?

– À l'exception de la Mine, le Bas-Palais est entièrement détruit, confirma dame Prima. Ainsi que les Confins Extrêmes. La vague du Rien continue à déferler, en dépit de nos défenses. Seules les Clefs peuvent renforcer la structure du Palais, et nous sommes menacés sur trop de fronts pour que je puisse tout maîtriser toute seule. Si vous allez dans le Moyen-Palais avec la Clef Cinquième et consolidez ses fortifications, je me rendrai pendant ce temps dans les Montagnes Frontalières pour les fortifier.

– Attendez, l'interrompit Arthur. Tout d'abord, comment est-ce arrivé ? Où est l'armée du Joueur de Flûte ? Et est-ce que nous luttons toujours contre les Néo-Rien ?

– En vérité, Lord Arthur, il n'y a pas de temps à perdre. L'armée du Joueur de Flûte s'est retirée et n'a plus aucune importance dans l'immédiat. Par contre, il est important de consolider les assises du Palais, et seuls vous et moi pouvons y faire quelque chose…

– Et Samedi ? s'enquit Arthur. Qu'est-ce qu'elle devient ? Pourquoi veut-elle l'effondrement du Palais, et qu'allons-nous faire d'elle ? Je ne me rendrai nulle part avant que vous ou quelqu'un d'autre ne me disiez tout ce que je veux savoir !

Dame Prima se pencha vers lui. Bien qu'il ait grandi, sa stature à elle était bien plus imposante que la sienne. Ses yeux étaient plissés, et sa bouche pincée de mécontentement. Arthur se retint de reculer ou de s'agenouiller devant son éblouissante beauté et son insondable pouvoir. Il se força à faire un pas vers elle et à la regarder droit dans les yeux, ses yeux étranges aux iris roses qui encerclaient ses pupilles noires comme la nuit. Elle était l'incarnation, la personnification du Testament de la Grande Architecte, et Arthur savait que, s'il lui cédait maintenant, il n'aurait plus jamais la chance de décider par lui-même.

– Je suis l'Héritier Légitime, n'est-ce pas ? Alors, je veux savoir exactement qu'elle est la situation. Je déciderai ensuite de ce que nous allons faire.

Dame Prima lui jeta un coup d'œil, puis inclina doucement la tête.

– Très bien, Lord Arthur. Il en sera fait selon votre désir.

– C'est parfait. Commençons par le commencement. Qu'est-il vraiment arrivé au Bas-Palais? Et le Rien a-t-il déjà envahi les Confins Extrêmes?

– Je vais vous montrer ce qui s'est passé, à travers le regard de quelqu'un qui était là. (Dame Prima agita son bâton, et la lumière de toutes les lampes de la pièce diminua.) Monsieur Skerrikim, je suppose que vous avez toujours le survivant?

Au fond de la pièce, un Autochtone en redingote sombre et cravate noire, coiffé d'une calotte aux broderies d'argent, répondit par l'affirmative et avança vers dame Prima, portant une grande valise de cuir cabossée et fermée à l'aide de trois courroies.

– Un liftier était juste en train de fermer les portes de l'ascenseur quand c'est arrivé, expliqua dame Prima à Arthur. Il a réussi à s'éloigner le plus possible des Confins Extrêmes avant d'être complètement avalé par le Rien. Il s'est accroché au plafonnier de l'ascenseur avec les dents, et sa tête ainsi que ce qui restait de l'ascenseur sont arrivés ici. Heureusement, M. Skerrikim est apparu juste à temps pour empêcher sa désagrégation totale.

M. Skerrikim, qu'Arthur n'avait jamais vu jusque-là, posa la valise sur le sol, en défit les courroies et l'ouvrit. La valise était pleine de pétales de rose au milieu desquels gisait une tête séparée de son corps, enveloppée du menton aux pommettes de bandelettes blanches, à la façon dont on soignait, jadis, les maux de dents. Les yeux de cette tête étaient clos.

M. Skerrikim prit la tête par les oreilles et l'appuya contre le couvercle ouvert, de sorte qu'elle se présente face à Arthur et à dame Prima. Puis il sortit de sa poche une petite bouteille d'encre radioactive, y plongea une plume et inscrivit une formule en lettres aussi mystérieuses que minuscules sur le front du survivant.

— Réveille-toi, Marson! ordonna gaiement M. Skerrikim.

Arthur tressaillit quand les paupières de la tête s'ouvrirent en tremblotant. Le Dr Scamandros, qui se tenait à quelques pas derrière le garçon, marmonna quelque chose qui n'avait pas l'air très amical.

— Qu'est-ce qu'il y a? demanda d'un ton grincheux la tête de Marson. C'est difficile de se faire pousser un nouveau corps. Sans parler de la douleur ! J'ai besoin qu'on me laisse tranquille.

— Vous aurez tout le temps d'être tranquille et de vous reposer! déclara M. Skerrikim. Nous voulons simplement voir ce qui s'est passé au fond de cette fosse, près de ce rempart.

— Vous voulez voir…, répéta la tête de Marson, les lèvres tremblantes et des larmes perlant au coin des yeux. Je ne peux pas revivre cela. La douleur du Rien qui dévorait mon corps…

— Ce n'est pas du tout nécessaire! protesta le Dr Scamandros en fendant la foule des officiers intéressés par la scène, pour aller se placer à côté d'Arthur.

Les tatouages de son visage représentaient à présent des sauvages dansant autour d'un feu de joie, sous la direction d'un sorcier à la ridicule coiffure de plumes.

— Ce pauvre bougre n'a pas besoin, continua-t-il, de revivre ce qu'il vient de vivre juste pour que *nous* le voyions! Je vois aussi, monsieur, que vous avez utilisé, pour conserver une tête, un sortilège dont l'emploi est tout à fait douteux et critiquable, aussi dois-je vous demander de renoncer à vous occuper de cet individu et de le remettre à ceux qui sont habilités à le faire!

— Monsieur Skerrikim a été parfaitement bien formé à cela, contesta dame Prima d'un ton doucereux, en s'adressant à Arthur, sans daigner regarder le Dr Scamandros. En sa

61

qualité de Grand Interrogateur du sieur Jeudi, Skerrikim a dirigé de nombreuses expériences à l'intérieur des cerveaux d'Autochtones et, comme vous le savez, Arthur, les Autochtones ne ressentent pas vraiment la douleur. Marson sera largement récompensé quand son nouveau corps aura repoussé.

— Je croyais que le Dr Scamandros était le seul sorcier à ne pas être au service de Samedi, dit Arthur.

— M. Skerrikim n'est pas exactement un sorcier, expliqua dame Prima. Il est vrai qu'il a le titre de docteur ès magies du Palais, mais son champ d'action est extrêmement étroit.

— Chacal, dit posément Scamandros.

— Vantard, répliqua Skerrikim beaucoup moins posément.

Arthur hésita. Il voulait voir ce que Marson avait vécu, mais il ne voulait pas que l'Autochtone démembré en souffre.

— Scamandros, pouvez-vous nous montrer sans lui faire de mal ce que nous avons besoin de voir?

— Bien sûr, monsieur, dit le docteur en bombant le torse.

— Skerrikim est un expert, insista dame Prima. Mieux vaudrait le laisser…

— Non, énonça calmement Arthur. Scamandros le fera. Ce sera tout. Merci, monsieur.

Skerrikim regarda dame Prima. Elle ne bougea pas, ne lui adressa aucun signe apparent non plus. Là-dessus l'Autochtone à la calotte s'inclina et se retira.

Scamandros s'agenouilla à côté de la valise et essuya à l'aide d'un tissu en velours rouge les caractères étranges que Skerrikim avait inscrits sur le front de Marson. Puis il prit sa propre bouteille d'encre radioactive et une plume de paon, et inscrivit d'autres caractères.

— Poussez-vous, demanda Scamandros à plusieurs officiers. La vision va se former justement là où vous êtes. Je suppose que vous ne ressentez pas la douleur, Marson?

— Pas le moins du monde, répondit Marson. À part une petite démangeaison dans mon pied fantôme.

— Excellent, dit le Dr Scamandros. Ouvrez les yeux un peu plus grands, un peu plus… très bien… gardez-les ouverts… Je place ces allumettes entre vos paupières, et nous allons commencer.

Le magicien se leva et prononça un mot. Arthur put presque lire les lettres se dessinant dans l'air au fur et à mesure qu'elles sortaient des lèvres de Scamandros quand il parlait. Il se sentit traversé par le pouvoir du sortilège : ce fut comme un fourmillement dans ses articulations, et il comprit – du moins une part de lui-même – que jadis, il y a longtemps, il avait ressenti de la douleur. Maintenant, son corps était habitué à la magie et à son pouvoir.

Deux petits rais de lumière s'allumèrent dans les yeux de Marson, puis deux impitoyables rayons en jaillirent, s'élargirent et se colorèrent de mille feux, dansèrent éperdument comme si un artiste fou agitait des rayons de lumière en guise de pinceaux.

Une image se projeta près de la table comme sur un écran, émanant des yeux écarquillés de Marson. C'était comme une vision cinématographique. Elle montrait une partie du plancher du Gouffre dans les Confins Extrêmes, la fosse profonde que Sombre Mardi avait creusée en vue d'exploiter la plus grande quantité possible de Rien, sans se soucier du danger que cela représentait, ni à quel point cela affaiblissait les assises mêmes du Palais.

Arthur se pencha en avant, absorbé par la scène. Même si ce qu'il allait voir s'était déjà produit, il se sentait tendu, comme s'il y était vraiment…

Chapitre 6

— Le souvenir est flou, se plaignit dame Prima. Nous aurions dû laisser faire Skerrikim.

— Une simple histoire de réglage, madame, assura Scamandros.

Il se baissa et ajusta les paupières de Marson ; l'ombre de ses doigts traversa l'écran : c'étaient comme de grands arbres noirs qui marchaient.

— Nous y voilà.

L'image devint nette, et avec elle le son. Tous pouvaient voir à présent ce que Marson avait vu. L'Autochtone regardait par la porte de l'ascenseur, le doigt prêt à appuyer sur l'un des boutons de bronze pour le faire monter. Devant ses yeux s'étendait une plaine jonchée de décombres, éclairée par endroits d'une lampe à huile suspendue à un poteau en fer forgé. À une cinquantaine de mètres de là, un groupe d'Autochtones était rassemblé au pied d'un grand mur, vaste étendue de béton gris hérissée à intervalles réguliers de lances de fer miroitantes.

— Mais c'est la partie du mur que j'ai faite! s'écria Arthur. Avec du béton immatériel.

Les Autochtones regardaient fixement quelque chose. Puis, brusquement, ils reculèrent, et l'un d'eux se retourna pour appeler quelqu'un.

— Seigneur! Quelle étrange perceuse! Elle perce un trou toute seule! C'est…

Dame Prima fut interrompue par un torrent silencieux de Rien qui jaillit de la base du mur et retomba sur tous les Autochtones qui cessèrent instantanément d'exister, entièrement dissous. Puis le Rien vomit un autre flot, et il y eut un grondement terrible. Des lézardes fendaient le sol et déchiraient le mur, s'ouvrant sur la substance du Rien, d'un noir abyssal, qui débordait en bouillonnant.

Une cloche se mit à sonner sans répit, et un sifflement de vapeur s'éleva tel un cri frénétique.

Marson pressa un bouton. Les portes commençaient à se fermer tandis qu'une déferlante de Rien arrivait droit sur l'ascenseur. Son cri parvint, fort, étrange, à ses propres oreilles.

— Non, non, non!

Il continua à presser les boutons. Les portes se fermèrent, et l'ascenseur fila en l'air comme une fusée. Marson tâtonna dans la poche de son manteau, en sortit une clef et ouvrit rapidement une petite trappe derrière le panneau de commande. À l'intérieur se trouvait une manette rouge sur laquelle était écrit: «Montée de secours». Marson tira la manette vers lui, et un fil de soie en même temps qu'un sceau de cire se brisèrent. L'ascenseur prit de la vitesse, Marson tomba à genoux, mais même la montée de secours ne fut pas assez rapide. Le plancher de l'ascenseur ressembla soudain à un morceau de gruyère parsemé de zones noires. Marson bondit et s'accrocha au plafonnier, tandis que la partie inférieure de l'ascenseur disparaissait. Il se mit à crier, à hurler, en s'apercevant que ses jambes avaient disparu…

– Stop! dit Arthur. Nous en avons assez vu.

Scamandros claqua des doigts, et la lueur s'éteignit dans les yeux de Marson. Le sorcier enleva les allumettes, et la tête sans corps parla:

– Ce n'était pas aussi terrible que je le pensais.

– Merci, Marson, dit Arthur.

Puis, regardant dame Prima pour qu'elle entende bien le message, il ajouta:

– Je suis sûr qu'on va très bien s'occuper de vous, maintenant.

– Comme vous pouvez le constater, Lord Arthur, reprit dame Prima, un engin de sabotage très puissant a ouvert une brèche dans la digue. Il est probable que plusieurs engins ont été actionnés en même temps, car la digue tout entière est tombée d'un coup, ce qui a permis au torrent de Rien de s'engouffrer. Les Confins Extrêmes ont été anéantis en l'espace de quatre ou cinq minutes.

– Heureusement, le rempart entre les Confins Extrêmes et le Bas-Palais a tenu plusieurs heures, ce qui a permis l'évacuation d'archives et d'articles importants, ainsi que d'un bon nombre d'Autochtones. La destruction complète du Bas-Palais a suivi, le reste a été anéanti il y a une heure. Le Rien force maintenant le rempart inférieur du Moyen-Palais. Il est possible que lorsque l'armée du Joueur de Flûte s'est retirée, il ait couvert sa retraite avec une explosion de Rien qui a fait s'effondrer la barrière montagneuse du Grand Labyrinthe, et se déverse dans l'Océan Frontalier. C'est pour cela qu'être deux n'est pas de trop pour se défendre. Nous devons utiliser le pouvoir des Clefs pour retarder la destruction du Palais.

– *Retarder* sa destruction? s'inquiéta Arthur. Nous ne pouvons donc pas l'arrêter?

– J'en doute. Mais nous devons retenir le Rien Brut assez longtemps pour que vous puissiez rappeler à vous les deux dernières Clefs. Alors, tout pourra rentrer dans l'ordre.

– Vous voulez dire que, quoi que l'on fasse, le Palais – et tout l'univers derrière lui – est condamné ? Que ce n'est qu'une question de temps ?

– Je n'ai pas dit cela, Lord Arthur. (Dame Prima jetait des regards de côté en parlant, comme si elle avait aperçu quelque chose.) Vous m'avez mal comprise. Une fois que nous aurons consolidé le Palais, les Clefs seront à vous et, alors, nous serons en mesure d'évaluer les dégâts et de voir ce que l'on peut faire.

– Mais je croyais que vous aviez dit…

– Vous m'avez mal comprise, répéta dame Prima d'un ton mielleux. (Elle regarda de nouveau Arthur dans les yeux. Plus que jamais, il se sentit comme un petit animal pris dans le faisceau des phares d'un camion qui approchait à toute allure. Mais il ne détourna pas les yeux.) Et maintenant, où souhaitez-vous commencer le travail ? Ici, dans les montagnes, ou dans le Moyen-Palais ?

– Ni l'un ni l'autre. Quelqu'un a mis en route ces machines, et ce quelqu'un s'appelle Suprême Samedi, n'est-ce pas ? Ou bien alors le seigneur Dimanche, qui travaille avec elle, bien que le bout de papier de ce pauvre vieil Ugham infirme cette supposition.

– Quel bout de papier ? demanda, suspicieuse, dame Prima.

– Celui signé juste d'un S, qui disait : « Je ne souhaite pas intervenir », ou « interférer », quelque chose comme ça. Il est dans mon ancien manteau, je crois.

– Signé d'un simple S ? C'est la marque du seigneur Dimanche. Ses maréchaux ont pris l'habitude de le désigner de son nom anglais, Sunday, qui lui est resté. Suprême Samedi, comme elle s'appelle elle-même non sans fierté, ne serait pas aussi modeste, et se désignerait d'un double S, et non d'un seul…

— D'accord, cela confirme donc que Dimanche n'est pas dans le coup, du moins pour le moment. Nous devons donc nous assurer que Samedi ne peut plus sévir. En d'autres termes, c'est une bonne chose d'étayer nos défenses, mais si Samedi était en train d'ébranler les fondations du Palais dans un autre endroit dont nous ne nous doutons pas?

Les trois maréchaux approuvèrent de la tête. L'attaque était la meilleure méthode de défense, à leur avis.

— Je vous accorde que Samedi a quelque chose à voir dans cette affaire, reconnut dame Prima. Mais notre priorité doit être de consolider le Palais! Il n'est pas question qu'il s'effondre comme cela. Je ne peux pas être à deux endroits à la fois, aussi devez-vous collaborer avec moi. Quand nous aurons assuré nos défenses, alors nous pourrons parler de libérer le sixième fragment de moi-même et affronter Samedi. Pas avant!

— Vous ne pouvez être à deux endroits en même temps, répéta pensivement Arthur, en marmonnant.

— Je vous demande pardon?

Dame Prima se pencha légèrement, comme pour mieux entendre Arthur.

— Vous ne pouvez être à deux endroits à la fois, répéta Arthur tout haut. Cependant cinq Clefs sont en notre possession, et vous avez été fragmentée en cinq parties. Vous serait-il possible de vous scinder en deux?

Dame Prima eut l'air encore plus perplexe.

— Plus précisément vous diviser en deux après avoir mélangé et réparti également les fragments du Testament dans chacune de vos moitiés, se hâta d'ajouter Arthur.

Les différentes parties du Testament étaient tout à fait déséquilibrées, certaines d'entre elles au point de présenter un vrai danger. Il ne voulait pas que le sournois et péremp-toire quatrième fragment, par exemple, constitue à lui seul une moitié.

– C'est… c'est… possible, dit dame Prima. Mais pas du tout recommandé. Nous ferions beaucoup mieux de…

– Et vous pourrez vous assembler à nouveau, n'est-ce pas? Pas question pour Arthur de démordre aussi facilement de son idée.

Dame Prima hocha la tête, crispée.

– Entendu, alors vous vous divisez en deux, et chaque moitié de vous-même prendra deux Clefs et partira régler tout ce qui a besoin de l'être, exposa Arthur. À moins que vous vous divisiez en quatre et preniez une Clef pour chaque…

– Je ne me dissocierai pas autant, riposta furieusement dame Prima. Je ne ferais ainsi que présenter plus de cibles à Samedi ou même au Joueur de Flûte, qui pourrait bien triompher de ce morcellement de moi-même et soustraire ainsi les Clefs à notre contrôle.

– En deux, alors, concéda Arthur. Dame Prima et dame.. Duo?

– Secunda, chuchota Scamandros.

– Ce n'est pas une bonne idée, protesta dame Prima. Diviser mon pouvoir en deux est infiniment stupide. Et si vous pensez que cela vous permettra de retourner dans votre Royaume Secondaire, alors c'est que le sens de votre propre transformation vous échappe, et l'effet que vous obtiendrez…

– Je ne rentre pas à la maison, l'interrompit froidement Arthur. Du moins pas encore. Comme je l'ai dit, nous devons parlementer avec Suprême Samedi. Ce qui signifie que nous devons en premier lieu libérer le sixième fragment du Testament. Vous pouvez sûrement me dire où il se trouve? Je sais que vous pouvez percevoir les autres parties de vous-même.

Dame Prima se raidit.

— La partie sixième de moi-même se trouve définitivement quelque part dans le Haut-Palais. Je ne sais pas où exactement, et n'ai aucun moyen de le savoir. Le Haut-Palais nous a été fermé par un quelconque maléfice. Aucun ascenseur n'y accède plus maintenant, aucune ligne téléphonique ne fonctionne, et la Porte Principale reste désespérément close. C'est pourquoi une fois encore, même si vous pensez que c'est dans votre plus grand intérêt de vous y rendre, eh bien! moi, je vous dis que cette chose est impossible! Et vous feriez mieux de m'aider, plutôt que de vous obstiner à me faire des suggestions stupides – enfin, disons naïves – à propos d'un supposé partage de moi-même.

— Il n'y a donc aucun accès? insista Arthur. Et l'escalier…? Non, c'est vrai, impossible… il aurait fallu que j'y aille avant. Pareil pour la Clef Cinquième…

— Comme je le disais, il n'y a pas d'accès, fit valoir dame Prima. Une fois encore, c'est la preuve que j'en sais plus que vous, Arthur. Vous devriez vous souvenir que, bien que vous soyez l'Héritier Légitime, vous n'étiez il y a peu qu'un jeune mortel, un jeune garçon. Personne n'attend de vous que vous ayez la sagesse de…

Arthur ne l'écoutait plus. Il venait de penser à un autre plan.

— Il se pourrait qu'il y ait un accès, dit-il. Je dois aller voir, pour le vérifier.

— Comment? fit dame Prima au comble de l'indignation. Quel accès? Même si vous parvenez à entrer dans le Haut-Palais, vous devez vous souvenir que Samedi a des milliers de sorciers à son service, peut-être même des dizaines de milliers! Agissant de concert et dirigés par elle, ils pourraient facilement vous vaincre, vous faire prisonnier…

— Je ne vais pas y foncer tête baissée, précisa Arthur, fatigué des objections de dame Prima. En fait, si je peux y accéder par le chemin auquel je pense, mon approche sera très sournoise. De toute façon, nous perdons du temps. Vous devez vous diviser en deux, dame Prima, et vous mettre au travail. Je dois partir sans plus attendre pour l'Océan Frontalier.

– C'est beaucoup trop précipité ! protesta dame Prima. Que voulez-vous faire dans l'Océan Frontalier ?

– Trouver les Rats Apprivoisés.

Dame Prima s'étouffa presque d'indignation, et fronça si fort les sourcils qu'ils se rejoignirent au-dessus de son nez.

– Les Rats Apprivoisés sont des agents du Joueur de Flûte ! Comme les enfants du Joueur de Flûte ! On ne peut pas leur faire confiance ! Ils doivent être traqués et exterminés !

– La mère Prima se met encore dans tous ses états ! fit une voix derrière lui.

Il se retourna et sourit à la vue de son amie Suzy Turquoise Bleue qui se glissait entre deux Autochtones pour arriver près de lui.

– Suzy ! C'est pas vrai ! Mais qu'est-ce que c'est que cet accoutrement ?

– Mon uniforme.

Suzy souleva son chapeau haut de forme éventré, au dos duquel étaient cousues deux énormes épaulettes dorées en guise de couvre-nuque, et s'inclina. La demi-douzaine de médailles probablement non méritées qui constellaient son manteau militaire rouge (dont les manches coupées découvraient sa chemise jaune) cliqueta quand elle fit la révérence. La jambe qu'elle plia crissa, car elle portait le même genre de culotte de cuir qu'Arthur, celle-là même qu'il croyait être l'exclusivité du sieur Jeudi. Ses bottes rouges ne ressemblaient à aucune de celles qu'il avait vues lors de son entraînement militaire. Ni sa ceinture couverte d'écailles vertes iridescentes. Toutefois, Suzy portait sa rapière glissée dans son fourreau d'une façon tout à fait réglementaire, le long de sa hanche.

Arthur cligna des yeux, entre autres choses parce que les enfants du Joueur de Flûte, derrière Suzy, portaient les mêmes étranges accoutrements.

– La bande à Suzy! lui expliqua cette dernière, le voyant les regarder bizarrement. Des irréguliers. Le maréchal Crépuscule a donné son approbation. Je lui ai dit que c'était ton idée.

– Mon idée…, s'étonna Arthur, mais il se tut en voyant Suzy lui faire signe en haussant plusieurs fois les sourcils.

– Puisque les enfants du Joueur de Flûte sont, disons, mis en cause, ajouta Suzy, il vaut mieux les regrouper. Comme ça, on contrôlera mieux la situation. Au cas où la mère Prim', bon enfin je voulais dire dame Prima, voudrait nous refroidir.

– Je n'en fais pas une affaire personnelle, mademoiselle Bleue, rétorqua dame Prima d'une voix hautaine. Je suis simplement en train de faire le nécessaire pour assurer le triomphe éventuel de Lord Arthur. Vous êtes, vous-même, déjà tombée sous le charme de la musique du Joueur de Flûte, n'est-ce pas? Alors s'assurer que cela n'arrivera plus est une simple histoire de bon sens.

– Mais vous n'êtes pas obligée de nous tuer! riposta Suzy, horripilée. (Elle fouilla dans ses poches et en sortit deux morceaux de cire à bougie de couleur grisâtre.) On n'a qu'à enfoncer cette cire dans nos oreilles pour ne pas entendre la flûte! Et en plus c'est pas Mlle Bleue, mais général Turquoise Bleue, maintenant!

Dame Prima faillit s'étouffer d'indignation. Elle allait prendre la parole lorsqu'Arthur leva la main.

– J'ai déjà donné l'ordre qu'on ne touche à aucun enfant du Joueur de Flûte. Pas plus qu'aux Rats Apprivoisés, vu qu'ils ne nous font aucun mal. Et maintenant, je vais de ce pas les voir : ils me doivent une question, et moi je leur dois une réponse. Je suis donc sûr qu'ils seront au moins d'accord pour qu'on débatte. Dame Prima, maréchaux, tout le monde, je vous demande de vous mettre au travail comme il en a été décidé. Docteur Scamandros, voulez-vous bien venir avec moi ?

— Certainement, Lord Arthur, certainement, haleta-t-il. Au fait, avez-vous l'intention de vous servir encore de la Clef Cinquième ?

— Oui, ce sera le moyen le plus rapide. J'arriverai ainsi directement dans le *Rattus Navis IV*. Je pourrai probablement, pour cela, me servir du reflet de leur cruche d'argent. Qu'est-ce qu'il y a, Suzy ?

Suzy le tirait par la manche.

— Je viens, moi aussi, d'accord ? Pour voir les Rats et en finir avec Samedi !

— Je crois qu'il vaudrait mieux que tu restes ici pour t'occuper des enfants du Joueur de Flûte…

— Rester ici ! C'est pas parce que t'es plus grand maintenant, que tes dents sont plus éclatantes et que t'es devenu plus sensé que tu peux te passer de moi ! C'est qui, qui t'a tiré mille fois du pétrin ?

— Je devrais peut-être vous avertir, Lord Arthur, j'ai senti une grande résistance la dernière fois que nous nous y sommes trouvés, dit Scamandros. À vrai dire, j'ai presque été repoussé. Il serait plus prudent de prendre un ascenseur à Port Mercredi et d'envoyer chercher les Rats Apprivoisés.

— On n'a pas le temps. Mais je pense que j'aurai besoin de vous, et si vous pouvez vous tenir…

— Je viendrai avec vous, assura Scamandros. Je me tiendrai plus fort à vous cette fois-ci, bien que vous n'ayez plus de basques. Pourrai-je prendre votre bras ?

— Et moi ? supplia Suzy.

73

– Oui, toi aussi tu peux venir. Au moins pour parler aux Rats.

Arthur offrit un bras au Dr Scamandros et l'autre à Suzy, ce qui lui rendit difficile de tenir Clef Cinquième devant lui. Il s'apprêtait à la fixer du regard mais, avant cela, il hésita et lança un coup d'œil à dame Prima. Elle était retournée devant la table où était déployée la carte qu'elle s'était mise à étudier, et ne semblait pas avoir l'intention de se diviser dans les prochaines minutes, contrairement à ce qu'il lui avait demandé.

Mais autre chose lui traversa l'esprit.

– Dame Prima! Avant que vous vous partagiez en deux, j'aimerais que vous me rendiez l'*Anthologie du Palais*. Je crois qu'elle me sera également très utile.

Dame Prima, sans daigner lever les yeux de la table ni tourner la tête vers lui, répondit :

– L'*Anthologie* possède sa propre volonté. Je crois que la dernière fois qu'elle a été vue, c'est au Moyen-Palais, probablement en train de se faire une nouvelle reliure sans aucune aide extérieure visible. Je m'attends à ce qu'elle revienne ici à temps et, dans le cas contraire, elle vous trouvera où que vous soyez. Je vous suggère de jeter un coup d'œil sur toutes les étagères devant lesquelles vous passerez.

«Elle me ment, se dit alors Arthur. Elle me ment purement et simplement, ou par omission. Elle élude la vérité. Je me demande pourquoi elle n'aurait pas envie que j'ai l'*Anthologie*, elle me serait très utile. Pourrait-elle vraiment me mentir en me regardant dans les yeux?»

Soudain, le maréchal Aube se leva de son bureau et traversa la pièce à toute vitesse, brandissant une fiche en direction de dame Prima.

– Un geyser de Rien a été détecté près de l'Escapade du Calligraphe!

– Vous voyez bien, Arthur! triompha dame Prima en saisissant la fiche. Eh bien, si vous n'y allez pas, c'est moi qui vais le faire, comme vous me l'avez demandé. Maréchal Aube, préparez une escorte et l'ascenseur privé!

L'Aube s'inclina et se précipita hors de la pièce. Le silence tomba et tous observèrent dame Prima dont le dur regard eut tôt fait de rappeler à l'ordre tous ceux qui se trouvaient autour d'elle. Une activité frénétique reprit alors à droite et à gauche, mais à distance respectueuse de dame Prima, d'Arthur, de Suzy et de Scamandros.

– Ça va valoir le coup d'œil, marmonna Suzy. Tu crois qu'elle va gigoter comme un ver quand elle se divisera?

Arthur secoua négativement la tête.

– Ce serait trop indigne de dame Prima.

Comme ils l'observaient, elle fit un pas en avant et, ce faisant, elle devint floue et diminua de taille, comme si elle avait mis les pieds dans un trou. Puis une plus petite version d'elle-même avança, suivie d'une seconde identique, si bien que se succédèrent deux dames Primae hautes de deux mètres, au lieu d'une seule version de deux mètres et demi. Comme des jumelles, elles étaient habillées de la même façon, à ceci près que l'une tenait l'aiguille-épée de l'horloge de la Clef Première et le trident de la Clef Troisième, et l'autre les gantelets de la Clef Seconde et le bâton de maréchal de la Clef Quatrième.

Les deux incarnations du Testament se tournèrent l'une vers l'autre et se firent une petite révérence.

– Dame Quarto, se présenta celle qui avait l'épée et le trident.

– Dame Septum, se présenta à son tour celle qui avait le trident et le bâton.

– Hum, chuchota Scamandros. C'est un auto agrandissement. Elle a assemblé la partie première avec la troisième d'une part, et la deuxième avec la cinquième d'autre part. Ce qui, en additionnant le tout, gonfle son importance.

Quarto et Septum se retournaient maintenant pour faire une révérence à Arthur.

— Lord Arthur, firent-elles en chœur.

— Bonjour, dit Arthur. Merci pour votre division. Je pense que nous allons tous nous mettre au travail, maintenant.

— En effet, dit dame Quarto.

— Absolument, renchérit dame Septum. Je m'occuperai du Moyen-Palais, ajouta-t-elle solennellement.

— Et moi des montagnes! déclara dame Quarto.

Et toutes deux de sortir à grands pas de la pièce.

— Et moi… de Suprême Samedi, termina Arthur.

En disant ces mots, il eut une impression indéfinissable. Il leva le miroir et y plongea son regard, jusqu'à capter le reflet de la cruche d'argent de l'austère cabine du *Rattus Navis IV*. Il trouverait bientôt le navire, où qu'il soit, dans les eaux étranges de l'Océan Frontalier.

Chapitre 7

Il fut très difficile de franchir la porte avec deux personnes accrochées à lui et, pendant un instant terrifiant, Arthur crut que tous trois allaient être violemment refoulés, non pas en lieu sûr dans la Citadelle, mais ailleurs, là où il n'avait pas choisi d'aller. Le sol vacilla sous ses pieds, et la lumière l'aveugla ; Suzy et Scamandros pesaient comme du plomb au bout de chacun de ses bras, le tirant en arrière. Mais il continua à pousser, se concentrant de toutes ses forces sur son objectif. Il apercevait vaguement la table et les chaises de la grande cabine du *Rattus Navis IV* mais, bien qu'elle semblât tout proche, il lui était impossible de l'atteindre.

Puis, après un effort herculéen qui le laissa en nage et haletant, il se retrouva projeté avec les autres sur le sol en pente du navire où ils glissèrent sur les planches jusqu'à la coque à tribord. Puis, le bateau roulant de l'autre côté et tanguant vers l'avant, ils glissèrent en diagonale jusqu'à bâbord, rentrèrent dans la table et envoyèrent la cruche d'argent tinter sur le plancher.

Comme ils se relevaient, cherchant des prises autour d'eux pour pouvoir garder l'équilibre, la porte s'ouvrit brusquement sur un soldat Néo-Rien qui demeura bouche bée sur le seuil.

– Ennemi à bord! cria-t-il en tirant un poignard étincelant de sa ceinture.

Scamandros fouilla dans sa manche et, contre toute attente, en sortit une petite pique à cocktail sur laquelle était enfilé un petit oignon mariné – qu'il se hâta de cacher dans sa manche.

Suzy sortit sa rapière, mais le Néo-Rien, ayant le pied marin, fut plus rapide et se rua sur Arthur qui leva instinctivement les bras pour se protéger. Mais un bras était-il une protection sérieuse contre une longue dague qui crachait des étincelles incandescentes?

Sauf que c'était son bras droit et que, dans sa main droite, il tenait la Clef Cinquième. Avant que le Néo-Rien eût le temps d'abaisser sa lame sur Arthur, il y eut un éclair aveuglant, une soudaine et étrange puanteur chimique s'éleva en même temps qu'un cri de stupeur, puis il ne resta plus qu'une paire de bottes sur le pont, à l'endroit précis où s'était tenu le Néo-Rien.

Arthur sentit monter en lui une violente bouffée de colère.

«Comment ces misérables créatures osent-elles m'attaquer? se dit-il. Comment osent-elles? Je vais taper dans le tas et faire un massacre...»

Arthur secoua la tête, inspira profondément et s'efforça de refouler cette rage, cette fureur soudaine. Il était effrayé qu'une telle violence ait pu le traverser, et que sa réaction immédiate ait été d'attaquer.

Comme la rage diminuait, il prit conscience que son bras lui faisait très mal.

– Aïe! fit-il.

En fait, la pointe de la dague du Néo-Rien l'avait touché. En observant son bras plus attentivement, il prit conscience que l'arme ne l'avait pas seulement égratigné : une longue estafilade courait le long de son avant-bras, qui semblait entaillé jusqu'à l'os. Mais, alors qu'il observait sa blessure, l'entaille se referma, ne laissant qu'une mince cicatrice blanche. Arthur essuya le peu de sang qui restait, tâchant de ne pas prêter attention au fait qu'il n'était ni rouge comme le sang humain, ni bleu comme celui d'un Autochtone ; il était doré comme du miel, un miel à la robe riche et profonde, et cette vision lui fut presque plus douloureuse que la coupure elle-même. Ce qu'il était en train de devenir était à vrai dire fort étrange.

– Y reste plus rien de lui, constata Suzy avec satisfaction, retournant de la pointe de son épée les bottes du Néo-Moins-que-Rien parti en fumée.

– Ce n'est pas ce que je voulais faire, soupira Arthur. Ce n'est pas moi, c'est la Clef Cinquième qui l'a fait.

– Nous ferions mieux de nous préparer, dit Suzy.

Elle essaya de tirer la table pour la traîner jusqu'à la porte, mais le meuble était vissé au sol. Suzy ne réussit qu'à aller heurter Scamandros au moment où elle lâcha prise. Déséquilibrés, tous deux tombèrent en arrière dans un fauteuil généreusement capitonné. Suzy se remit debout en un clin d'œil, tandis que Scamandros se débattait tel un scarabée retourné sur le dos.

– Y'a pas qu'un seul Néo-Rien à bord, dit Suzy. Ils peuvent débouler d'un moment à l'autre.

– Ils n'ont pas dû entendre, observa Arthur.

Il y avait beaucoup de bruit à bord : celui, sourd, constant et rythmé des pistons du moteur mêlé aux grincements du gréement et au fracas des vagues que fendait le navire.

– Ils ont très bien entendu. (Suzy cracha dans ses mains et serra plus fort son épée contre sa hanche.) J'espère que ta Clef peut en désintégrer une flopée.

– Je ne veux pas les anéantir, protesta Arthur. Je veux simplement parler aux Rats Apprivoisés !

– Nous sommes très heureux de l'entendre, fit une voix venue de sous la table.

Suzy pesta puis baissa la tête pour regarder d'où venait la voix.

– Une trappe, s'exclama-t-elle, admirative. Rusé !

Un rat qui mesurait plus d'un mètre, vêtu d'une culotte blanche et d'une veste bleue avec une seule épaulette dorée sur l'épaule gauche, sortit de sous la table et salua Arthur, étirant sa longue bouche en un sourire qui découvrit deux incisives couronnées d'or. Il portait un coutelas sur son flanc, mais rangé dans son fourreau. Un chapeau napoléonesque était drôlement perché sur sa tête, tout de travers.

– Lord Arthur, je suppose ? Je suis le Lieutenant Ratounes d'Or, fraîchement nommé commandant de ce vaisseau suite à la promotion et à la mutation du Capitaine Longue-keu. Je n'ai pas eu le plaisir de vous rencontrer jusqu'ici, mais je suis au courant des tractations que vous avez menées avec nous. Voulez-vous bien, vous et vos compagnons, vous asseoir ?

Il désigna les fauteuils.

– Avons-nous une trêve ? lui demanda Arthur avant de s'installer. J'aimerais m'assurer que vous parlez au nom de nous tous, ici à bord ?

– Je suis le capitaine, fit valoir Ratounes d'Or. Je parle d'une trêve pour nous tous, Néo-Moins-que-Rien aussi bien que Rats Apprivoisés.

– Et le Joueur de Flûte, il est pas là, au moins ? demanda Suzy.

Elle non plus n'avait pas obtempéré à l'invitation de Ratounes d'Or et n'avait pas pris place dans un fauteuil ; en revanche, Scamandros s'était assis tout de suite après être parvenu à se relever.

– Le Joueur de Flûte n'est pas sur ce bateau, la rassura Ratounes d'Or. Et bien que nous ayons envers lui une dette considérable et que, en conséquence, nous nous ferons un devoir de transporter ses troupes, les Rats Apprivoisés ont choisi de ne pas participer aux guerres du Joueur de Flûte ; de ce fait, ils ne devraient donc pas être considérés de la même manière que les Néo-Rien. À propos, si vous vouliez bien vous asseoir, je sortirais pour faire cesser l'état d'alerte et mettre au repos les Néo-Rien.

– Je suis désolé à propos de celui… que j'ai tué, s'excusa Arthur.

Il était très conscient que les Néo-Rien, tout en se sentant obligés de servir le Joueur de Flûte, n'avaient en fait qu'un désir, celui d'être de simples agriculteurs. Arthur sentait qu'ils étaient plus humains qu'Autochtones.

– Vous comprenez, il m'avait attaqué, et la Clef…

Ratounes d'Or hocha la tête.

– Je leur expliquerai. Il n'est pas le premier et ne sera pas le dernier. Quoi qu'il en soit, je suis sûr qu'il n'y aura plus de conflit entre nous sur le *Rattus Navis IV*. Prenez je vous prie des gâteaux secs dans cette boîte, et du jus de canneberge dans le petit baril.

– Tant qu'à faire, ironisa Arthur tandis que le Rat s'en allait vers la porte.

Il prit le tonnelet et versa du jus de canneberge dans la cruche en argent tandis que Suzy prenait des biscuits tout en les tapotant sur la table pour en faire tomber les charançons. Elle les présenta à ses amis, mais Arthur et Scamandros préférèrent passer leur tour ; en revanche, le docteur sortit de ses poches intérieures un sandwich au jambon et au cresson légèrement écrasé dans une assiette de porcelaine.

– Je suis curieux de savoir pourquoi il y a des Néo-Rien à bord, dit Arthur. J'espère que le Joueur de Flûte ne va pas nous attaquer ici, sur l'Océan Frontalier.

– Port Mercredi est bien défendu, observa le Dr Scamandros. Le Triangle est plus abordable, vu qu'aucun bateau régulier n'est là pour le protéger, mais il n'y aurait aucun intérêt à le prendre, vu qu'il n'y a pas d'ascenseurs, aucun moyen de communication et rien qui nous soit utile. Bien sûr les Rats pourraient emmener les Néo-Moins-que-Rien ailleurs, à travers l'Océan Frontalier vers les Royaumes Secondaires…

– Chut! l'interrompit Arthur. Ratounes d'Or revient.

Ratounes d'Or frappa deux petits coups avant de passer son long museau dans l'entrebâillement de la porte.

– Tout va bien? demanda-t-il avant d'entrer. Très bien. Je crains que mon lieutenant ne puisse nous rejoindre, étant donné qu'il est de quart, mais mon second le remplacera. Je crois que vous vous êtes déjà rencontrés.

Le Rat Apprivoisé qui avançait derrière Ratounes d'Or le salua. Bien que ses moustaches aient été taillées et que sa veste soit devenue bleue, Arthur le reconnut immédiatement.

– Watkingle! Mais vous êtes monté en grade!

– Oui, monsieur, dit-il. C'est parce que je vous ai frappé à la tête, monsieur, évitant ainsi une… catastre… je veux dire un… désastrophe, enfin bref. En tout cas, ce fut un bon coup pour moi – si vous me passez l'expression, monsieur.

– Je passe. C'était nécessaire, à ce moment-là. (Arthur se leva et secoua la patte de Watkingle.) Je serais tombé dans les griffes de Colchique, autrement.

— Vous êtes… euh… c'est que… monsieur… vous êtes plus grand, dit le second.

— Hélas oui, répondit Arthur.

Il se rassit. Watkingle s'adossa à la coque et écarta ses pattes pour ne pas être déséquilibré par le roulis du bateau.

— Si je comprends bien, intervint Ratounes d'Or pour rompre le silence gêné qui s'était installé après la réponse d'Arthur, vous êtes venu pour nous poser votre troisième question ?

— Eh bien, c'est à la fois une question et une demande d'aide, répondit Arthur. J'ai appris que Suprême Samedi avait isolé le Haut-Palais et qu'il n'y a aucun moyen d'y accéder. Mais je suis sûr que vous, les Rats, vous connaissez un chemin. En fait, je le sais parce qu'un Rat Apprivoisé a réussi à sortir avec un plan. Je veux trouver ce chemin, et je veux que vous m'y aidiez.

— Hum, fit Ratounes d'Or. Je vais devoir dépêcher un message au contre-amiral Monckton…

— On n'a pas le temps, répliqua Arthur. Je suppose que vous savez que les défenses contre le Rien dans les Confins Extrêmes ont été sabotées et que le barrage a été détruit. Le Bas-Palais lui aussi a été pulvérisé. Je dois arrêter Samedi avant qu'elle n'anéantisse tout le Palais.

Ratounes d'Or, troublé, fronça le nez.

— Nous avons appris qu'une catastrophe s'était produite, mais nous ne nous doutions pas que ses conséquences étaient aussi graves. Seulement, pour répondre à votre question, je dois vous livrer certains secrets. Je ne commande pas ce bateau depuis longtemps, et je suis tout jeune dans le métier…

— J'ai déjà ordonné qu'on laisse les Rats tranquilles, à moins qu'ils agissent contre mes forces, dit Arthur. Je serai heureux de faire pour vous tout ce qui sera en mon pouvoir et de répondre à toutes vos questions, si vous pouvez me dire comment pénétrer dans le Haut-Palais. Plus exactement, comment entrer dans le Haut-Palais sans être vu.

– Comme vous l'avez deviné, Lord Arthur, il y a un moyen, annonça calmement Ratounes d'Or. (Il regarda Watkingle, qui faisait semblant d'ignorer ce qui se disait.) Tout bien considéré, je pense qu'il est de mon devoir de vous aider. À condition que vous acceptiez le prix qui sera fixé par le contre-amiral Monckton et les Rats, en plus de la réponse que vous me devez déjà.

– Eh ben dites donc, c'est comme on dit vendre chat en poche. Vous cachez bien ce que vous vendez! Décidément, vous les Rats, comme combinards, vous décrochez le pompon!

– Vraiment? plaisanta Watkingle en tirant sur l'un des pompons qui ornaient son épaulette.

– Vous savez très bien ce que je veux dire! s'énerva Suzy. Pourquoi est-ce qu'Arthur devrait accepter de…?

– C'est bon, Suzy, fit le garçon. J'accepte.

«Si je n'accepte pas, ça n'aura bientôt plus d'importance», songea-t-il. Et une petite voix à l'intérieur de lui, une profonde et méchante partie de son esprit ajouta: «En plus, je peux revenir sur ce que j'ai dit. Après tout, ce ne sont que des Rats…»

– Je dois aussi vous demander de garder ceci secret, Lord Arthur, continua Ratounes d'Or. Vous devez tous le garder secret.

Arthur hocha la tête, Suzy de même, mais il se douta que derrière son dos, elle avait croisé les doigts.

– Toujours heureux de garder un secret, termina Scamandros. J'en ai déjà une centaine, là, bien au chaud.

Le sorcier se frappa le front, et le tatouage d'un trou de serrure y apparut, dans lequel une clef entra et tourna; figure bientôt remplacée par un déluge de points d'interrogation qui sautillèrent de ses tempes à ses oreilles.

– Très bien, approuva Ratounes d'Or. Lord Arthur, vous connaissez le principe de nos Bouteilles Synchrones? Et comment ce qu'on y introduit apparaît aussitôt dans une autre bouteille identique?

– Oui. C'est un mode de transmission des messages. Mais Monckton m'a dit que ces bouteilles ne fonctionnaient qu'à l'intérieur de l'Océan Frontalier.

– C'est vrai pour la plupart. Mais nous possédons en fait un petit nombre de Bouteilles Synchrones spéciales, qu'on appelle très exactement des Nebuchadnezzars synchrones, qui elles n'agissent pas seulement dans l'Océan Frontalier…

– C'est quoi, une Nebuchadnezzar? demanda Suzy.

– Une bouteille d'une *certaine* taille, expliqua Scamandros.

Huit bouteilles de taille croissante apparurent sur sa joue. La plus petite faisait à peu près un centimètre de hauteur, et les plus grandes s'étageaient de son menton au pavillon de son oreille.

– Disons plutôt une bouteille de *grande* taille, reprit-il. Prenez une bouteille ordinaire, vous voyez? Eh bien ensuite vient le magnum, qui fait la taille de deux boutcilles, vous me suivez? Puis le jéroboam, qui représente le contenu de quatre bouteilles ordinaires vous me suivez toujours? Et ainsi de suite : réhoboam, six bouteilles ; mathusalem, huit ; salmanazar, douze ; balthazar, seize ; et nabuchodonosor, vingt! Un nabuchodonosor fait donc le contenu de vingt bouteilles ordinaires. (Il se mit à fouiller dans les poches intérieures de son manteau.) J'ai ici quelque part un jéroboam d'un merveilleux petit mousseux que m'avait offert ce pauvre vieux capitaine Capiton…

– C'est bon, c'est bon, le coupa Ratounes d'Or. Les Nabuchodonosors Synchrones sont de très grandes bouteilles que nous avons réparties dans de nombreux endroits du Palais, y compris dans le Haut-Palais. Leur grande taille a été calculée pour permettre le transfert de l'un d'entre nous – pardon, je me hâte d'ajouter : de quelqu'un de votre taille, Lord Arthur.

– Je me doutais bien que ce serait quelque chose de cet ordre, dit Arthur. C'est là où vous intervenez, Dr Scamandros. Je veux que vous me transformiez en Rat Apprivoisé. Provisoirement, bien sûr.

– Et moi aussi, dit Suzy.

– Ce n'est pas évident, déclara le Dr Scamandros. Il est vrai que je vous ai déjà fait voir des mirages, pour vous donner l'apparence d'un Rat. Mais en vérité, vous transformer, même pour un temps limité, je ne sais pas si… Vous pourriez demander à la Clef de le faire, Arthur.

– Probablement, mais si la Clef Cinquième le faisait, je risquerais de ne pas pouvoir revenir à mon état premier. Alors que si vous le faites, vous, le sort s'épuisera de lui-même, n'est-ce pas ?

– Je l'espère, dit Scamandros. Mais je ne peux être sûr de l'action exercée sur vous par un sortilège quel qu'il soit, Lord Arthur. Il est possible que la Clef perçoive cet ensorcellement comme une attaque, et me fasse subir le même sort qu'à ce Néo-Rien.

– Je suis sûr que ce ne sera pas le cas si je me concentre très fort pour me transformer en Rat, dit Arthur. Quoi qu'il en soit, essayons.

Ratounes d'Or toussota et leva une patte.

– Le Nabuchodonosor Synchrone qui est jumelé avec celui que nous avons caché dans le Haut-Palais n'est pas sur ce bateau. Si vous voulez l'essayer selon les termes de notre accord, nous devons rejoindre le *Rattus Navis II*. Si je lui envoie un message et qu'il renvoie des signaux de vapeur dans notre direction, et que nous lui répondions de la même façon, nous en avons pour une demi-heure tout au plus. Nous voyageons en convoi.

– En convoi? s'inquiéta Arthur. Avec une cargaison de Néo-Moins-que-Rien à bord? J'espère que vous ne projetez pas d'attaquer Port Mercredi?

– Je ne connais pas la destination finale de cette armée de Néo-Moins-que-Rien, lui répondit Ratounes d'Or. Mais je peux vous dire que nous les avons embarqués dans les Royaumes Secondaires, et que je m'attends à ce que nous les débarquions dans un autre royaume.

– Alors, c'est parfait, dit Arthur. Mais j'y pense : qu'est-ce qu'ils peuvent bien fabriquer? Si au moins le Joueur de Flûte voulait bien rester en dehors de tout. Je pourrais demander à l'un des Néo-Moins-que-Rien…

– S'il vous plaît! l'interrompit Ratounes d'Or. Comme je le disais, les Rats Apprivoisés ne cherchent pas la bagarre, bien au contraire. Pour le moment, les Néo-Moins-que-Rien doivent admettre le pieux mensonge que l'un d'eux est mort dans un accident en mer. Ils ne viendront pas vous attaquer mais, si vous vous faites connaître, alors ils se sentiront obligés de combattre. Je m'attends à ce que vous gagniez, Lord Arthur, mais il se pourrait que vos compagnons soient tués, et avec eux de nombreux Néo-Moins-que-Rien. Je vous en prie, restez ici, buvez du jus de canneberge et, quand nous aurons organisé notre rendez-vous, nous vous transférerons aussi vite et confortablement que possible sur l'autre bateau.

– Très bien.

Une fois encore, Arthur dut lutter contre une pulsion qui lui commandait de marcher sur le pont vers les Néo-Moins-que-Rien afin de leur donner l'ordre de s'incliner devant lui. S'ils ne le faisaient pas, alors il les réduirait en cendres, pour que le vent et les vagues les emportent…

«Non, se défendit Arthur. Stop! J'agirai comme bon me semble. Peu importe de quoi j'ai l'air à l'extérieur, je ne changerai pas à l'intérieur, je resterai ce que je suis vraiment. Je suis humain et je sais aimer, être gentil, compatissant envers ceux qui sont plus faibles que moi. Ce n'est pas parce que j'ai un pouvoir que je dois m'en servir!»

– Je vais avoir besoin de certaines choses, annonça le Dr Scamandros qui était en train de fouiller dans ses poches. Hum… Des poils de Rat fraîchement coupés… Quatre empreintes de pattes dans de la gelée, du plâtre ou du sable, ça fera l'affaire… De la peinture grise ou marron, et un pinceau plus gros que celui-là…

– Watkingle peut vous trouver tout cela, dit Ratounes d'Or.

– Quels poils de Rat fraîchement coupés, monsieur? demanda Watkingle. Je ne suis pas censé faire des coupes…

– Il s'en trouvera bien un qui aura besoin d'une petite coupe, lui répliqua Ratounes d'Or. Occupez-vous-en tout de suite.

– Bien bien, grommela le second.

Il quitta la cabine en marmonnant dans sa moustache:

– Des poils, du plâtre, de la peinture grise ou marron…

– Voyons un peu, continua le Dr Scamandros. (Il posa sur la table une bouteille en verre couleur jade au bouchon scellé.) La grande bouteille d'encre radioactive… sera parfaite pour potasser un peu… ce passage dans les *Exactions xénographiques* de Xamaner… J'en suis sûr, j'en ai un exemplaire quelque part…

– Où est l'autre nabuchodonosor? Celui qui se trouve dans le Haut-Palais? demanda Arthur, comme toujours fasciné par la quantité et la taille des objets que Scamandros arrivait à sortir de son manteau. Est-ce que là-bas il y a des Rats qui pourraient m'aider?

— Je ne sais pas vraiment, répondit Ratounes d'Or. Je crois que le nabuchodonosor se trouve au plus bas niveau du Haut-Palais, près des moteurs à vapeur qui actionnent les chaînes. Ne vous inquiétez pas, nous avons des agents sur place. Et, bien sûr, les enfants du Joueur de Flûte qui nous aident vous assisteront probablement aussi.

— Les enfants du Joueur de Flûte ? s'étonna Suzy. Je ne savais pas qu'un de nos groupes se trouvait dans le Haut-Palais.

— Des machines à vapeur ? Des chaînes ? s'inquiéta en même temps Arthur.

Ratounes d'Or expliqua le peu qu'il savait, interrompu de temps à autre par Scamandros qui faisait le catalogue des objets dont il avait besoin et dressait la liste des étranges nouveaux objets qu'il avait sortis de son manteau. Il se trouva que le sorcier ne put pas ajouter grand-chose aux explications de Ratounes d'Or. Scamandros avait été expulsé du Haut-Palais plusieurs milliers d'années auparavant et, dès lors, Suprême Samedi n'avait eu de cesse d'élever davantage sa tour selon des critères architecturaux conventionnels, sans se priver d'y insérer des structures en fer nettement moins académiques.

— Une sorte de Lego métallique géant, commenta Arthur. Et tous les cubes sont acheminés sur les rails grâce à des chaînes actionnées par la machine à vapeur ?

— C'est ce qu'on m'a dit, confirma Ratounes d'Or.

— Je crois que ça vaudra le coup d'œil, déclara gaiement Suzy. Rien ne vaut un magnifique nuage de vapeur et une bonne bouffée de fumée de charbon fuligineux pour traficoter les poumons.

— *Ravigoter*, rectifia distraitement Scamandros. Ra-vi-go-ter. Traficoter, c'est ce que je suis en train de faire en ce moment.

— Je suis sûr que ce sera plutôt intéressant, dit Arthur. Mais nous ne devons pas oublier que c'est la forteresse de notre ennemi. Si tu viens, Suzy, tu devras être discrète et éviter de te montrer. Je ne veux pas avoir à me battre contre une armée de sorciers. Ni contre Samedi – pas dans son propre domaine, en plus avec la Clef Sixième. On se contente d'entrer, de trouver le sixième fragment du Testament, on le prend et on ressort. Compris ?

– Compris, dit Suzy.

– Bien.

À ce moment, une image de son père, Bob, traversa l'esprit d'Arthur : Bob en train de regarder un de ses films favoris avec Danny Kaye, et de rire aux éclats. Mais cette image disparut aussi vite qu'elle était apparue, et Arthur ne sut pas dire pourquoi elle lui était venue à l'esprit. Il aurait aimé la garder plus longtemps. Son père, sa famille, tous lui semblaient si lointains. Tellement lointains que ce petit souvenir, même fugace, le fit se sentir moins seul.

Chapitre 8

Ils furent transportés dans une barque du *Rattus Navis IV* jusqu'au *Rattus Navis II*. Occupée par huit robustes Rats avec des rubans bleus flottant à leur chapeau de paille, qui ramaient au rythme des rugissements de Watkingle (Rrrraaamez! Rrrrraaaamez!), la barque traversa rapidement la distance qui séparait les deux bateaux.

Arthur s'assit dos à la proue, observant le *Rattus Navis IV* et les rangs des Néo-Moins-que-Rien sur le pont. Ils regardaient tous de l'autre côté, indifférents à la présence de leur passager provisoire, l'ignorant consciencieusement. Arthur se demandait où ils pouvaient bien se diriger et se posait des questions sur la destination qu'il prenait lui aussi, quand une pluie d'eau de mer glacée s'abattit sur ses épaules. Se retournant juste à temps pour en avaler les dernières gouttes, il vit qu'ils étaient en train de glisser sur le dos d'une vague après avoir surfé sur sa crête. Beaucoup d'eau gicla sur le pont, et, n'eut été l'adresse de Watkingle à manœuvrer le bateau, la houle les aurait carrément engloutis.

L'eau qui était tombée sur Arthur, avait apporté quelque chose de mouillé, de trempé, sur ses genoux. C'était un éléphant jaune en peluche : son éléphant, celui qu'il avait déjà trouvé dans l'Océan Frontalier, havre des objets perdus entre la mer et le Grand Labyrinthe.

– Éléphant ! s'exclama-t-il.

Et il le serra contre lui, plus fort qu'il ne l'avait jamais fait, même dans sa petite enfance. Il se souvint alors de qui il était, et où il se trouvait. Puis lentement, il posa le jouet sur ses genoux.

– Mieux vaut être prudent avec ces choses-là, dit le Dr Scamandros en lui jetant un coup d'œil par-dessus son exemplaire ouvert des *Exactions xénographiques* de Xamanader (petit livre à la couverture rouge qui semblait trop mince pour contenir une grande sagesse ésotérique). Les amulettes de l'enfance sont très puissantes. Quelqu'un pourrait le transformer en sosie mange-esprit, comme l'Écorché, ou peut-être en une gentille aiguille qui vous ferait beaucoup souffrir.

– Je ne perdrai plus Éléphant, promit Arthur.

Il mit le petit jouet à l'intérieur de sa tunique et s'assura qu'il ne puisse pas en tomber. La bosse qu'il formait était plutôt bizarre, mais il ne s'en soucia pas.

– Moi aussi, j'avais un jouet quand j'étais p'tite, dit Suzy.

Elle fronça les sourcils un instant, puis ajouta :

– J'peux pas me souvenir de ce que c'était. Ça bougeait et ça me faisait rire…

– Ohé du bateau ! Amarrez-vous bord à bord !

Suzy oublia ses souvenirs quand ils grimpèrent l'échelle de corde pour monter à bord du *Rattus Navis II*. Ils furent accueillis par un Rat Apprivoisé tout pimpant, dont l'uniforme était beaucoup plus beau et nettement plus décoratif que tous ceux qu'Arthur connaissait déjà. Même le tissu bleu uni de son manteau était décoré d'une broderie en soie qui brillait à la lumière.

– Salutations, Lord Arthur ! Je suis le lieutenant Belle-moustache, commandant de ce vaisseau. Venez je vous prie à l'étage inférieur. Nous avons à bord notre propre petit contingent de Néo-Moins-que-Rien, des officiers supérieurs pour la plupart, qui ont bien voulu se rassembler à la proue pour prendre le thé pendant que vous… euh… nous rendez visite.

– Merci, dit Arthur.

– Suivez-moi, je vous prie.

Bellemoustache se hâta vers l'escalier arrière menant aux cabines, et les conduisit jusqu'à l'imposante cabine du capitaine. Pareille à celle du *Rattus Navis IV*, elle était néanmoins plus richement décorée. Des rideaux de velours encadraient ses fenêtres, et ses fauteuils rembourrés étaient tapissés d'un tartan écossais.

Arthur remarqua à peine les décorations. La cabine était occupée par une bouteille en verre de couleur émeraude deux fois haute comme lui, au diamètre gigantesque, placée dans un berceau en bois amarré au pont. Seul le fait que le col de l'énorme bouteille n'était pas plus épais que sa jambe l'empêchait de se glisser aisément à l'intérieur sans avoir à se transformer en Rat.

Le verre couleur jade était translucide, et quelque chose qui ressemblait à de la fumée ou à une sorte de brouillard tourbillonnait à l'intérieur, contenu par l'énorme bouchon de plomb cerclé de fil de fer et encapuchonné d'acier du Nabuchodonosor Synchrone.

– Tout est prêt, annonça Bellemoustache. Vous entrerez dans la bouteille quand vous serez… eh bien… quand vous serez prêt à le faire. Puis-je vous offrir un rafraîchissement tonique, un petit remontant, Lord Arthur, pendant que votre magicien prépare son sortilège ?

– Non, merci. Combien de temps cela va-t-il vous prendre, docteur Scamandros ?

Scamandros, qui était en train de disposer ses nombreux accessoires sur son petit établi, lança un regard à Arthur, plusieurs coups d'œil au nabuchodonosor, toussota et répondit:

— Peut-être une demi-heure, Lord Arthur. Si je pouvais persuader quelqu'un d'aller me chercher un gros morceau de fromage avec sa croûte, je lui en serais très reconnaissant. Je croyais avoir une vieille tranche de mimolette, mais je n'arrive pas à mettre la main dessus.

— Je vais demander au cuisinier de vous en trouver une, lui assura Bellemoustache. Je vous en prie, prenez vos aises. Je dois m'absenter quelques minutes pour aller sur le pont, mais j'aurai largement le temps d'ouvrir le nabuchodonosor. Il faut pour cela utiliser une technique tout à fait spéciale, aussi vous prierai-je de ne pas essayer de le déboucher vous-même. Je vous recommande également de ne pas toucher le verre. L'extérieur de la bouteille est la plupart du temps très froid, mais par moments brûlant. Et comme ni la chaleur ni le froid ne rayonnent, ce pourrait être un choc très désagréable pour vous.

— Ils ne *rayonnent* pas? marmonna Scamandros. Comme c'est intéressant.

Il se détourna des empreintes de Rat sur plâtre sur lesquelles il était en train de s'affairer, et s'approcha du nabuchodonosor. Puis, brusquement, il lança les bras en l'air et revint sur ses pas. Le tatouage d'une roue de navire se mit à tourner sur son front, exprimant qu'il venait de se rappeler à sa tâche immédiate.

— Ainsi, nous allons entrer dans cette bouteille, dit pensivement Suzy, puis trouver le sixième fragment du Testament, c'est bien ça?

— C'est cela, assura Arthur.

— Et comment qu'on fait exactement? Et s'il faisait comme le premier fragment et me sautait à la figure?

– J'aimerais bien, dit Arthur. Mais il sera caché, de toute façon. J'espère que je pourrai ressentir sa présence ; je ressens les fragments du Testament, maintenant. Ou peut-être qu'il parlera à mon esprit, comme l'ont fait les autres quand je m'en approchais assez près.

– J'ai mal au cœur quand dame Prima est dans les parages, déclara Suzy. Peut-être que ça nous aidera.

– Tout peut nous aider. Il faut qu'on soit très prudents. Si jamais on trouve le sixième fragment, on se servira de la Clef pour foncer directement à la Citadelle…

– Oh non, non et non ! s'affola Scamandros. Vous n'oserez pas faire cela ! Ne vous l'ai-je donc pas dit ? Il y a toujours quelques sorciers à l'affût de quelque acte de sorcellerie à accomplir dans le Haut-Palais. J'ose dire qu'il y en a même plus que jamais, ces temps-ci. Dès que vous commencerez à utiliser la Clef, ils riposteront en vous incarcérant ou en vous « ensachant ».

– Ils n'oseront pas s'en prendre à l'Héritier Légitime, possesseur de la Clef Cinquième ! assena Arthur d'une voix de stentor. (Il se leva et se frappa la poitrine.) Ce ne sont que de vulgaires Autochtones ! C'est moi qui… !

Il s'arrêta, essuya son front où la sueur s'était mise à perler, et se rassit.

– Désolé, fit-il en retrouvant sa voix normale. Les Clefs me travaillent… Revenons à nos moutons : comment sortirons-nous, une fois que nous aurons le sixième fragment, docteur ?

– Je l'ignore, Lord Arthur, répondit Scamandros. Je suis un piètre stratège. Tout ce que je sais, c'est que si vous utilisez les pouvoirs de la Clef Cinquième, vous ne disposerez que de très peu de temps pour agir avant qu'ils le fassent contre vous. Mais, si vous êtes assez rapide, vous arriverez à sortir avant qu'ils ne vous jettent un sort. Il est possible aussi que vous soyez plus fort que les centaines voire les milliers de sorciers de Samedi. N'oubliez pas cependant que, s'ils parviennent à vous tenir en leur pouvoir ne serait-ce que quelques minutes, il n'en faudra pas davantage à Samedi pour qu'elle achève le travail.

— De plus, la Clef Sixième est plus puissante dans son propre domaine, ajouta Arthur. Au passage, que veut dire se faire ensacher?

Scamandros frissonna et ses tatouages prirent une teinte verdâtre.

— On vous retourne comme un gant et on vous enferme dans une sorte de sac constitué de vos propres fluides corporels… qui sont alors vitrifiés, comme du verre.

— Mais c'est affreux! Et si un truc pareil m'arrivait, je ne serais pas mort?

— Pas si vous êtes un Autochtone. Les Autochtones peuvent survivre à l'ensachage plusieurs mois, jusqu'à une année. Samedi suspendait les sacs membraneux un peu partout, en signe d'avertissement. Mais c'était un châtiment assez rare, à mon époque.

— C'est quand même mieux qu'une pendaison, répliqua gaiement Suzy.

Puis, les sourcils froncés, elle ajouta:

— Sauf que je ne me souviens d'aucune. Quand on allait à une pendaison, ma maman nous préparait notre casse-croûte et l'enveloppait dans un linge blanc…

Sa voix s'estompa tandis qu'elle essayait de se rappeler sa lointaine vie humaine.

— Je dois aussi vous donner quelque chose pour envelopper la Clef, reprit Scamandros. Pour cacher et étouffer ses émanations magiques. Je dois bien avoir ça quelque part… Mais tout d'abord, je dois achever ce sortilège. Si vous pouviez avoir l'amabilité de rester complètement silencieux et de regarder de l'autre côté pendant quelques minutes, j'ai besoin d'une totale concentration.

Arthur et Suzy obtempérèrent. Arthur tira l'un des rideaux qui encadraient le hublot et regarda la mer démontée à travers la vitre. Les vagues venaient frapper l'étroite fenêtre, se briser contre elle chaque fois que le bateau gîtait. Mais c'était une fenêtre qui ne prenait pas l'eau. Arthur trouva fascinant de regarder la masse mouvante et hypnotisante de cette eau gris-vert parsemée d'écume blanche. L'espace de quelques minutes, il put oublier tous ses soucis et contempler la mer infinie…

– C'est bon! s'exclama Scamandros.

Arthur et Suzy se retournèrent. Les empreintes dans le plâtre et les poils de Rat avaient disparu, la bouteille d'encre radioactive était vide. Scamandros tenait le pot de peinture grise dans une main et le gros pinceau dans l'autre.

– Bien, et maintenant enlevez vos habits. Je dois vous peindre.

Suzy ôta sa casquette et commença à déboutonner son manteau.

– Garde-le! Euh… Attends un peu, la retint Arthur.

Gêné, il rougit jusqu'aux oreilles. Il avait été habitué aux salles de bains mixtes dans la Glorieuse Armée de la Grande Architecte, mais les femmes ne se déshabillaient jamais complètement. Et puis, c'était des Autochtones. Or Suzy, bien qu'il l'oubliât la plupart du temps, était pour ainsi dire une fille normale.

– Pourquoi devons-nous enlever nos vêtements?

– La peinture a des vertus particulières, elle vous prépare à vous métamorphoser en Rats, expliqua Scamandros. Je vais peindre le processus d'activation sur la croûte du fromage et, quand vous en mangerez, vous deviendrez des Rats Apprivoisés. En tout cas, je le crois.

– Bien, marmonna Arthur entre ses dents.

Il se retourna vers la fenêtre et se dévêtit non sans réticence.

– Au moins, y a pas de bibliophages qui auraient envie de mordiller les livres et les papiers, dit Suzy. Y a plein de griffonnages sur tes vêtements, Arthur. C'est la mode, chez vous, maintenant ?

– Eh oui. (Arthur prit une profonde inspiration pour se donner du courage, et enleva ses sous-vêtements.) Commencez à peindre, Scamandros.

– C'est moi qu'il peint, répliqua Suzy. Va falloir que t'attende. Wouaouh ! Elle est glacée, cette peinture !

Arthur ravala un ordre et se concentra à nouveau en toute hâte sur la vue qu'offrait la fenêtre. Il ne savait quoi faire de ses mains. Les placer sur ses hanches est ridicule quand on est nu, aussi bien que de les laisser pendre de chaque côté. Finalement, il les croisa devant lui, tout en pensant que ce n'était pas terrible non plus.

– Bien, à vous maintenant, Lord Arthur. Allons-y, dit Scamandros.

La seconde suivante, Arthur tressaillait au contact du liquide froid sur son dos.

– Restez tranquille ! l'implora Scamandros. Je n'en ai pas de trop !

Arthur serra les dents et resta tranquille pendant que le docteur le badigeonnait de peinture de la tête aux pieds.

– Parfait, Lord Arthur. Tournez-vous, s'il vous plaît.

Arthur ferma les yeux et se retourna. Il entendit frapper à la porte, et un Rat Apprivoisé cria :

– J'ai trouvé ce fromage pour vous, monsieur ! Je le pose ici.

– Levez les bras, Lord Arthur, ordonna gaiement Scamandros.

Arthur serra encore plus fort les paupières et leva les bras. Il ne put s'empêcher de sursauter quand il reçut la peinture sur les zones les plus sensibles de son corps.

– Ça y est, vous êtes prêt ! se réjouit Scamandros.

Arthur ouvrit les yeux et se regarda. Il s'attendait à se voir tout barbouillé de peinture grise mais, au lieu de cela, c'était un beau manteau de fourrure gris anthracite qui lui tombait jusqu'aux chevilles.

Bien que la fourrure préservât en quelque sorte sa pudeur, Arthur s'assit rapidement, croisa les jambes et referma son manteau sur ses genoux.

– Vous n'aurez pas de queue, l'informa tristement Scamandros. Mais peu importe, car bon nombre de Rats n'en ont pas non plus, les ayant perdues dans les combats navals ou autres.

Il prit le morceau de fromage, le coupa en deux parts égales, plongea une plume de paon dans une minuscule bouteille d'encre radioactive pas plus grande que l'ongle du petit doigt d'Arthur, et se mit à écrire.

– Je pourrais m'habituer à la fourrure, dit Suzy. Elle évite d'avoir à se changer et de laver ses vêtements.

Arthur haussa les sourcils.

– Mais je les lave, mes vêtements ! protesta-t-elle. Et je me change, qu'est-ce que tu crois ! Mais tu sais, beaucoup d'Autochtones n'ont pas à changer leurs vêtements, car ils se modifient d'eux-mêmes en s'ajustant automatiquement à leur corps. Si ça se trouve, cette fourrure va devenir cradingue avec la pluie…

– Le fromage est prêt, annonça le Dr Scamandros.

Il tendit les deux morceaux grossièrement taillés en triangles.

– Est-ce que nous devons le manger tout entier ?

Arthur ne semblait pas très emballé par cette perspective.

— Euh, peut-être pas, deux tiers feront sans doute l'affaire…
mais ne vous privez pas, la gourmandise n'est pas un vilain
péché!

Arthur acquiesça en souriant.

— Tout ce dont nous avons besoin maintenant, c'est du
lieutenant Bellemoustache, pour qu'il nous ouvre le nabuchodonosor. Ah, j'oubliais: vous alliez me donner quelque
chose pour cacher ces…

Le Dr Scamandros fouilla alors partout à l'intérieur de
son manteau et finit par en sortir une sorte de tissu métallisé
froissé qui ressemblait à un chapeau en aluminium écrasé.
Il le lissa et en écarta les bords, découvrant un petit sac
rectangulaire.

— Mettez-y la Clef, ils ne la flaireront pas, dit-il en le lui
tendant. Sauf s'ils en sont très proches et qu'ils la cherchent.

Arthur prit la Clef Cinquième qui avait la forme d'un
miroir et la rangea dans le sac. Il serra fort le cordon, puis le
desserra à nouveau pour mettre Éléphant dans le sac. Avant
de le refermer, il se ravisa et ajouta à son contenu le médaillon du Marin qu'il portait accroché à un fil dentaire autour
de son cou. Une fois ces trois objets en sécurité dans son sac,
il serra définitivement le cordon et le noua autour de son
poignet gauche.

— Le fromage achèvera votre transformation, les informa
Scamandros.

— Sauf que les Rats Apprivoisés portent habituellement des
vêtements, nous en aurons donc besoin nous aussi, conclut
Arthur. Nous devrions mettre des pantalons de marin. Qu'est-
ce qu'il y a, dans ce coffre?

Personne ne bougea.

— Jettes-y un œil, s'il te plaît Suzy, la pria Arthur.

Suzy alla ouvrir le coffre, fouilla dedans et en retira quelques très beaux uniformes qui devaient appartenir au lieu-

tenant Bellemoustache. Suzy lança un pantalon et une chemise blanche à Arthur, et enfila la même chose. Elle regarda avec convoitise un long manteau à queue-de-pie aux motifs circulaires azur, puis le replaça à contrecœur dans le coffre.

— Gardez mon costume au chaud, doc, lança-t-elle à Scamandros. Je pourrais bien en avoir besoin, après.

— Je crois que nous sommes fin prêts, déclara Arthur.

Il regarda Suzy d'un air entendu et leva son morceau de fromage. Elle leva le sien en réponse, comme pour porter un toast.

— Mangeons! dit Arthur.

Et il mordit dans son fromage.

Ce n'était pas du bon fromage. Arthur en avala une autre grosse bouchée et se sentit brusquement mal : la cabine se mit à tourner vertigineusement autour de lui. Il allait commencer à parler de ses haut-le-cœur et de la houle qui grossissait, mais il s'arrêta. En vérité, il était pris d'étourdissements parce qu'il rétrécissait et que ses yeux bougeaient dans sa tête. Son champ de vision se modifiait, il voyait flou devant lui, mais plus nettement sur les côtés. La cabine était plus lumineuse et spacieuse qu'avant.

— Excellent! se félicita Scamandros. (Une troupe de Rats tatoués déferla alors le long de son cou et grimpèrent jusqu'à son visage.) Ça marche!

— Je suis un Rat Apprivoisé! s'écria Arthur d'une voix haut perchée et légèrement rauque, après avoir considéré ses étranges bras raccourcis et constaté qu'ils se terminaient par deux pattes roses.

Il leva une patte pour vérifier que le sac contenant la Clef Cinquième et Éléphant était toujours à son poignet. Le sac était beaucoup plus lourd qu'avant, mais bien accroché.

Il commença à s'habiller lentement en se servant de ses pattes, tâtonnant, un peu pataud, puis s'habitua rapidement à ses nouveaux appendices de même qu'à sa nouvelle vision. Il venait de finir de boutonner son pantalon quand le lieutenant Bellemoustache frappa et entra dans la cabine sans attendre de réponse. Il salua Arthur, qui inclina son museau en réponse à son salut.

— Prêt pour le nabuchodonosor, Lord Arthur?

— Oui, prêt.

— Vous portez de très beaux vêtements, si vous me permettez, observa joyeusement Bellemoustache. Vous avez très bon goût. Maintenant, un petit tour à gauche, un petit tour à droite…

Il enleva adroitement le cerclage de fer qui maintenait l'énorme bouchon en place, puis tourna avec précaution celui-ci pour le dégager. Il y eut comme un bruit d'ongles grinçant sur un tableau, suivi d'un petit bruit sec quand le bouchon sortit enfin du goulot, ce qui fit reculer Bellemoustache en chancelant, le bouchon dans les bras.

Une volute de fumée s'éleva du col de la bouteille – une fumée de charbon noirâtre, étouffante.

— Il faut que vous sautiez droit dans le goulot, expliqua Bellemoustache. Un bon saut en avant, de toute la force et la vigueur de vos pattes. Évitez si possible de toucher le verre.

— Merci, Bellemoustache, dit Arthur. Merci également à vous, Docteur Scamandros. Je vous verrai à la Citadelle, du moins je l'espère.

— Bonne chance, Lord Arthur, le salua en retour le magicien.

Il s'inclina et ajouta:

— Le sortilège agira probablement pendant quelques heures.

— On y va, Arthur! cria Suzy. (Elle se pencha vers la bouteille et tendit tout son corps, prête à sauter dans le goulot.) Le dernier qui saute est un poltron…

Arthur la prit par la peau du cou.

– Pas cette fois, Suzy. J'y vais le premier.

Suzy se dégagea en se tortillant mais ne protesta pas quand il la repoussa sur le côté. Même transformé en Rat Apprivoisé, il était anormalement fort. Comment pourrait-il ne pas soulever d'une seule patte une personne qui pesait à peine son propre poids ? Cette idée lui était tout à fait inconcevable.

Suzy écartée, Arthur accomplit quelques sauts à travers la cabine ; cela fait, il étira ses pattes et recula pour se placer dans l'encadrement de la porte ouverte, face au col du Nabuchodonosor Synchrone. La fumée continuait à en sortir, et l'intérieur était sombre et brumeux.

«La bravoure et la stupidité peuvent aller de pair, se dit Arthur. Je me demande ce qui m'attend là-dedans...»

Il plia les genoux, prit son élan, fonça et plongea droit dans le col de la bouteille. Il était là, en l'air, à mi-parcours, quand une terrible pensée de dernière minute lui traversa l'esprit : «Et si les Rats m'avaient menti ? Et si cette bouteille me transportait dans un lieu complètement inattendu ?»

Chapitre 9

Arthur s'attendait, du moins durant les quelques secondes qui s'écoulèrent avant son transfert, à atterrir à l'intérieur d'une énorme bouteille en verre de couleur jade mais, au lieu de cela, il se retrouva en train de plonger dans un nabuchodonosor complètement différent, d'un verre bleu phosphorescent. Il atterrit pesamment et douloureusement sur un treillis en fer découpé en losanges, qui laissa une empreinte sur sa fourrure.

Arthur se releva aussitôt. À peine eut-il le temps de regarder autour de lui qu'un Rat Apprivoisé (qu'il reconnut au dernier moment : c'était Suzy) s'écrasa contre lui, le projetant de nouveau contre le grillage. Ils étaient en train de se dépêtrer quand une voix basse et rauque résonna à leurs oreilles :

— Vite, maintenant ! Aidez-moi à pousser la bouteille ! Sinon on va tomber entre leurs mains.

Arthur se redressa : le nabuchodonosor bleu était fixé sur un chariot aux planches de bois grossièrement assemblées et aux roues inégales. Il était poussé par un enfant du Joueur de Flûte, le plus laid et le plus étrange qu'Arthur ait jamais vu. Celui-ci portait un manteau noir et un chapeau à large bord orné d'une plume, qui ne cachait pas entièrement son visage, bizarrement bosselé et affublé d'un long nez.

Le nabuchodonosor, Arthur, Suzy et le monstrueux enfant du Joueur de Flûte se trouvaient tous les quatre sur un pont métallique suspendu au plafond par des tiges de bronze. Il n'y avait pas de garde-fou, et le pont disparaissait au loin dans des tourbillons de fumée et des jets de vapeur.

Arthur regarda prudemment par-dessus le pont. Rien en dessous, pas de sol solide. Tout ce qu'il voyait, c'étaient des remous de fumée noirâtre tourbillonnant dans un immense nuage charbonneux. Il devinait aussi, en dessous, le battement rapide et régulier des gigantesques moteurs à vapeur, mais ne les voyait pas.

Puis, comme les volutes de fumée se déplaçaient, il put apercevoir la moitié supérieure d'une énorme roue de bronze de la taille d'une maison. C'était une roue qui tournait très lentement mais, avant qu'Arthur puisse se rendre compte à quoi elle était reliée, et à quoi elle servait, des spirales de fumée s'enroulèrent devant ses yeux, la lui dissimulant à nouveau.

Plus près, un nuage noir s'ouvrit, découvrant l'extrémité d'une énorme poutre en fer rouillée longue comme trois autobus scolaires collés ensemble. La poutre fendit la fumée telle une baleine jaillissant des flots, puis redescendit vers les profondeurs dans un grand gargouillement, et le nuage noir se referma.

Le grillage métallique vibrait sous les pieds d'Arthur au rythme des moteurs, et les barres métalliques auxquelles il était suspendu vrombissaient à son contact. Le garçon remarqua non sans inquiétude qu'elles étaient ternies et rouillées, et que leur fixation au plafond avait l'air de tout, sauf d'être solide, bien qu'il fût difficile de voir précisément comment ces tringles d'un mètre de long environ étaient accrochées au plafond de pierre. À en juger par son aspect, le plafond était un roc dur, de couleur pâle, mais tellement taché de suie qu'il ressemblait à un vieux tapis en peluche noire.

— Dépêchez-vous! Aidez-moi à pousser! cria l'enfant du Joueur de Flûte, qui luttait de toutes ses forces pour faire bouger la bouteille.

Arthur se précipita à droite de la bouteille et Suzy à gauche. Ils poussèrent de l'épaule la base du nabuchodonosor, de toutes leurs forces. Le chariot grinça et avança, puis prit peu à peu de la vitesse. Il avait tendance à pencher dangereusement vers le bord du pont, aussi durent-ils redoubler de vigilance.

— Je dois le ramener au dépôt de lubrifiants, haleta l'enfant du Joueur de Flûte. Je dois y mettre de d'huile, et ensuite on se tire. Vous aurez besoin de déguisements, aussi.

Après un temps d'observation, Arthur réalisa que sous le chapeau à large bord orné de sa plume cramoisie, ce n'était pas un enfant du Joueur de Flûte qui parlait, mais un Rat. Un Rat affublé d'un masque en papier mâché peint à l'image d'une face humaine. Un nez grotesque recouvrait son museau de Rat.

— Lord Arthur, je suppose, commença le Rat d'une voix grave et rauque. Je me présente: Poilhirsute, à votre service.

— Ravi de vous rencontrer. Voici mon amie Suzy.

— Général Suzy Turquoise Bleue, si vous permettez, rectifia Suzy d'un ton supérieur.

— Bienvenue dans le Haut-Palais, générale, dit Poilhirsute. Allons-y, il faut la tirer vers la gauche. Dépêchons.

Le pont croisait, à une intersection, une autre voie plus large. Faire tourner le chariot en évitant que la bouteille ou eux-mêmes ne basculent par-dessus bord n'était pas une tâche facile, cependant ils réussirent à en venir à bout et même, une fois hors de danger, à pousser plus vite le nabuchodonosor.

Comme Poilhirsute continuait à regarder derrière lui, Arthur fit de même. Rien d'autre à voir que des tourbillons de fumée grise dans lesquels s'enroulaient par-ci par-là d'épaisses volutes noirâtres. Il ne fut pas surpris que la fumée n'ait pas d'effet sur lui. En vérité, il en aimait même l'odeur, tout en sachant que ses anciens poumons humains n'auraient pas pu fonctionner longtemps dans cette atmosphère toxique.

– Qu'est-ce que vous cherchez? demanda-t-il après qu'ils eurent poussé la bouteille sur une centaine de mètres et qu'il n'y eut plus rien à voir ni devant ni derrière, sinon le pont qui continuait devant eux, noyé dans une brume charbonneuse.

– Les automates-pièges-à-Rats, répondit Poilhirsute. Les sorciers savent quand le nabuchodonosor se met en marche, du moins ils sentent qu'il y a de la magie dans l'air, mais il leur faut une minute ou deux pour déterminer d'où elle vient. Mais puisqu'on est en dessous du niveau du sol, ils ne viendront pas ici. Ils enverront les automates à leur place. De toute façon, nous serons sûrement partis avant. Le dépôt de lubrifiants est juste là devant, à l'intérieur du rempart.

– Nous sommes sous le plancher du Haut-Palais? questionna Arthur.

– Exact.

Poilhirsute contourna la bouteille et se plaça devant pour ralentir son avance. Ils arrivaient face à un solide rocher de pierre jaune tombant à pic, strié de minuscules veines d'un violet métallisé chatoyant.

– On est à l'intérieur du rempart, entre le Moyen et le Haut-Palais. Samedi avait fait creuser un trou dans sa partie supérieure pour y installer ses moteurs à vapeur, ses équipements, ses chaînes et tout le reste. Mais où est donc le bouton de cette sonnette?

Le Rat commença à appuyer sur différentes protubérances rocheuses, mais aucune d'entre elles ne bougea.

– Maudite chose, elle change toujours de place! C'est une farce ou quoi? s'énerva Poilhirsute.

– Il y a quelque chose derrière nous, fit remarquer Suzy. J'ai vu un drôle de truc se glisser sous le pont.

– C'est un piège-à-Rats! s'affola Poilhirsute. (Il glissa la main sous le nabuchodonosor et en sortit trois longs couteaux à lame courbe qu'il posa sur le chariot. Il en tendit un à Suzy et l'autre à Arthur.) Ces monstres sont blindés, continua-t-il précipitamment, vous devez les frapper sur la chose rouge et brillante qui est en relief sur leur tête. J'crois que c'est un œil, quelque chose dans le genre. Mais attention à leurs pinces! Et à leurs antennes, grosses comme les tentacules d'une pieuvre des marécages!

Pour mieux voir, il baissa son masque qu'il laissa pendre sous son menton. Il jeta des regards noirs et intenses de tous côtés, et son nez se plissa comme s'il essayait de flairer l'approche de l'ennemi. Soudain, il avança et leva son couteau.

– Où est…? commença Suzy quand, tout d'un coup, l'automate-piège-à-Rats sortit de sous le pont et bondit.

Dans un éclair de plaques d'acier et avec un bruit semblable au tintement de pièces d'or dans une bourse, la monstrueuse mante métallique de quarante mètres de long sur un demi de large s'élança, ouvrit ses énormes mâchoires et les referma sur Poilhirsute en même temps que ses immenses antennes-tentacules aux bords acérés balayèrent Arthur et Suzy.

Poilhirsute se dégagea et plongea sous la paire de pinces de l'automate; il tira de toutes ses forces sur leur articulation et enfonça sa griffe gauche dans la pince de droite, si bien que les deux pinces se trouvèrent ridiculement enlacées. Suzy fit un bond en arrière en voyant un tentacule jaillir vers sa poitrine, mais elle ne put lui échapper. Le tentacule lui lacéra le torse avant de commencer à s'enrouler autour de son cou pour le lui couper, mais Suzy eut la présence d'esprit de le bloquer avec son couteau, tout en se glissant sous le chariot du nabuchodonosor pour s'y cacher.

Arthur riposta aussitôt et parvint à enrouler une partie de la monstrueuse antenne autour de son couteau. Puis, sans hésiter, il tira. Les bords tranchants lui entaillèrent douloureusement la main, mais il réussit du même coup à arracher le tentacule de la tête de l'automate, ce qui provoqua un feu d'artifice d'étincelles qui jaillirent dans l'air en sifflant.

– Frappez son œil rouge! cria Poilhirsute. Profitez-en tant que ses pinces sont emprisonnées!

Arthur se lança en avant. Le tentacule survivant de l'automate lui fouettait les jambes, mais il parvint à sauter par-dessus, si haut qu'il lui atterrit sur le dos. Le piège-à-Rats se cabra, mais Arthur agrippa sa tête triangulaire et enfonça profondément son couteau dans l'orbite, au milieu de son crâne. Le petit sac qui contenait la Clef Cinquième cognait contre les plaques métalliques de l'automate en même temps qu'Arthur lui portait une volée de coups de poignard. Enfin, il poussa un long cri perçant à la résonance électronique, et s'effondra lentement sur le pont, les pattes postérieures pendant dans le vide.

Arthur descendit prudemment de son dos, craignant de faire basculer le monstre et de tomber avec lui jusqu'au fond des abîmes plongés dans la brume. Poilhirsute attendit que le garçon soit debout, sain et sauf, pour pousser le piège-à-Rats par-dessus bord.

– Ils pourraient retrouver sa trace, expliqua-t-il. Chaque fois qu'un de ces monstres meurt, ils arrivent en masse pour venir chercher ses restes.

Arthur l'aida à pousser, et Suzy sortit de sous le chariot pour donner un bon coup de pied à l'automate, juste au moment où il tombait. Geste pas vraiment utile, mais qui eut du moins le mérite de lui faire plaisir.

– Bien, bien. Maintenant je vais ouvrir cette porte, s'exhorta Poilhirsute.

Puis, lançant un regard admiratif à Arthur, il ajouta :

– Beau combat, Lord Arthur.

– Merci, fit-il d'un air distrait.

Arthur regardait sa patte, constatant qu'elle était déjà presque guérie : le sang doré disparaissait au fur et à mesure qu'il séchait. Puis, après ces quelques secondes de malaise, il se souvint que Suzy aussi avait été blessée.

– Au fait, Suzy, ce tentacule qui t'a lacérée !

Son amie, qui était en train de contempler le cadavre du monstre par-dessus le bord du pont suspendu, se retourna. Sa jupe présentait une large déchirure, et un trait sanglant barrait son ventre pelucheux. Son sang n'était ni celui, bleu, d'un Autochtone, ni celui, rouge, d'un être humain, mais quelque chose entre les deux.

– Bah, j'ai déjà eu pire, répondit fièrement Suzy. Si j'avais eu mon ancien manteau sur moi, cette antenne n'aurait jamais pu me déchirer la peau. Donne-moi un jour ou deux pour cicatriser et je serai de nouveau en superforme.

– Ça y est, je l'ai trouvée ! jubila Poilhirsute.

Ce disant, il pressa énergiquement une petite protubérance rocheuse située au niveau de son genou. À cette pression répondit le grondement de la pierre. Lentement, un panneau rocheux aussi large que le pont s'ouvrit en pivotant.

– On entre avec la bouteille, ordonna Poilhirsute.

Il commença à pousser le chariot, et Arthur et Suzy se hâtèrent de le rejoindre pour l'aider. Suzy traînait un peu, et

Arthur remarqua qu'elle faisait la grimace en pressant son épaule contre le nabuchodonosor pour le pousser.

Derrière la porte – qui grinça en se refermant sur eux –, ils découvrirent une salle grossièrement taillée dans la pierre, de la dimension d'un petit auditorium, très haute de plafond. D'énormes bouteilles de verre aussi grandes voire plus grandes que le Nabuchodonosor Synchrone s'alignaient contre les murs, face à une légion de plus petites bouteilles, de bocaux, de cruches, d'urnes et autres récipients en verre, en métal ou en grès.

Poilhirsute indiqua du doigt un espace vide sur l'un des murs, entre une bouteille couleur ambre pleine d'un liquide sombre et visqueux et une autre bouteille en verre transparent d'une trentaine de centimètres contenant une sorte d'huile d'olive verte. Ils manœuvrèrent alors le nabuchodonosor pour l'en rapprocher, le détachèrent du chariot et commencèrent à le soulever.

– Inclinez-le et appuyez-le contre cette urne à côté de vous, leur conseilla Poilhirsute. Je vais le remplir d'huile, comme ça, il n'aura pas l'air d'avoir été changé de place. L'histoire de la lettre dérobée, vous savez.

– La quoi ? questionna Arthur, perplexe, tandis que Poilhirsute soulevait à grand-peine une bouteille de la taille de trois magnums et versait un filet d'huile violette dans le nabuchodonosor.

– Ah oui, j'ai déjà entendu parler de cette histoire, dit Suzy.

Elle laissa Arthur tenir la Bouteille Synchrone et s'éloigna pour aller regarder une petite porte étroite qui se trouvait de l'autre côté de la pièce.

– Cachez une lettre importante en la mettant là où tout le monde peut la voir, on la considérera à sa place et on n'y fera pas attention, expliqua Poilhirsute. Quelle bonne idée ! Maintenant, je vais enfoncer le bouchon et on se tire !

– On se tire où, exactement ? demanda Arthur. Il faut qu'on se trouve des vêtements pour quand on ne sera plus des Rats. Cet accoutrement est impossible…

– Tout à fait ! acquiesça Poilhirsute. Un moment.

Il enleva son chapeau, le renversa et en sortit une toute petite bouteille, genre flacon à parfum, ainsi qu'une sorte de paquet à cigarettes. Puis il tira un minuscule rouleau du paquet, vérifia ce qui était écrit dessus, déboucha la bouteille et y fit entrer le rouleau. Puis il replaça le bouchon et remit le tout dans son chapeau qu'il enfonça fermement sur sa tête avant de remettre son masque.

– Ça, c'est la plus petite Bouteille Synchrone qui existe. (Il montra le nabuchodonosor.) Elle fait le centième de la taille de celle-ci. Elle a juste servi à nous signaler votre arrivée. Les serviteurs de Samedi ne peuvent pas retrouver la trace de cette petite bouteille – C'est de la magie à trop petite échelle pour qu'ils puissent l'envisager. Allons-y.

– Je vous ai demandé où nous allions, répéta Arthur sur un ton glacial.

« Vraiment, ces créatures inférieures sont exaspérantes. Elles devraient apprendre à obéir sur-le-champ… »

Arthur secoua la tête et toucha le sac suspendu à son poignet, pour sentir Éléphant.

« Je ne suis pas en colère, espèce d'Autochtone supérieur bouffi de vanité, se morigéna-t-il. Je suis humain. Je suis poli. Je me soucie des autres. »

– Au premier niveau, lui répondit Poilhirsute. On monte rejoindre une équipe qui travaille aux chaînes. Quand vous aurez retrouvé votre taille normale, vous serez pareils aux enfants du Joueur de Flûte. Ils sont toute une flopée, et ils vous embaucheront sans vous poser trop de questions. Et ils vous prêteront aussi des vêtements.

– Très bien, dit Arthur. Et comment on y va ?

– Par la Grande Chaîne. Une sorte de monte-charge qui sert à faire monter les carburants. On attrape la chaîne, et elle nous hissera.

Il sortit une petite clef de dessous le ruban de son chapeau et trottina jusqu'à la porte étroite. Pour la première fois, Arthur remarqua que Poilhirsute était un Rat Apprivoisé dépourvu de queue, comme lui. Mais alors qu'Arthur n'en avait pas parce que Scamandros n'avait pas eu le temps de lui en fabriquer une, Poilhirsute en avait possédé une un jour, la preuve en était le moignon qui pointait par le trou finement ourlé de son pantalon noir.

Le Rat Apprivoisé poussa la porte, découvrant une cage verticale d'un demi-mètre de diamètre environ. Au milieu de cette cage, une lourde chaîne pendait. Ses maillons de fer étaient énormes, en épaisseur comme en longueur.

«Cette chaîne aurait sa place sur un cuirassé», pensa Arthur.

– Je vais la mettre en marche, annonça Poilhirsute.

Il se pencha, en équilibre précaire, dans la cage, et saisit la chaîne immobile qui était si lourde qu'elle ne produisit pratiquement aucun bruit métallique.

Arthur tendit le cou pour observer : du plus loin qu'il pût voir, la chaîne disparaissait en haut comme en bas dans le puits noyé de fumée.

Poilhirsute poursuivit ses instructions :

– Quand la chaîne s'ébranlera, le mieux est que vous vous élanciez pour vous y cramponner aussitôt, profitez-en tant que son mouvement reste lent. Ensuite, vous attendrez que je vous donne l'ordre de sauter, et là, vous sauterez. Si vous attendez trop longtemps, la chaîne aura le temps de s'enrouler de l'autre côté de la roue et vous entraînera de nouveau en bas, ou vous écrasera. Attendez devant la porte… Prêts ?

Arthur et Suzy se placèrent côte à côte dans l'embrasure de la porte. Poilhirsute se concentra avant de s'élancer vers la chaîne à laquelle il s'accrocha. Quand il s'y suspendit, elle tomba de quelques dizaines de centimètres, provoquant un cri d'effroi strident et un bruit de ferraille. Puis il y eut un déclic qui claqua comme un coup de feu, et la chaîne commença à monter, emportant Poilhirsute. Suzy sauta, devançant Arthur qui ne semblait pas trop décidé. Elle visa juste et grimpa de quelques dizaines de centimètres jusque sous les pattes arrière de Poilhirsute.

— C'est génial ! cria-t-elle, tandis que la chaîne, augmentant sa vitesse, l'emportait.

Arthur prit son souffle, avala sa salive, et s'élança à son tour sur la chaîne.

Chapitre 10

Arthur se cogna le museau sur la chaîne, mais c'est avec une grande adresse qu'il attrapa un chaînon qu'il serra avec une force remarquable. La chaîne s'élevait à la vitesse de soixante-dix kilomètres à l'heure. L'air enfumé qui sifflait à leurs oreilles plaquait ses longues oreilles de Rat contre son crâne.

– Oulàlà! gémit Suzy.

– Qu'est-ce qu'il y a? (Arthur leva les yeux. Suzy ne se tenait que d'une patte tandis qu'elle agitait l'autre dans les airs.) Mais qu'est-ce que tu fais? Tiens-toi de tes deux mains… enfin, de tes deux pattes…

– Justement! cria-t-elle. Je peux pas! Ma patte se transforme en main, et je peux rien en faire!

– Tenez-vous avec vos dents! lui cria Poilhirsute.

Il fit la démonstration avec ses propres dents, lesquelles avaient une longueur impressionnante.

– J'peux pas! se lamenta Suzy. Ma mâchoire se décroche bizarrement!

Elle dégringola le long de la chaîne pour se rapprocher d'Arthur. Elle était devenue moitié fille, moitié Rat! Arthur se hissa vers elle. Un pied humain et une patte de Rat Apprivoisé lui frôlèrent alors la tête avant de se poser sur ses épaules.

— On y est presque! s'époumona Poilhirsute. Attention, je vais compter. Vous sautez à trois, dans n'importe quelle direction.

— J'peux pas… Attendez!

Suzy alla s'écraser contre Arthur. D'une dent et d'une patte, il saisit la chaîne, tout en attrapant Suzy avec l'autre patte. Il ne savait pas exactement ce qu'il tenait, un Rat ou une fille, parce que le corps de son amie ondulait en se transformant progressivement. Cette opération avait l'air aussi déconcertante que douloureuse, et les vêtements de marin de Suzy n'étaient plus que des hardes loqueteuses et déchirées par ce lent processus de mutation.

— Un! cria Poilhirsute.

Suzy glissa alors des mains d'Arthur, mais celui-ci l'attrapa avec ses pattes de derrière, lesquelles, en tant que pattes de rongeur, étaient aussi adroites que ses pattes antérieures.

— Deux!

Ils déboulèrent du puits étroit et se retrouvèrent au-dessus d'un énorme entrepôt graisseux plein aux deux tiers du même genre de conteneur d'huile que la pièce en dessous.

— Trois! Sautez!

Arthur prit son souffle et sauta loin de la chaîne, employant toute sa force pour entraîner Suzy avec lui. Tous deux atterrirent au bord du puits. Il dut tâtonner et s'accrocher avec ses griffes pour ne pas basculer, car il tenait toujours Suzy par ses pattes postérieures.

Au-dessus d'eux, la chaîne continuait à monter à l'intérieur d'une large cheminée vers une autre salle, et Arthur aperçut l'énorme roue du mécanisme de la chaîne.

– Je vais botter le derrière de Scamandros quand je le reverrai! grommela Suzy.

Elle se releva pour retomber immédiatement sur son séant. Sa moitié inférieure était devenue humaine, tandis que sa moitié supérieure était restée celle d'un Rat, si bien qu'elle était totalement disproportionnée et ne trouvait plus son centre de gravité.

– Je suis sûr que ça va s'arranger pour toi… Beurk… bientôt…

Arthur dut s'interrompre à la moitié de sa phrase: un haut-le-cœur lui soulevait tout le corps. Son torse s'étira soudain de plusieurs dizaines de centimètres, et ses pattes se transformèrent en pieds.

– Je l'espère, lui répondit Suzy. Merci, Arthur.

Elle rampa hors du puits et, après avoir réfléchi un moment, Arthur la suivit. Les rapides changements de son corps pouvaient lui faire perdre l'équilibre s'il restait trop près du bord.

– Je vais aller en reconnaissance et examiner la configuration du terrain en attendant que vos problèmes de transformation soient résolus, proposa Poilhirsute. Les Cambouistitis – c'est ainsi que les enfants du Joueur de Flûte se surnomment eux-mêmes – ont un entrepôt de l'autre côté, et un tuyau d'écoulement nous y relie. Nous ne pouvons pas y aller maintenant, car un détachement de sorciers surnuméraires surveille l'entrepôt, mais je vais y faire un saut, toucher un mot aux Cambouistitis, et vous trouver des vêtements.

– Ne leur révélez pas nos vrais noms, dit Arthur. (Son nez le démangeait de manière insupportable, mais il n'était pas assez maître de ses bras pour pouvoir se gratter.) Dites-leur… Dites-leur que nous sommes des enfants du Joueur de Flûte rendus à la vie civile, qu'on vient juste de nous faire un lavage de cerveau – ou entre les oreilles, comme ils disent – et que nous ne nous souvenons plus de nos noms ni de rien.

– Entendu, fit Poilhirsute.

Il marcha en direction d'une trappe non loin de lui et la souleva. C'est alors qu'un bruit semblable à celui d'un torrent envahit l'entrepôt.

– Va falloir attendre quelques minutes. Un conduit qui déborde de temps à autre, et ça crée une inondation. Faut être synchrones, comme on dit ici.

– Silence! ordonna brusquement Arthur.

Il s'assit du mieux qu'il put et tendit l'oreille. Au milieu du rugissement du flot, il avait entendu distinctement un appel, en même temps qu'à l'intérieur de la tête, il avait ressenti une douleur qui lui était maintenant familière.

– *Arthur!*

C'était le Testament qui l'appelait. Mais la voix était lointaine et fugace. Bien que les autres se soient tus, il n'entendait plus rien à présent que le torrent impétueux, le cliquetis de la chaîne à l'intérieur du puits, et le bruit rythmique et lointain des machines souterraines.

– Vous avez entendu? demanda-t-il. Quelqu'un a crié mon nom, n'est-ce pas?

– Non, dit Suzy.

Elle se regarda de nouveau des pieds à la tête. Même sa chemise en loques et son pantalon de Rat n'étaient pas vraiment incongrus sur elle, compte tenu de ses goûts en matière d'habillement.

– J'ai entendu que dalle, renchérit-elle.

– Pareil pour moi, désolé, ajouta Poilhirsute. Pourtant,

j'ai gagné plus d'un concours de bonne audition, dans notre escadre!

— Peu importe, grommela Arthur.

« Ce devait être dans ma tête, pensa-t-il. Comme la Carpe… mais la voix venait de loin. À moins que l'Ultime Volonté ait pu échapper un moment à ses liens… »

Le rugissement du flot mourait dans le lointain.

Poilhirsute agita son chapeau par-dessus sa tête et sauta. Arthur et Suzy entendirent le plouf qu'il fit en tombant dans le chenal.

— Il y a une ouverture là-haut, observa Suzy en montrant une fenêtre à barreaux aux vitres maculées de taches de pluie, fixée dans les murs de ferraille à environ trois fois sa hauteur. Si je grimpe sur ces bouteilles et si je me mets debout sur la plus grosse, la jaune, je pourrai sûrement voir à l'extérieur.

La fenêtre laissait filtrer une lumière diffuse et grisâtre. En la regardant, Arthur prit conscience pour la première fois qu'il avait dû développer une vision plus aiguë qui lui permettait de voir chaque chose très distinctement, car l'unique lanterne suspendue au plafond de l'entrepôt n'éclairait que faiblement la pièce, et les six fenêtres, toutes creusées dans le même mur, ne laissaient guère passer plus de lumière.

— Suzy, comment est la lumière, ici?

— Ici à l'intérieur? Sans les fenêtres et sans cette lanterne, il ferait noir comme dans un four, et avec les fenêtres et la lanterne ce n'est guère mieux, répondit-elle en se mettant à sauter du goulot d'une bouteille à une autre, comme sur les marches d'un escalier improvisé, en direction de la fenêtre qu'elle avait choisie. Je crois qu'il fait jour dehors, sauf qu'il pleut.

— Qu'est-ce que tu vois?

Arthur était maintenant presque redevenu lui-même, à part ses mains, qui étaient encore à l'état de pattes, et qu'il ne maîtrisait pas très bien. Elles étaient agitées de mouvements convulsifs, tressaillaient d'une façon fort ennuyeuse, et il s'était plusieurs fois frappé le visage. Il aurait subi d'autres désagréments s'il n'avait repris le contrôle de ses bras et de son cou. Ses habits étaient également en lambeaux, ce qui valait peut-être mieux, car ils auraient terriblement gêné ses mouvements, maintenant qu'il avait retrouvé sa taille normale.

— J'vois de la pluie. Pas grand-chose d'autre. Et puis un grand bâtiment, avec plein de lumières vertes.

— Aïe! cria Arthur tandis que ses pattes se transformaient en mains mais continuaient à se contracter convulsivement, frappant ses doigts contre le sol. Ça suffit! Stop!

Ses mains vibrèrent, puis s'immobilisèrent. Arthur plia ses doigts et poussa un soupir de soulagement. Il était à nouveau lui-même, il maîtrisait enfin tout son corps.

Suzy redescendit et tous deux allèrent regarder ce que cachait la trappe. Une échelle en fer rouillée descendait vers un passage voûté tapissé de fines briques rouges. Un mince filet d'eau s'écoulait au centre mais, vu l'humidité des murs, il était évident que l'eau montait jusqu'à la trappe quand elle était en crue, ce qui devait avoir été le cas quelques minutes avant le passage du Rat.

Suzy commença à descendre l'échelle, mais Arthur la retint.

— Attends! Attendons Poilhirsute. Il nous faut des vêtements appropriés. En plus, de l'eau pourrait affluer d'un coup.

— Je voulais seulement regarder, grommela Suzy.

— Et cette coupure? s'inquiéta Arthur.

Elle se regarda et tâta sa poitrine à travers ses vêtements déchirés.

– Disparue ! s'exclama-t-elle. Ça, c'était pourtant une coupure qui aurait dû mettre quatre jours à se refermer !

– Elle a cicatrisé pendant ta transformation, je suppose, dit Arthur.

– Peut-être que je vais renoncer à botter le derrière de ce vieux doc, après tout, s'esclaffa Suzy.

– Je suis content que tu ailles mieux.

Arthur s'agenouilla et scruta le flux. Il n'était pas éclairé du tout, cependant Arthur voyait au moins jusqu'à dix ou quinze mètres, si bien qu'une inquiétante pensée lui traversa l'esprit. Il se releva d'un bond et regarda attentivement Suzy. Ses yeux étaient bien comme elle les avait toujours eus : marron foncé, curieux, vifs.

– Suzy, je n'ai plus les yeux d'un Rat, au moins ?

– Non. Ils sont bleu vif, mais… d'un bleu… Comment on l'appelle, déjà, ce bleu, en imprimerie, ah oui, bleu barbeau, c'est ça. En plus ils brillent beaucoup. Je pense que ça a quelque chose à voir avec les Clefs qui te transforment en… j'sais pas quoi, en tout cas elles te transforment en quelque chose.

– En Autochtone, conclut Arthur, l'air abattu.

– Mais non, le rassura Suzy. T'as même pas l'air d'un Autochtone Supérieur. Quand Poilhirsute reviendra, on se barbouillera de graisse pour que tu passes pour l'un d'entre nous.

« Je ne pourrai plus jamais passer pour un enfant du Joueur de Flûte », pensa Arthur avec une tristesse qui le surprit.

– Tu seras toujours Arthur Penhaligon, le consola Suzy, qui ressentait son état d'esprit. Pas le plus brillant, pas le plus brave, mais toujours prêt à tout. En tout cas, c'est comme ça que je te vois. Une sorte de petit frère, même si tu es plus grand que moi, maintenant.

Elle s'arrêta et fronça les sourcils.

— Il me semble qu'un jour, j'ai eu un petit frère. Je ne sais pas s'il était ici, ou s'il était retourné chez nous, ni ce qu'il est…

Elle s'arrêta de parler, et leurs regards se rencontrèrent brièvement. Tous deux se souvenaient de l'escalier Imprévisible et de leur visite chez Suzy, de retour sur Terre, dans une ville dévastée par la peste bubonique. Si Suzy avait eu un frère, il devait être mort jeune et il y a longtemps, frappé par la maladie.

Les souvenirs s'enchaînèrent. Arthur se rappela les fléaux modernes qui s'étaient abattus chez lui, l'hôpital, l'Écorché qui avait pris sa place, et son frère qui avait appelé au sujet de l'attaque nucléaire à l'hôpital du secteur Est. Une vague d'inquiétude le submergea, alourdie d'un sentiment de culpabilité qui le prit à la gorge. Il devait trouver le Testament, ici même, vaincre Samedi, et rentrer chez lui à temps pour agir contre l'attaque nucléaire avant qu'elle ne se produise…

— C'est pas une bonne idée d'arrêter de respirer, lui dit Suzy en lui donnant une tape dans le dos.

La tape stoppa net la crise de panique d'Arthur, qui reprit sa respiration.

— Je sais. C'est juste… c'est juste que…

— Ohé, les enfants !

Poilhirsute sortait du conduit d'eau avec un grand sac de toile marqué « Linge ». Il le vida, renversant vêtements et chaussures sur le sol.

— Servez-vous. Toutes ces affaires devraient pouvoir se redimensionner à votre taille. J'espère qu'elles ne sont pas trop usées, je vais vérifier.

Les vêtements étaient des salopettes blanc cassé, tachées, et munies de nombreuses poches. Arthur en prit une, hésita un moment, puis enleva ses haillons pour l'enfiler le plus vite possible. La salopette s'ajusta aussitôt à sa taille, et plusieurs taches d'huile se déplacèrent pour occuper des positions plus esthétiques, certaines se chamaillant avant d'établir leur prééminence.

– Drôles de fringues, maugréa Suzy d'un air sceptique.

Elle enfila la salopette, puis déchira dans ses anciens haillons une bande de tissu bleu qu'elle utilisa comme ceinture.

– Vous trouverez des ceintures d'équipement militaire dans l'entrepôt, commenta Poilhirsute.

– J'aime bien avoir un peu de couleur, rétorqua Suzy en faisant la moue.

– Et voici des bottes. Vous en aurez besoin pour grimper, sauter, et tout le reste.

– Grimper, sauter? questionna Arthur.

Il s'assit pour enfiler une paire de bottes. Elles étaient en cuir fin, et leurs semelles étaient étrangement couvertes de minuscules tentacules pareils à ceux d'une anémone de mer. Elles agrippèrent les doigts d'Arthur quand il les toucha.

– Tout ce qui se trouve au-dessus du rez-de-chaussée est constitué de bureaux, expliqua Poilhirsute. Ce sont des cages de fer sans plafond avec un plancher à claire-voie empilées les unes sur les autres et insérées dans des glissières qu'un système de chaînes fait monter, descendre, ou traverser la pièce. Les enfants du Joueur de Flûte font ici office de mécanos: ils vérifient que les chaînes sont bien huilées, dégagent les obstacles, révisent les tubes à pneumatiques, etc. Ça leur demande de grimper et de sauter sans arrêt. Si vous allez voir du côté du Haut-Palais, vous aurez besoin de vous intégrer à l'équipe des mécanos des Cambouistitis.

– Qui a dit que nous irions voir du côté du Haut-Palais? lui demanda Arthur, méfiant.

«Peut-être devrais-je tuer ce Rat maintenant, fut la pensée qui lui vint spontanément à l'esprit. Il en sait trop et je n'ai sûrement pas besoin de lui… Stop! Stop! Je ne veux pas de ces pensées… »

— Le message qui est arrivé m'avertissant de votre arrivée, répondit Poilhirsute. Il disait que vous cherchiez quelque chose, aussi, pour vous offrir une aide appréciable…

— Effectivement, articula Arthur tout en appuyant de toutes ses forces sur le couvercle de la marmite de son cerveau où bouillonnaient de mauvaises pensées. Merci. Nous cherchons quelque chose. En fait…

Il inspira profondément et décida de se lancer. Il devait faire confiance aux gens, que ces gens soient des Rats Apprivoisés, des Autochtones ou des enfants du Joueur de Flûte.

— Je cherche le sixième fragment du Testament de la Grande Architecte. Il est ici, quelque part. Piégé, ou tenu prisonnier. Avez-vous entendu quelque chose à ce propos?

Poilhirsute ôta son chapeau et se gratta la tête. Puis il retira son masque et se gratta le nez. Enfin, remettant masque et chapeau, il déclara:

— Non, désolé. Mais les Cambouistitis, eux…

— Peut-être, dit Arthur. Mais je veux d'abord les observer, aussi je vous demanderai de garder secret pour l'instant ce que je viens de vous révéler. Souvenez-vous, nous venons d'être démobilisés, et on nous a fait un lavage entre les oreilles, enfin bref, un lavage de cerveau.

— O.K., je m'en souviendrai. On sait garder un secret, nous les Rats Apprivoisés. Prêts? On peut y aller?

La question s'adressait à Suzy, qui jouait avec la semelle d'une de ses chaussures.

— J'crois. On va descendre ce tunnel?

— Oui, mais il faut absolument qu'on évite de rencontrer les sorciers surnuméraires, comme je vous l'ai déjà dit. On devrait avoir un peu plus d'une heure devant nous, avant la prochaine vague.

— Comment pouvez-vous le savoir? s'étonna Arthur. (Il jeta un regard vers la fenêtre.) Est-ce que ça dépend de la pluie?

— Oui et non, répondit Poilhirsute tout en commençant à descendre l'échelle. Vous comprenez, il pleut toujours ici, et toujours à intervalles réguliers. Ça permet de traverser de façon tout à fait prévisible les canaux d'évacuation des eaux de pluie!

— Il pleut toujours? insista Arthur. Mais pourquoi?

— *Elle* adore la pluie, dit Poilhirsute. À moins qu'elle soit folle des parapluies.

Il n'y avait aucun doute: *Elle*, c'était Suprême Samedi et, Arthur en était de plus en plus persuadé, elle était sa Némésis, l'implacable agent de sa perte, et la cause non seulement de ses problèmes mais de ceux de tout le Palais et de l'univers.

Et maintenant, il se trouvait dans son domaine. Elle et sa légion de sorciers étaient quelque part au-dessus de lui. Avec un peu de chance, elle ignorait sa présence, mais peut-être sentait-elle quand même qu'il se trouvait à sa portée.

Chapitre 11

Comme Poilhirsute l'avait annoncé, le canal d'écoulement ne fut pas envahi par un torrent d'eau comme Arthur l'avait craint. Tout le long du chemin, il prêta l'oreille au bruit éventuel d'un flot qui approchait, prêt à faire demi-tour et à courir à toutes jambes vers l'échelle pour se réfugier dans l'entrepôt. Quand il aperçut une autre échelle devant lui, il dut se retenir de piétiner le Rat Apprivoisé pour y courir et y grimper avant lui.

« Peut-être que tous mes ennuis m'ont rendu claustrophobe », pensa Arthur non sans quelque inquiétude. Puis il se dit qu'il était tout à fait normal d'être fébrile quand on marchait le long de ce qui était à la base un énorme égout souterrain, de plus sous une pluie torrentielle. Après tout, il arrive souvent que les gens se noient en faisant des choses aussi folles que cela et, comme il l'avait pensé dans l'Océan Frontalier, il avait peur que la Clef le conserve plus ou moins vivant sous l'eau et qu'il mette ainsi beaucoup de temps à mourir.

Cependant, il parvint à garder son calme, et n'escalada pas l'échelle à la vitesse d'un rat grimpant le long de tuyauteries. Au lieu de cela, se souvenant de ce que Suzy lui avait dit sur son aspect, il s'arrêta pour prendre un peu de boue qu'il étala sur son visage.

Là-dessus, il grimpa lentement, si bien qu'il eut le temps de s'adapter à la lumière et au bruit qui pénétraient dans le puits d'accès au canal.

La salle du dessus différait beaucoup de celle de l'entrepôt. Elle était plus petite, carrément exiguë, et ses murs étaient en pierre de taille. Pas une fenêtre. La seule ouverture était une simple porte à barreaux, mais close. Néanmoins, la pièce était illuminée par de multiples lanternes suspendues au haut plafond voûté par des fils de fer de différentes longueurs. Toutes sortes de bruits résonnaient dans la pièce : une trentaine d'enfants mécanos – les Cambouistitis – se tenaient pour une partie d'entre eux assis sur de simples bancs de bois devant de vieilles tables en chêne, les autres sautaient par-dessus les tables comme s'ils jouaient à chat perché, ou faisaient la roue, ou bien étaient lancés dans une partie de badminton avec des volants et des raquettes improvisés, d'autres encore construisaient d'étranges mécanismes. Sans oublier l'un d'eux qui monopolisait une table, étalé de tout son long dessus, apparemment endormi.

Quand Poilhirsute aida Suzy à sortir et qu'ils furent tous deux debout à côté de la trappe, toute cette agitation cessa. Les enfants arrêtèrent leurs jeux et leurs activités et se retournèrent pour regarder les nouveaux arrivants.

– Salut! dit Suzy, faisant un geste pour soulever courtoisement son chapeau.

Mais, se souvenant qu'elle ne l'avait plus, elle se reprit et se contenta d'un petit salut de la main.

Les Cambouistitis ne lui rendirent pas son salut. Ils restaient là, les yeux fixés sur elle et Arthur, jusqu'à ce que celui qui était apparemment endormi sur la table se frotte les yeux et se redresse. C'était une fille. Une enfant typique du Joueur de Flûte, les cheveux effilochés, de toute évidence coupés maison, le visage sale et la salopette tachée de graisse. Mais à la façon dont les yeux des Cambouistitis se tournèrent vers elle, Arthur comprit qu'elle était leur chef.

— Salut, dit-elle. Dartie m'a dit que vous avez été démobilisés et renvoyés, après un lavage de cerveau.

— C'est exact, répondit Arthur.

— Mon nom est Alyse, je suis chef d'équipe de première classe, dit la fille. Cette équipe est la vingt-septième Brigade de l'Entretien de la Chaîne et de la Motivation du Haut-Palais. Quels sont vos noms et classifications ? Ne me dites pas votre préséance au Palais, nous ne nous en soucions pas, ici.

— Euh… Je ne m'en souviens pas vraiment, dit Arthur. Je crois que mon nom est Ray.

— Vous pouvez me montrer votre dossier précisant vos tâches et fonctions ? demanda Alyse en tendant la main.

— Je l'ai perdu, marmonna Arthur.

— Je crois qu'il est quelque part, ajouta Suzy. Mais j'crois bien que mon nom, c'est Suze.

— Suze et Ray, alors, dit Alyse. Eh bien, quelle est votre classification ?

— Euh…

La voix d'Arthur s'éteignit, et il regarda autour de lui d'un air qu'il s'efforça de faire paraître stupide. Il aperçut alors, au fond de la pièce, une longue rangée de manteaux et autres affaires suspendus à des crochets le long du mur. Il distingua des casquettes de pluie jaune canari, des cirés et de larges ceintures de cuir munies de gibernes, d'outils et d'étuis qui contenaient de longues clefs anglaises en argent bien poli.

— Je crois bien que je fabriquais des écrous, dit-il. Pour les boulons, peut-être?

Alyse le regarda des pieds à la tête.

— Vous avez d'assez longs bras pour ça, acquiesça-t-elle. Tourneur d'écrou, je suppose. Probablement première catégorie. Et vous?

— Sais pas, dit Suzy. J'ai oublié. Je crois que je foutais rien.

Alyse la regarda sous toutes les coutures puis, haussant les épaules, elle commenta :

— Jolie ceinture. Vous aimez le bleu ciel, n'est-ce pas? Vous deviez être Pilote de câbles électriques?

— Peut-être, acquiesça prudemment Suzy.

— Qu'est-ce qu'un Pilote de câbles électriques? risqua Arthur.

— On vous a décidément fait un lavage de cerveau en bonne et due forme, s'indigna Alyse. Essayez donc de vous souvenir! Je parle d'installation, non de maintenance. Un Pilote de câbles tient les commandes des rails électriques, pour que les Souleveurs de rail puissent hisser les glissières afin que les cylindres de la Grande Chaîne et leurs crochets puissent s'emboîter dans les bureaux, et ce afin que les Serreurs d'écrou et les Tourneurs de boulon puissent se mettre rapidement à l'œuvre au moment où le chef d'équipe leur en donne l'ordre. Mais quand nous ne construisons rien, les Pilotes de câbles électriques s'occupent à divers petits travaux, donnent un coup de main aux Huileurs de chaîne, ce genre de choses. Ça vous revient, maintenant?

— Euh… un peu, dit Arthur.

Après une telle explication, il n avait pas besoin de feindre la confusion.

— Faut voir…, commenta Suzy. Un coup d'œil en dit plus que cent mots, comme dit le proverbe. On sert le thé, ici?

– Je reviendrai vous voir, dit Alyse, ignorant la question de Suzy.

Elle cracha dans sa paume et présenta sa main à Arthur.

– Bienvenue à la vingt-septième Brigade de l'Entretien de la Chaîne et de la Motivation du Haut-Palais – enfin bref, comme on veut l'appeler.

– Les Cambouistitis d'Alyse! crièrent en chœur les mécanos.

Arthur lui serra la main, et Alyse cracha à nouveau dans sa paume. Suzy en fit autant, Arthur pensa qu'il aurait dû lui aussi cracher dans la sienne, et espéra qu'on lui pardonnerait ce petit accroc aux usages, ce manque à l'étiquette que les enfants du Joueur de Flûte ne manqueraient pas de mettre sur le compte de son récent lavage de cerveau.

– Le thé est servi, annonça Alyse, montrant l'énorme théière qui frémissait sur un trépied au-dessus d'un brûleur à alcool. Puis elle indiqua du doigt une horloge à coucou délabrée, à moitié décrochée du mur, et dont un angle reposait sur le sol. Malgré cela, les aiguilles bougeaient, et on entendait le tic-tac régulier de son mécanisme. Elle marquait minuit moins dix-sept.

– Servez-vous. Le travail commence à minuit, prenez donc une tasse de thé tant que vous le pouvez. N'oubliez pas de vérifier vos affaires avant minuit.

Alyse bâilla et se préparait à se vautrer de nouveau sur la table, quand l'un des Cambouistitis lui cria:

– Alyse! Quels portemanteaux prennent-ils?

Elle lui jeta un regard mauvais et se redressa.

– Pas moyen d'avoir une seconde de repos, soupira-t-elle.

Arthur était pourtant certain qu'elle dormait, à son arrivée.

Elle ouvrit l'une des poches de sa salopette et en sortit un gros carnet écorné.

– Voyons. Yonik est le dernier à être tombé, donc son

portemanteau est libre, c'est le numéro trente-trois. Avant, c'était Dotty…

— Mais Dotty n'est pas tombée, elle a juste eu les jambes écrasées, intervint l'un des Cambouistitis. Elle va revenir.

— Pas avant trois mois sinon plus, précisa Alyse. Donc son portemanteau et son ceinturon sont libres. C'est la règle.

— Numéro vingt, ajouta-t-elle à l'attention de Suzy, indiquant un portemanteau au milieu de la rangée. Vous avez de la chance, Dotty prenait grand soin de sa tenue. Mieux que Yonik, la preuve en est… Il ne serait pas tombé s'il avait nettoyé ses ailes.

— Et son nez, ajouta quelqu'un, déclenchant un éclat de rire général.

— Il s'est gravement blessé? s'inquiéta Arthur.

— Blessé? (Alyse éclata de rire.) Quand vous travaillez sur la tour, comme on le fait nous, et si vous tombez et que vos ailes ne battent pas, vous ne vous blessez pas, vous mourez! Même un Autochtone ne peut pas survivre à une telle chute. Trois mille cinq cents mètres jusqu'en bas! On a eu de la chance de retrouver sa ceinture et ses outils, mais on a dû remplacer sa clef à molette. Courbée comme une faucille, imaginez.

Arthur hocha la tête. Il avait toujours pensé que Suzy n'avait pas de cœur, mais ces enfants du Joueur de Flûte étaient bien pires.

«Je suppose que lorsqu'on a vécu très très longtemps, on ne regarde pas la mort de la même façon, se dit-il. Je me demande si je ressentirai la même chose… Bien que… je ne vivrai sûrement pas aussi longtemps…»

Une petite tape sur son épaule interrompit le cours de ses pensées.

— Je dois y aller, lui dit Poilhirsute. J'ai du travail, et une crue est prévue juste après minuit.

– Merci, dit Arthur. J'apprécie vraiment votre aide.

Il se baissa pour serrer la patte du Rat et murmura à son oreille :

– Si vous entendez parler du sixième fragment du Testament, faites-le-moi savoir.

– Pas de problème, fit Poilhirsute. Salut, Ray, salut, Suze.

– Merci, Dart, lui répondit Suzy avec un signe de la main.

Une fois le Rat parti, elle ajouta :

– Viens prendre ton thé, Ray.

Ce disant, elle essaya de trouver deux tasses de bonne dimension parmi la douzaine de tasses à thé en porcelaine ébréchées et abîmées disposées en piles désordonnées autour du brûleur à alcool. Plusieurs enfants mécanos qui s'étaient rassemblés là pour boire du thé commencèrent à les saluer, et Suzy leur versa le thé d'une main tout en crachant dans l'autre pour serrer celles qu'ils lui tendaient.

– Je vais vérifier mes affaires, cria Arthur, ce qui était probablement la mauvaise chose à faire.

Les Cambouistitis retournèrent à leurs activités et ne se présentèrent pas à lui quand il se posta devant son portemanteau.

Arthur enfila son ciré jaune, sorte d'imperméable sans manches pourvu d'une capuche qui devait passer par-dessus la casquette à visière. Sous la casquette accrochée au portemanteau, dont il attacha la lanière sous son menton, il y avait une paire de lunettes de protection qu'il ajusta à son tour de tête. Dans la grande poche unique du ciré se trouvait une paire d'ailes jaunes repliées qui avaient l'air fort sales. Arthur les sortit, les secoua pour les déployer, et passa au moins dix minutes à extirper des gravillons et à brosser toutes sortes de saleté avant de les replier.

Le ceinturon était particulièrement lourd. L'un de ses six étuis contenait différentes tailles d'écrou et de boulon. Dans un autre, il trouva un trognon de pomme moisi, qu'il jeta. L'étui suivant contenait un petit pistolet à graisse qui fuyait, dont il resserra la canule pour en arrêter l'écoulement. La quatrième poche renfermait une paire de mitaines en peau qu'il enfila. Dans la cinquième, il trouva un chiffon apparemment propre, inutilisé, une petite brosse de nettoyage et un morceau de savon sur lequel était écrit : «SAVON SANS EAU DE PREMIÈRE QUALITÉ».

La sixième pochette était vide. Arthur en testa la courroie et y glissa rapidement Éléphant et la Clef.

Il regarda autour de lui pour s'assurer que personne ne l'avait vu, ce qui était le cas : il avait été suffisamment sournois. Cela fait, il sortit le savon de la cinquième poche pour l'essayer sur l'une des nombreuses taches de graisse qui maculaient sa salopette. Une partie de la tache disparut avec une surprenante facilité. Arthur allait la nettoyer jusqu'au bout, mais il s'interrompit pour jeter un nouveau regard aux Cambouistitis, dont la plupart étaient en train d'enfiler leur tenue.

Il constata alors que leurs salopettes étaient toutes tachées, et que celle d'Alyse était la plus barbouillée, décorée d'une douzaine de taches d'huile de différentes couleurs.

Arthur remit alors tranquillement le savon dans son étui et attacha le ceinturon autour de sa taille. Suzy était en train de fixer le sien, plus loin le long de la rangée des crochets. Elle lui fit signe et sourit. «Elle s'amuse comme d'habitude, pensa Arthur. Elle vit le moment présent. J'aimerais pouvoir faire comme elle.»

Il lui rendit son sourire et son signe de main, puis sortit sa clef anglaise et la soupesa, frappant la mâchoire contre sa paume. Elle étincelait, et elle était *très* lourde, aussi. La vis qui permettait l'ouverture et la fermeture de la mollette était bloquée, aussi Arthur la nettoya-t-il avec la brosse et y appliqua-t-il de la graisse avec le petit pistolet, sans remarquer qu'Alyse l'observait d'un air satisfait.

— Ils peuvent nous laver le cerveau tant qu'ils le veulent, observa-t-elle, en tout cas les bons ouvriers n'oublient jamais de prendre soin de leur équipement.

Elle grimpa sur l'une des tables et resta debout, l'air d'attendre quelque chose. Le dernier Cambouistiti finit d'attacher son ceinturon, puis ils se retournèrent tous pour faire face à leur chef. Arthur et Suzy firent de même, quelques secondes plus tard.

— Sommes-nous prêts? demanda Alyse.

— Prêts! crièrent les Cambouistitis.

— Alors, allons-y!

Alyse sauta de la table et prit la tête de la file. Les Cambouistitis exécutèrent un tour à droite qui aurait fait hurler le vieux sergent Helve qui entraînait les troupes, pensa Arthur. Il aurait crié au je-m'en-foutisme et au manque de rigueur. Puis, au pas le plus désordonné qu'on puisse imaginer, les enfants du Joueur de Flûte marchèrent vers la porte.

Chapitre 12

Alyse souleva la barre de la porte et l'ouvrit. Les pieds dans l'eau et sous la pluie, elle conduisit les Cambouistitis jusqu'à une place pavée bordée sur trois côtés de bâtiments qui étaient des sortes de hangars métalliques, le quatrième côté étant occupé par un vaste et massif édifice.

Un comité d'accueil attendait dehors : c'était une douzaine d'Autochtones blottis sous des parapluies noirs, bizarrement attifés. Ils portaient de longs manteaux noirs sur des gilets gris et des chemises bleu pâle, avec des cravates grises et des chapeaux pareils à des hauts-de-forme, sauf qu'ils étaient moins hauts. Leurs pantalons noirs étaient rentrés dans des bottes Wellington en caoutchouc vertes et ils formaient un demi-cercle autour de la porte.

Alyse les ignora et passa devant eux. Elle marcha en pataugeant dans les flaques vers l'immense édifice qu'Arthur pensait être celui que Suzy avait repéré par la fenêtre de l'entrepôt. Au fur et à mesure qu'ils s'en approchaient, il découvrit que c'était une tour s'élevant à l'infini, plus haut que le pâle soleil qui, obscurci par la pluie, semblait accroché à elle.

Arthur constata la véracité de la description qu'on lui en avait faite, à savoir que cette tour était faite de bureaux en forme de boîtes dépourvues de cloisons et aux planchers en treillis, si bien qu'on voyait tout ce qui se passait à l'intérieur. C'était un peu comme regarder, la nuit, un gratte-ciel en verre dont les murs intérieurs seraient aussi en verre.

À en juger par les bureaux les plus proches à l'intérieur desquels Arthur pouvait tout voir très distinctement, chacune de ces petites boîtes était occupée par un Autochtone travaillant à son bureau. Chaque bureau était pourvu d'une lampe à abat-jour vert surmonté d'un parapluie. Les parapluies, nota Arthur, étaient de couleurs et de nuances différentes. Pour quelle raison ? Il l'ignorait.

Arthur était en avant-dernière position dans la file des Cambouistitis. Celui qui le suivait referma la porte derrière lui, puis courut pour le rattraper. Il faisait une tête de moins qu'Arthur, ses cheveux étaient bruns, aussi mal coupés que ceux d'Alyse, et il avait de grandes oreilles décollées. Au lieu de continuer à marcher derrière Arthur, il avança à côté de lui, cracha dans sa main et la lui tendit.

– Whrod, fit-il. Tourneur d'écrou de deuxième classe. Nous allons probablement travailler ensemble.

– Rod ? répéta Arthur, qui n'oublia pas cette fois de cracher dans sa main avant de serrer la sienne.

– Wh-rod, rectifia Whrod.

– Heureux de te rencontrer, lui répondit Arthur, mais il était déjà en train de regarder par-dessus l'épaule du garçon les sinistres porteurs de parapluie vêtus de noir qui s'étaient mis à leur emboîter le pas.

– Ne t'occupe pas d'eux, lui conseilla Whrod, qui avait suivi le regard d'Arthur. Ce sont des sorciers surnuméraires assignés à nous tuer au cas où le Joueur de Flûte apparaîtrait et essaierait de nous faire faire quelque chose. Quel assommant travail pour eux que de rester debout sous la pluie toute la nuit, et de nous suivre toute la journée sans jamais arriver à nous attraper ! Mais bon, ils sont habitués aux déconvenues.

— Ah bon, et pourquoi ? demanda Arthur.

Effectivement, ils avaient l'air très malheureux. Il n'avait jamais vu des Autochtones aussi moroses. Même les Visiteurs de Minuit de Lundi n'avaient pas l'air aussi mortellement déprimés.

— Parce que ce sont des sorciers surnuméraires, expliqua Whrod. Ils ont raté leurs examens et n'ont pu obtenir leur qualification de vrais sorciers. Ils ne peuvent en conséquence obtenir un poste décent dans le Haut-Palais. Ils n'ont aucune chance de s'élever plus haut que le plancher… Et ça les déprime.

— Et pourquoi ne partent-ils pas ? Pourquoi ne vont-ils pas dans une autre partie du Palais ?

Whrod regarda Arthur.

— On t'a décidément bien lavé le cerveau, hein ? Tu ne sais pas que personne ne quitte jamais le service de Samedi ? À moins d'être affecté à un poste, comme toi, et là encore, ce n'est que pour une période de cent ans. En outre, je crois qu'ils jouissent secrètement de leur malheur. Ça donne un sens à leur vie. Allez, avançons, on traîne.

Whrod hâta le pas, et Arthur avança à son rythme. Derrière eux, les Sorciers surnuméraires suivaient lugubrement, à longues enjambées bondissantes.

Alyse conduisit la file à l'intérieur de la tour. Arthur pensait qu'ils allaient franchir une porte et longer un couloir mais, au lieu de cela, ils entrèrent directement dans un bureau et défilèrent devant la table d'un Autochtone. Celui-ci observait quelque chose dans une sorte de miroir de rasage, tout en griffonnant sur deux bouts de papier différents avec une plume d'oie dans chaque main, qu'il trempait de temps à autre dans un encrier en cuivre terni. Le parapluie marron foncé et plutôt moisi qui protégeait son bureau de la pluie et du flot constant laissait passer de nombreuses gouttes qui tombaient sur l'Autochtone, mais épargnaient son travail.

Il ne leva pas les yeux quand les Cambouistitis et leurs mystérieux sorciers surnuméraires passèrent en file devant eux. Pas plus que le suivant, ni celui qui vint après, ni celui qui vint encore après. Arrivé devant le cinquantième bureau, Arthur ne s'attendait plus à ce qu'aucun d'entre eux fît autre chose que de regarder leur miroir et écrire fébrilement.

Au cinquante et unième bureau, Alyse leva la main et tout le monde s'arrêta. Elle grimpa sur la table de travail de l'Autochtone et, s'étirant de toute sa hauteur, effectua le réglage d'un tuyau d'un diamètre imposant. Geste qui attira l'attention d'Arthur, lequel constata alors qu'un réseau de tuyaux similaires traversait tous les bureaux et courait sous le plancher des bureaux supérieurs ; ce réseau présentait des raccordements au niveau des croisements des tuyaux horizontaux et des tuyaux verticaux, et c'était sur l'un de ces raccordements que se trouvait Alyse.

— Qu'est-ce que c'est que ces tuyaux ? demanda Arthur à Whrod.

L'enfant mécano jeta un nouveau regard incrédule à Arthur.

— Dis donc, ils ne t'ont pas raté ! s'exclama-t-il. T'es carrément l'idiot du village ! Ces tuyaux, enfin…

Arthur le saisit par le col de sa salopette et le souleva, tordant le tissu contre sa gorge.

— Comment tu m'as appelé ?

– Arghh!

Whrod étouffait.

La main droite du mécano tâtonna à la recherche de la clef à mollette pendue à son côté mais, avant qu'il puisse la saisir, Arthur lui attrapa le poignet gauche et le tordit.

– Aïe! Je veux dire, Ray…

– Lâche-le!

La voix de Suzy pénétra jusqu'au cœur de la rage qui s'était emparée d'Arthur. Il frissonna et lâcha Whrod qui tomba à ses pieds. Suzy se précipita pour retenir son bras. Un mouvement d'amitié et de solidarité, ou un geste pour le contenir? se demanda Arthur.

Les sorciers surnuméraires, qui s'étaient dispersés dans plusieurs bureaux adjacents, s'approchèrent sans bruit, quelques-uns se laissant aller au point de regarder directement ce qui se passait, plutôt que de fixer le sol et de jeter çà et là des coups d'œil de reconnaissance.

– Désolé, murmura Arthur. (Il leva la tête, inspira de l'air et en même temps la pluie qui éclaboussa ses lunettes de motocycliste.) Désolé… Je pense… que je ne suis pas bien. Je prends mal les insultes.

Whrod se palpa la gorge, après quoi il se releva.

– Je ne voulais pas t'insulter en disant ça, s'excusa-t-il d'un ton bourru. Vous êtes fort, plus fort que personne que j'ai connu jusqu'à présent.

– C'est le fruit de cent ans dans l'armée, railla Suzy. Allons, Ray.

– Qu'est-ce que qui se passe? Vous êtes en retard! cria Alyse, toujours en tête de file.

– Rien du tout! Tout est arrangé! lui répondit Suzy.

– Je suis vraiment désolé, insista Arthur.

Il offrit sa main à Whrod, qui après une seconde d'hésitation la serra brièvement. Aucun des deux ne cracha, et

Arthur se demanda si cela signifiait quelque chose. Il ne pouvait voir, sous sa casquette à visière et à travers ses lunettes de motocycliste, si Whrod le regardait maintenant avec une haine fraîchement déclarée, avec curiosité, ou en proie à un tout autre sentiment.

« Je dois prendre garde à ce qui se passe derrière moi. Il est assez facile de tomber, ici, si on vous pousse, et moi-même je ne pourrais pas survivre à une chute de quatre mille mètres. »

– Ces tuyaux, reprit Whrod, méfiant, pour répondre enfin à la question d'Arthur, sont des tubes destinés à envoyer des pneumatiques, des rapports, toutes sortes de messages. On ne s'en sert pas beaucoup ici, à ce niveau inférieur. Ces vils subalternes, ces sous-fifres ne font que gribouiller et copier, et leurs papiers sont ramassés et distribués par un messager qui se déplace à l'allure d'un escargot.

– Merci, marmonna Arthur.

Ils se remirent en marche, traversèrent d'autres bureaux, la plupart alignés, qui présentaient néanmoins un détour de temps à autre – l'un d'eux notamment pour éviter un autre bureau sur lequel se déversait une abondante cascade. Malgré l'eau qui lui pleuvait sur la tête et les épaules, l'Autochtone qui l'occupait continuait stoïquement à écrire sur des papiers complètement secs, protégés par le parapluie planté sur la lampe du bureau.

Arrivé devant le centième et quelque bureau, Arthur remarqua un bruit qui venait de quelque part devant lui – un grondement sourd et continu, pareil à celui d'un gigantesque moulin à café. Le bruit croissait au fur et à mesure qu'ils avançaient, au point d'étouffer le bruit de la pluie, dehors, et même le mugissement d'une cataracte qui tombait de très haut.

Le bruit venait d'un espace vide qui s'élevait devant Arthur, à travers les bureaux, les parapluies et les Cambouistitis.

En se rapprochant, il aperçut une petite aire dégagée de la dimension de plusieurs tables de bureau, dont chaque angle était délimité par de grosses poutres verticales en fer. Elle était surmontée de poutres identiques et horizontales qui supportaient les bureaux supérieurs, au-delà desquels s'élançait une colonne en fer qui semblait ne pas avoir de fin.

Au centre de cette colonne, deux chaînes grinçaient et s'entrechoquaient. À travers un trou grillagé d'où s'échappait toutes les trois secondes une petite bouffée de vapeur chargée de fumée, on voyait l'une monter tandis que l'autre descendait.

Ces chaînes n'avaient rien à voir avec celle qui avait hissé Arthur et Suzy depuis l'entrepôt. Elles ressemblaient plutôt à d'énormes chaînes de bicyclette, dont les maillons faisaient quelque chose comme deux mètres de largeur et de hauteur. Au centre de chaque maillon, des anneaux étaient soudés dans la paroi intérieure. Des cordes effilochées étaient attachées à certains anneaux, un fauteuil ou un banc de fer à d'autres.

Les deux chaînes bougeaient au même rythme – aussi vite qu'il pouvait courir, évalua Arthur. Dès qu'il les vit, il comprit que c'était par ce moyen que les enfants mécanos allaient monter dans la tour.

Alyse s'arrêta de marcher, fit un geste, et le cortège des mécanos rompit les rangs pour se rassembler autour d'elle.

– Vous connaissez la manœuvre, dit-elle. Mais nous avons aujourd'hui deux jeunes personnes auxquelles on a fait un nettoyage entre les oreilles, aussi allons-nous la répéter de nouveau. Voici la Grande Chaîne nord-est, qui fournit le principal stimulus pour toutes les Petites Chaînes nord-est. Sur la Grande Chaîne, nous pouvons être deux par maillon. Nous y allons ensemble et nous en sortons de même. Si vous voyez que le maillon est huileux ou a un quelconque problème, vous criez : « Attends ! » avant que votre partenaire n'y monte, et vous prenez le suivant. Maintenant, voyons… (Elle sortit un morceau de papier de sa poche et le déplia, faisant en même temps un bond de côté pour éviter d'être éclaboussée par une chute d'eau soudaine.) Nous aidons les automates à entrer en action aujourd'hui. Quelqu'un est en train de monter du niveau 6995 au niveau 61012, et traverse quarante-deux bureaux par la chaîne diagonale. Nous grimperons d'abord sur la chaîne verticale le plus vite possible – nous ne voulons pas laisser le temps aux voisins de ce veinard de causer des problèmes. Nous descendrons donc au niveau 6995. Tout le monde a bien compris ? Suze et Ray ?

– Oui, dit Arthur.

Suzy fit oui de la tête.

– Bien, dit Alyse. Ray, venez ici. Vous allez sauter sur le premier maillon avec moi, et Suze, vous sauterez sur le deuxième avec Vithan.

Arthur barbota en direction d'Alyse. Elle tendit une main impérieuse vers la sienne, la prit et le tira presque vers la chaîne qui montait avant même qu'il ait eu le temps d'arriver à son niveau.

– Le truc, c'est de ne pas sauter, car vous pourriez tomber, le prévint Alyse. Vous devez simplement vous approcher tout près et poser le pied sur le maillon quand il arrive à votre niveau.

– Comme vous dites, articula Arthur.

« Ce serait tellement mieux si la chaîne n'allait pas aussi vite, pensa-t-il. Je pourrais me faire arracher la jambe… »

– Approchez-vous, lui conseilla Alyse.

Ils avancèrent vers la chaîne, de sorte à se trouver face au maillon qui se présentait, à un pas de lui. Arthur entendait la course précipitée de la chaîne, et il s'en sentait trop proche pour avoir le temps de reculer si un maillon oscillait trop fort et sortait de l'alignement. Par ailleurs, la chaîne lui semblait bien trop rapide pour qu'il puisse mettre le pied au bon moment sur le maillon.

– Vous êtes prêt ? demanda Alyse.

– Oui, dit Arthur.

Et en effet il l'était, jusqu'à ce qu'il reçoive une telle trombe d'eau sur la tête que sa casquette s'aplatit sur son visage au point qu'il s'effondra, tombant presque sur un genou.

Et au milieu de tout cela, il entendit le sixième fragment du Testament :

– *Arthur ! Il faut que tu viennes me prendre, je suis dans le…*

Alyse le poussa d'un coup en avant. Aveuglé par sa casquette et par l'eau qu'il avait reçue dans les yeux, Arthur n'eut d'autre choix que d'avancer le pied, sans savoir s'il se trouvait au niveau d'Alyse ou à un demi-pas derrière elle, s'il allait en conséquence manquer le maillon et faire une chute mortelle, tomber sur la grille et se faire réduire en bouillie par le maillon suivant, la prochaine pièce massive de cette chaîne monstrueuse. Il tendit la jambe, et sentit son pied descendre…

Chapitre 13

Lilas cligna plusieurs fois des yeux : Arthur avait disparu. La seconde d'avant il était là, et maintenant, pfft ! Plus rien ! Elle regarda autour d'elle et se rembrunit : non seulement Arthur s'était évaporé, mais tous les dormeurs s'étaient figés sur place…

« L'armée va lancer des bombes atomiques tout près d'ici, se souvint Lilas. À minuit une. Qu'est-ce que je fais donc ici, la bouche ouverte comme une carpe ? »

– Arthur ! cria-t-elle encore. (Elle se mit à courir à travers la salle peuplée de somnambules statufiés.) Arthur !

Personne ne lui répondit. Lilas s'arrêta à l'autre bout de la salle et regarda autour d'elle. Non seulement tout le monde était pétrifié, mais également nimbé d'une aura rouge qui n'était étrangement visible qu'à la périphérie de sa vision. Le même halo rouge cernait la pendule murale, dont les aiguilles étaient immobilisées sur minuit moins trois.

Non, pas immobilisées. Car, lorsque Lilas fixa le cadran, la brume rouge s'évanouit et l'aiguille des minutes se propulsa en avant, en même temps que la salle sortit de sa torpeur: les dormeurs se remirent à marcher en traînant les pieds. Lilas entendit quelqu'un crier depuis le bureau. C'était une voix de femme. Probablement Vess ou Martine.

« Plus que deux minutes! pensa Lilas, paniquée. Pas le temps de faire quoi que ce soit. Nous allons tous mourir! »

L'horloge s'arrêta. Les dormeurs se figèrent à nouveau, et le halo rouge réapparut.

Lilas entendit encore la voix de la femme, qui criait de plus en plus fort. Puis la propriétaire de la voix arriva en courant dans la salle: c'était Martine.

– Qu'est-ce qui se passe? Où est Lord Arthur?

– Je ne sais pas, répondit Lilas. Il y a quelque chose, en dessous de cet hôpital? Un souterrain? Un abri nucléaire?

– Je n'y suis pas allée depuis vingt ans! cria Martine. Demandez à Vess.

Lilas jeta un regard alentour, puis montra Vess, statufiée dans un coin de la salle.

– Oh! fit Martine. Eh bien, il y a vingt ans, il y avait des salles d'opération au niveau moins trois et autrefois, un abri nucléaire. Après tout, cet immeuble a été construit dans les années cinquante, alors à quoi vous attendez-vous?

– Nous devons faire descendre tout le monde, dit fermement Lilas. Vous et moi. Aussi vite que possible.

– Comment faire, ils sont tous statufiés…

– Nous les pousserons dans les lits à roulettes. Nous en mettrons deux ou trois par lit. Je me demande si les ascenseurs fonctionnent? (Lilas lut l'hésitation sur le visage de Martine.) En tout cas, les lumières, oui… Venez m'aider à transporter ces deux dormeurs dans ce lit.

– Je ne comprends pas, dit Martine. Je pensais qu'une fois enfin revenue chez moi, tout irait bien. Mais je n'y comprends toujours rien. Pourquoi emmener tout le monde en bas? Pourquoi avoir besoin d'un abri?

— Arthur a dit que l'armée allait bombarder l'hôpital du secteur Est à minuit une, parce qu'il serait un propagateur de peste. Or, le secteur Est n'est pas tellement loin d'ici. Arthur a fait en sorte d'arrêter le temps, mais le temps s'est remis en route tout à l'heure. Il pourrait repartir dans une seconde, dans une minute, qui sait! Je vous en prie, nous devons sortir d'ici!

— Non, dit Martine. Non.

Elle se retourna, s'enfuit en sanglotant, franchit les portes battantes et disparut.

Une fraction de seconde, Lilas la regarda partir avant d'aller examiner le lit d'hôpital le plus proche, qu'un dormeur occupait déjà. Le lit était muni de roues et équipé de freins qu'elle desserra. Puis elle essaya de le débloquer en manipulant la barre d'appui. C'était plus difficile qu'elle ne s'y attendait, sans doute parce qu'il n'avait pas été changé de place depuis longtemps.

— Vous êtes le premier, dit-elle à l'homme endormi. Nous prendrons tante Cerise au passage, ça fera deux. Après vous, je n'ai que mille neuf cent quatre-vingt-dix-huit personnes à sauver, rien que ça. En deux minutes et demie.

Il lui fallut plus de deux minutes pour trouver les ascenseurs et se rendre compte à sa grande consternation qu'ils ne marchaient pas. En clair, les choses immobiles, comme les ampoules, continuaient à fonctionner, tandis que les choses ou personnes mobiles étaient clouées sur place. Par chance, elle aperçut un plan à côté de l'ascenseur, qui lui apprit qu'il y avait une rampe d'accès pour se rendre aux étages inférieurs.

En plus de sa tante Cerise, elle avait chargé deux autres personnes sur le lit. C'étaient les deux plus petites personnes qu'elle avait pu trouver dans la proximité immédiate de sa tante mais, malgré cela, elle avait le dos brisé de les avoir traînées par terre et hissées sur le lit. Ils étaient aussi difficiles à bouger et à manœuvrer que des statues, et leur rigidité, malgré le fait qu'ils soient faits de chair et de sang, leur conférait la lourdeur du marbre.

Un autre plan était accroché en haut de la rampe, mais il ne localisait ni les salles d'opération ni l'abri atomique. Lilas devrait les trouver par elle-même. Alors qu'elle poussait le lit, elle remarqua, à l'intérieur de l'un des bureaux des infirmières, un poste de télévision dont l'écran était figé. Il indiquait vingt-trois heures cinquante-sept. La bouche du présentateur était ouverte, et un message défilant était figé en bas de l'écran, arrêté au milieu d'une phrase disant que les mesures pourraient être drastiques…

Une fois arrivée au dernier niveau, elle constata qu'il était déserté depuis longtemps. Il y avait de la poussière partout, des toiles d'araignée qui pendaient au plafond, et seulement une sur les trois lumières au plafond marchait.

Mais, à travers la poussière, elle distingua une marque décolorée sur le mur, et des bandes de couleur codées sur le plancher. La bande rouge conduisait aux salles d'opération et une bande bleue à quelque chose appelé euphémistiquement «Centre de survie», sûrement un abri atomique.

Lilas poussa le lit le long du couloir, puis le lâcha pour aller explorer les lieux à la recherche d'un endroit où elle pourrait le laisser en toute sécurité. Elle courut éperdument dans le couloir, soulevant la poussière sous ses pas.

Le centre de survie fut une déception. C'était effectivement un abri nucléaire derrière une porte blindée pourvue d'une roue hydraulique pour l'ouverture et la fermeture, mais la pièce était bien trop petite, elle ne pouvait abriter tout au plus que vingt personnes en position debout. Toutes ses installations avaient été enlevées, laissant des trous béants et des fils électriques sortant des murs. Lilas savait que d'un moment à l'autre, où qu'elle soit, elle pouvait être statufiée, mais ce dont elle avait absolument besoin maintenant, c'était d'un lieu avec des toilettes et de l'eau courante.

Elle continua à courir à perdre haleine, ouvrant des portes les unes après les autres. La plupart des pièces étaient petites et inutilisables, mais le complexe opératoire était plus prometteur. Quatre grandes salles d'opération vides étaient disposées autour d'une grande salle centrale équipée de plusieurs lavabos avec des robinets qui fonctionnaient, et des WC attenants accessibles depuis le couloir.

Lilas courut alors rechercher le premier lit. Tout en le poussant vers le complexe opératoire, elle se demanda ce qu'elle était en train de faire. Il n'y avait aucun moyen de transporter tous les dormeurs. Les soulever pour les installer sur les lits était quasiment au-dessus de ses forces, vu que presque tous étaient plus gros qu'elle, certains pesaient plus de deux fois son poids, et leur rigidité ne faisait qu'ajouter à la difficulté. Elle serait épuisée avant d'en avoir transporté une douzaine, qui seraient eux à l'abri, mais le temps se remettrait alors en route pour tous les autres.

« C'est simple, il faut que j'emmène les plus petits, pensa-t-elle. Et je n'ai pas d'autre choix que de faire de mon mieux. »

– Tu m'as mise dans une sacrée galère, Arthur! dit-elle à haute voix. Mais où tu es passé?

Chapitre 14

Alors qu'il sentait sa jambe s'écraser contre la chaîne qui montait, Arthur ne ressentit aucune douleur. Alyse lui tenait toujours la main. Il repoussa sa casquette en arrière et secoua la tête pour se débarrasser de l'eau qu'il avait dans les yeux.

— Attention ! lui dit Alyse. Pas de mouvements brusques ! Attrapez l'anneau, là !

Ils étaient maintenant tous deux debout sur le maillon qui s'élevait à toute allure à travers les cubes superposées des bureaux. Arthur s'accrocha à l'anneau soudé à la paroi intérieure gauche, et Alyse lui lâcha la main pour aller nonchalamment se tenir à l'anneau soudé à l'autre paroi.

— Belle vue sur un Drasil en train de pousser, là ! lui indiqua Alyse. Enfin, si on peut parler d'une belle vue sous cette pluie… Le niveau 6222 est toujours vide, on peut voir au travers.

— Pourquoi vide ? demanda Arthur. Et qu'est-ce qu'un Drasil ?

Comme il était encore en train de s'interroger sur ce que le Testament avait essayé de lui dire, et sur le fait qu'il lui avait parlé seulement à ce moment-là et si brièvement, il avait oublié d'arborer l'expression vide et balourde du pauvre garçon qui venait de subir un lavage de cerveau.

Avant de lui répondre, Alyse lui jeta un regard sévère qu'Arthur, toujours plongé dans ses interrogations, ne remarqua pas.

– Je sais pas pourquoi ils sont vides. De 6222 à 6300, et de 6733 à 6800, ils sont vides. J'ai entendu dire qu'il y a un bouquet d'arbres tout en haut, juste sous le sommet. Ils sont probablement au niveau 61700, ou quelque chose comme ça.

Là, l'attention d'Arthur fut éveillée.

– Vous voulez dire qu'il y a soixante et un mille sept cents niveaux ? Mais chacun des cubes-bureaux fait à peu près trois mètres de haut, ce qui ferait... la tour aurait une hauteur de... cent quatre-vingts kilomètres ?

– Non, car les niveaux sont marqués d'un 6, pour une raison bien précise. Ils commencent en fait à soixante et un. La tradition, je suppose. Ça dépend à quelle hauteur est arrivé le sommet cette semaine, ce doit être à environ cinq kilomètres. J'adorerais aller voir là-haut.

– On ne monte donc pas jusque-là ? demanda Arthur, quelque peu rassuré.

– On ne l'a pas encore fait. D'autres équipes travaillent là-haut. Le plus gros de l'édification du sommet de la tour, ce sont les automates qui le font. Hé, en voici trois en train de monter. Regardez, là !

Arthur regarda les bureaux qui défilaient, flous et identiques, devant ses yeux, avec leurs lampes vertes, leurs parapluies de différentes couleurs, et leurs Autochtones en manteaux noirs ou anthracite voûtés sur leurs tables de travail.

Puis, soudain, la vue se dégagea. Arthur put alors apercevoir la structure de la tour, des bureaux vides qui n'étaient encore que des cubes en fer forgé munis ici et là de chaînes de transmission horizontales et verticales, et le réseau des conduits de messages pneumatiques. La vue se brisait par endroits, traversée par des puits ou des pièces sans cloisons, mais il voyait parfaitement, au-delà, l'extérieur de la tour et le ciel balayé par la pluie.

Dans le lointain se profilait quelque chose qu'il crut être une autre tour. C'était une sombre traînée verticale à l'horizon, qui montait, montait jusqu'à disparaître dans le ciel.

— Belle vue sur ce Drasil, aujourd'hui, dit Alyse. Je monterais bien sur l'un d'eux, s'il n'y avait pas les insectes.

— Les insectes?

Cette idée ne disait rien qui vaille à Arthur. Il aurait voulu savoir ce qu'était exactement un Drasil mais, comme il remarqua enfin qu'Alyse le regardait d'un air suspicieux, il se demanda s'il n'avait pas poussé trop loin l'excuse du lavage de cerveau.

— Mais oui, les insectes-gardiens de Dimanche, qui patrouillent et surveillent les Drasils. Mais j'ai entendu dire que les arbres se défendent, eux aussi. Vous savez, maintenant que vous êtes propre, Ray, vous n'avez plus vraiment l'air d'un enfant du Joueur de Flûte.

— Ah bon?

La cascade d'eau avait lavé toute la boue de son visage.

— Ben non. Plus du tout!

Alyse avait mis la main sur sa clef à molette, et ses yeux, derrière ses lunettes de motocyclistes tachetés de pluie, étaient glacials.

Arthur porta la main à sa propre clef à molette, prêt à dégainer.

— Je crois que vous devez être un petit Autochtone qui espionne pour le compte du *big boss*. Ce n'est déjà pas drôle

151

d'être suivis par des sorciers surnuméraires, si en plus on a un espion parmi nous... Il est donc temps pour vous de...

Arthur bloqua, avec sa clef anglaise, le brusque coup qu'Alyse était en train de lui porter aux jambes. Des étincelles jaillirent quand les métaux se heurtèrent. Alyse lâcha l'anneau pour pouvoir le frapper à nouveau de ses deux mains, coup qui aurait anéanti n'importe quel enfant du Joueur de Flûte normal. Mais Arthur, d'une seule main, retint l'outil, et ce fut Alyse qui recula en chancelant et serait tombée de la chaîne si Arthur ne l'avait pas rattrapée.

— Je ne suis pas un espion ! cria-t-il. Ni un Autochtone !

Alyse s'accrocha à l'anneau et fixa Arthur d'un regard méfiant.

— Qui êtes-vous, alors ?

— Je suis Arthur, l'Héritier Légitime de la Grande Architecte. Je suis venu ici pour trouver et libérer le sixième fragment du Testament.

— Non, vous n'êtes pas Arthur ! cria Alyse. Arthur mesure deux mètres et demi, et il a une barbe en pointe qui descend jusqu'à sa taille !

— Ah, ces livres stupides ! grommela Arthur. (Faisant référence aux Autochtones ou à certains d'entre eux disséminés quelque part dans le Palais, qui écrivaient et relataient à qui voulait les entendre des récits romancés de ses activités au Palais.) Ces livres ne sont que des mensonges. Je suis le vrai Arthur.

— Vous êtes très fort, lui dit Alyse. Mais vous nous ressemblez plus à nous qu'à un Autochtone... Pas de barbe en pointe, alors ?

— Non.

— Si vous êtes Arthur, alors vous êtes un ennemi du *big boss*, n'est-ce pas ?

— Si vous voulez parler de Suprême Samedi, oui, je le suis.

– Elle ne nous fait plus confiance, à cause du Joueur de Flûte qui erre de nouveau dans les parages.

– Oui. Et dame Prima non plus. Je veux dire le Testament, le texte de l'Ultime Volonté de la Grande Architecte. Les fragments que j'en ai déjà rassemblés, plus exactement. Mais je vous fais confiance. Je fais généralement confiance aux enfants du Joueur de Flûte. En fait, je pense que ces enfants sont les personnes les plus intelligentes et les plus raisonnables de tout le Palais.

– C'est vrai, concéda Alyse. Mais pour parler au nom de toute la bande, on ne s'occupe pas de politique. On ne veut qu'une chose : faire notre travail.

– Je ne vais pas m'ingérer dans vos affaires, promit Arthur. Simplement, je vous demande de ne pas signaler ma présence. Dès que je pourrai découvrir où se cache le Testament, nous partirons.

– Et cette Suze qui est avec vous, elle est vraiment une enfant du Joueur de Flûte ?

– Oui.

Dans le champ de sa vision, Arthur vit qu'ils avaient dépassé les cubes vides et ceux équipés de lampes vertes à l'intérieur desquels travaillaient des Autochtones. La seule différence était que, à ce niveau, les parapluies étaient tous orange.

Alyse regarda Arthur d'un air songeur.

– Je crois que pour aujourd'hui, on peut marcher comme ça, dit-elle. Je veux dire que je peux faire comme si vous étiez ce que vous prétendez être. Et en cas de problème, j'aurai l'air aussi surprise que n'importe qui.

– Génial ! s'écria Arthur. J'ai seulement besoin de temps pour localiser le Testament. Je me tiendrai en dehors de votre route.

– C'est ça, contentez-vous de faire votre travail, insista

Alyse. Sinon, vous attirerez les soupçons. Vous pourrez sortir cette nuit en douce de l'entrepôt. Je veux que vous soyez parti avant demain matin.

— Très bien. Avec un peu de chance, je saurai où je dois me rendre à ce moment-là.

— Vous ne savez pas où est le Testament ?

— Non. Mais le Testament peut parler à mon esprit, me dire comment le trouver. Je l'ai déjà entendu deux fois. Je l'ai entendu juste avant que nous mettions le pied sur cette chaîne, quand toute cette eau m'est tombée sur la tête.

— On reçoit toujours beaucoup d'eau, dit Alyse. Les sorciers, au-dessus du niveau 61000, aiment faire des farces. Ils tissent des filets magiques qui recueillent la pluie, et qu'ils ouvrent ensuite brusquement sur la tête de leurs subalternes de l'étage inférieur. Ce qui peut être dangereux. Nous avons perdu de cette façon quelques bureaucrates, qui ont été balayés par une trombe d'eau hors de leur bureau dans un puits, et même projetés dans le vide.

— C'est étrange, observa Arthur. Cette pluie continuelle. Le temps était détraqué dans le Moyen-Palais, mais ici, ce doit être forcément voulu, puisque Suprême Samedi a tous les sorciers à son service pour l'arranger.

Alyse haussa les épaules.

— Ça a toujours été comme ça. En tout cas, depuis ces dix mille dernières années. La même chose que quand la *boss* a commencé à bâtir cette tour.

— Dix mille ans ? Il a plu pendant dix mille ans, selon le temps du Palais ? Comment le savez-vous ? Vous n'avez donc pas été victime d'un lavage de cerveau ?

— Bien sûr que si, mais c'est ce que disent les Autochtones. Ils parlent sans cesse du projet de construction de la tour, de comment c'était il y a dix mille ans, et n'arrêtent pas d'espérer que la tour atteigne les jardins car, alors, la pluie s'arrêterait et tout le reste. Regardez, encore le Drasil! Nous traversons le niveau 700.

– Atteindre les jardins ? répéta Arthur. Les Jardins Incomparables ? C'est ce que Samedi essaie de faire ?

– C'est ce que disent les sorciers. Mais nous ne faisons que notre travail. Nous ne nous occupons pas de ces histoires de sommet, de plans de construction et tout le reste.

– Et qu'est-ce que c'est qu'un Drasil ?

Ce disant, Arthur observa, à travers l'armature vide et dépouillée de la tour, une ligne verticale qui se profilait dans le lointain.

– C'est un très très grand arbre. Il y a quatre Drasils. Ils soutiennent les Jardins Incomparables et n'arrêtent pas de pousser. Je ne sais pas quelle hauteur ils font, mais tout le monde dit que la tour n'arrive pas jusqu'à eux.

– Peut-être est-ce la pluie qui les fait pousser, suggéra Arthur.

– Peut-être.

Il continua à regarder le Drasil jusqu'à ce que sa vue soit une fois de plus obstruée par des milliers de bureaux. Alyse ne parlait pas, mais cela convenait bien à Arthur. Il avait beaucoup à penser.

«La pluie doit être un élément important, pensa-t-il. D'autant plus si elle a commencé il y a dix mille ans, quand les Perfides Curateurs ont mis en pièces le Testament de la Grande Architecte. Je me demande si c'est Dimanche qui fait pleuvoir pour faire pousser les Drasils ? Mais non, ce n'est pas possible, parce que Samedi possède la Clef Sixième, qui devrait être la plus puissante, ici… Sauf que je me souviens vaguement que quelqu'un disait que la Clef Septième était essentielle, en tout cas la plus puissante de toutes, ou quelque chose comme ça…»

– Nous arrivons au huit centième niveau.

La voix d'Alyse interrompit le fil des pensées d'Arthur. Il tourna la tête et se demanda comment elle pouvait savoir à quel niveau ils étaient arrivés. Puis il vit des parapluies verts partout, de nuances différentes. Les sorciers, ou les soi-disant sorciers, avaient des parapluies vert foncé, vert éme-raude, vert tilleul ou dans divers dégradés de cette couleur, ou encore décorés de motifs verts se détachant sur un fond plus foncé ou plus clair.

— Les parapluies sont verts au huit centième niveau, dit Arthur. C'est comme ça que vous savez où on est, d'après les couleurs de leurs parapluies.

— Eh oui, confirma Alyse. Le jaune est au niveau 900, et après, il suffit de compter. Il y a des chiffres inscrits sur la structure, mais ils sont trop petits et trop difficiles à lire depuis la chaîne. Et maintenant, tenez-vous prêt, nous allons sauter dans une minute.

Elle lui prit la main et ils firent un pas vers le bord du maillon. «Les bureaux défilent trop vite», pensa Arthur. Soudain, les parapluies changèrent de couleur et passèrent au jaune. Il jeta un regard à Alyse et vit ses lèvres remuer : elle comptait. Il essaya de compter lui aussi, mais fut rapidement dépassé.

— Quatre-vingt-cinq, préparez-vous ! fit brusquement Alyse.

Arthur se mit à recompter dans sa tête.

— Quatre-vingt-quatorze ! *Go* !

Ils sautèrent du maillon, Alyse entraînant Arthur. Elle avait calculé son bond au centième de seconde près, si bien qu'il ne sembla pas plus dangereux à Arthur que de des-cendre d'un trottoir un peu haut.

— Venez ! lui cria encore Alyse.

Arthur la suivit, éclaboussant au passage le bureau et son Autochtone qui ne s'en soucia même pas, concentré qu'il était sur ses papiers protégés par son parapluie jaune.

— On va faire de la place, lui expliqua Alyse en le conduisant à travers un bureau voisin.

Derrière eux, deux autres Cambouistitis sautaient du maillon et traversaient en diagonale un bureau adjacent.

Arthur regarda autour de lui et remarqua que, pour la première fois, les Autochtones à leurs bureaux jetaient des regards en coin vers les Cambouistitis. La plupart continuaient à écrire des deux mains, tout en ralentissant leur rythme d'écriture pour pouvoir lancer plus souvent des regards à la dérobée.

— Pourquoi nous observent-ils ? chuchota Arthur à Alyse.

— Parce qu'ils savent que nous sommes là pour en changer un d'affectation, dit-elle tout haut.

Elle regarda l'Autochtone qui travaillait à son bureau, juste à côté d'elle. Il baissa immédiatement les yeux sur son miroir de rasage et accéléra son rythme d'écriture.

— Ah bon, fit Arthur.

D'autres Cambouistitis sortirent de la Grande Chaîne et l'un d'eux lui fit signe tandis qu'ils traversaient les bureaux en pataugeant. C'était Suzy, qui comme à son habitude avait l'air de s'amuser. Il répondit à son signe, levant la tête en même temps, mais mal lui en prit, car un rideau de pluie lui tomba en plein sur le visage.

Alyse avait sorti son carnet et étudiait les différentes possibilités d'accès, suivant les lignes avec son doigt. Arthur remarqua que les Autochtones les plus proches, sans exception, l'observaient attentivement malgré le regard furieux qu'elle venait de leur lancer.

D'autres enfants mécanos arrivaient par paires et traversaient les bureaux, jusqu'au dernier, Whrod, qui sortit seul.

Alyse referma son carnet et pointa son doigt vers le bas, en direction de la tour.

– Par là! déclara-t-elle.

– C'est une promotion? demanda un Autochtone.

Il avait renoncé à faire semblant de travailler et regardait Alyse, la bouche tordue dans un horrible rictus qui contrariait l'harmonie de ses traits.

Alyse l'ignora. Traversant un torrent qui venait juste de tomber, elle conduisit la bande plus profondément dans la tour, s'arrêtant de temps à autre pour vérifier les chiffres estampés sur les montants en fer forgé qui constituaient la charpente de l'édifice.

Tandis que les mécanos avançaient au pas derrière elle, Arthur entendit les Autochtones chuchoter entre eux:

– Une promotion… ça doit être ça… une promotion… Qui c'est?… une promotion… une capsule violette, vous la voyez?… une promotion… une promotion...

– C'est elle, à quatre bureaux de là, devant nous, chuchota Alyse à Arthur. Avec les marques safran sur fond jaune foncé. Restez là avec Whrod; il vous dira quoi faire. Et faites attention.

– À quoi? demanda Arthur.

– Ils vont lancer des trucs dès qu'ils sauront que c'est une promotion. Attendez Whrod.

Arthur fit oui de la tête et resta là où il était. Whrod était juste derrière lui. Les autres Cambouistitis approchaient, traversant une douzaine de bureaux en file indienne.

– C'est bon! cria Alyse.

Elle se précipita vers le bureau choisi, bondit sur le meuble, puis de là vers un coin de la cage. Se tenant au grillage d'une main, elle commença à manipuler quelque chose avec sa clef à molette.

L'Autochtone se leva et replia son parapluie, qui devint noir quand il se referma. Puis, quand elle le rouvrit, un violet vif se répandit sur la toile, formant des volutes comme l'huile dans l'eau. Elle maintint le parapluie en l'air, puis se glissa rapidement sous le bureau, en criant :

— Au revoir, imbéciles ! Et continuez à travailler interminablement pour rien !

Comme les autres Cambouistitis se regroupaient vers le bureau, Arthur courut avec Whrod vers le coin gauche inférieur. Whrod avait sorti sa clef à molette et commençait à desserrer un gros boulon qui fixait le cube à la carcasse. Arthur, ignorant ce qu'il était censé faire, sortit sa clef anglaise et resta planté là jusqu'à ce que Whrod lève un regard courroucé sur lui.

— Mais qu'est-ce que vous faites ! Occupez-vous donc de l'autre côté !

Le boulon traversait l'armature, rivé de l'autre côté par un gros écrou en bronze hexagonal. Arthur fixa sa clef dessus et fit tourner le boulon pour le dévisser. L'écrou tomba. Il le rattrapa de justesse avant qu'il ne disparaisse dans le sol à claire-voie.

— Au suivant ! cria Whrod, s'occupant déjà d'un autre boulon à un pas du premier. Trois autres équipes d'enfants mécanos dévissaient les boulons dans les coins, d'autres encore travaillaient tous azimuts dans le bureau, certains debout sur les épaules de leurs compagnons, d'autres suspendus par deux ou trois doigts au treillis de l'étage supérieur, comme de vrais ouistitis.

— Scribouillard, gratte-papier, rat de cage à bureau ! cria une Autochtone.

— Crapaud baveux !

— Répugnant flagorneur !

— Tu m'as volé ma promotion !

Tous les Autochtones dans les bureaux alentour hurlaient, agitant leurs parapluies et faisant grand tapage.

— Vite ! cria Whrod. Ils vont se mettre à lancer des objets d'ici peu.

Comme Arthur s'accroupissait pour positionner sa clef, un objet le heurta de plein fouet dans le dos, puis tomba à ses pieds. Il vit que c'était une tasse qui s'était brisée. Puis une coupelle lui explosa au visage. Les débris tombèrent sur le dos de Whrod.

– Dégagez les boulons inférieurs est! cria un Cambouistiti.

– Dégagez les boulons inférieurs ouest!

– Dégagez les boulons inférieurs nord!

– Zut! fit Whrod. Tenez bon. Vous avez l'écrou? Dégagez les boulons inférieurs sud!

Ses directives furent reprises en écho par les équipes qui travaillaient au plafond, et par des cris venus de plus haut. Arthur vit alors qu'il y avait d'autres groupes aux étages supérieurs et, parmi eux, plusieurs sinistres automates en bronze qui avaient l'air de méduses ambulantes, sortes de sphères d'un mètre de diamètre sur un peu plus de hauteur, qui se déplaçaient sur quatre ou cinq tentacules semi-rigides tout en maniant des outils rangés dans leurs nombreux appendices.

– Vérifiez la chaîne! cria Alyse.

Whrod se servit du bord de sa clef à molette pour détacher ce qu'Arthur avait cru être une couche solide de l'armature verticale, mais qui était en fait une bâche ou une sorte de protection peinte en rouge qui recouvrait parfaitement la poutre. Dessous apparaissait la plus petite version de la Grande Chaîne, dont les maillons, toujours énormes, faisaient quatre ou cinq fois la taille d'une chaîne de bicyclette. La chaîne courait à l'intérieur de la poutre verticale en forme de U, mais était immobile pour l'instant.

– Chaîne présente! Tout va bien!

À l'angle opposé, en diagonale, un autre Cambouistiti confirma que la chaîne était bien présente. Alyse leva les yeux et, mettant ses mains en porte-voix, elle cria :

– Prêt à monter! Repoussez-les!

Arthur leva également les yeux, concentré sur ce qui se passait à l'instant présent, oubliant ses soucis et ses responsabilités, curieux de savoir ce qu'Alyse entendait par : « Repoussez-les! »

Chapitre 15

Toute une rangée de bureaux au-dessus de la tête d'Arthur s'ébranla alors vers la droite dans un grincement strident, tels les wagons d'un train aiguillé pour quitter une gare. Au niveau supérieur, d'autres bureaux glissèrent dans une direction différente, de même qu'au-dessus, et encore au-dessus, et ainsi de suite jusqu'au niveau 61012, dix-sept étages plus haut.

La percée verticale ainsi créée ayant permis à l'Autochtone promu en grade de monter, le déluge de tasses, de sous-tasses et d'encriers ralentit puis cessa, ainsi que le flot d'insultes. En même temps, un déluge d'eau s'abattit sur les bureaux, qui ne pouvait être la seule conséquence d'une pluie même continuelle; des images hallucinatoires de seaux géants tissés de lumière qui se renversaient dans la nouvelle percée verticale assaillirent Arthur.

— Écartez-vous ! ordonna Alyse. Pas vous, Ray. Vous restez avec moi ! Les autres, prenez la Grande Chaîne jusqu'au niveau 61012.

— Hé oh, je veux monter dans ce…, commença à dire Suzy, interrompue par un geste d'Arthur.

Elle se renfrogna, regarda Alyse qui la fixa sans sourciller, puis Suzy suivit à contrecœur ceux qui retournaient à la Grande Chaîne.

Arthur avança jusqu'au milieu du bureau, fit un pas de côté pour éviter une énorme chute d'eau venant du dessus, puis resta debout à côté de la table de travail sous laquelle se cachait encore l'Autochtone qui, après avoir regardé Arthur, se mit à flairer l'air autour d'elle.

— Fais-le monter ! cria Alyse.

Un automate agita un tentacule en réponse et, quelques secondes plus tard, le bureau se mit à trembler, et les chaînes actionnées cliquetèrent. Lentement, dans un vibrant crissement, le bureau s'éleva vers sa destination.

C'est alors qu'une énorme quantité d'eau vint s'écraser sur le sol, si importante qu'elle ne put s'écouler assez vite et forma une flaque qui monta jusqu'aux genoux d'Arthur.

— *Arthur ! Je suis partout dans le…*

C'était la voix du sixième fragment du Testament.

— Qu'est-ce que c'était ? (La voix sortait de sous le bureau.) Ça sent la magie, par ici !

L'Autochtone sortit la tête pour humer l'air à nouveau, mais la retira rapidement quand une nouvelle trombe d'eau vint s'écraser sur son visage.

Arthur secoua la tête, envoyant un nuage de gouttelettes se mêler à la pluie.

Alyse le regarda avec suspicion.

— Tout va bien, fit jovialement Arthur. (Il lui montra sa clef.) Je suis prêt à reprendre le travail.

163

– Vous en êtes bien sûr ? lui demanda Alyse.

« Partout… Partout dans quoi ? s'interrogea Arthur. Le Testament m'a déjà parlé trois fois et, les deux dernières, c'était juste après que j'ai été arrosé… »

– Partout dans la pluie ! murmura Arthur pour lui-même.

Il glissa la clef anglaise sous son bras et tendit sa tasse de fortune sous la pluie tout en l'observant pendant qu'elle se remplissait. Avant qu'elle ne déborde, il la plaça sous la lampe verte du bureau, cherchant, dans l'eau limpide, la confirmation de son intuition.

Et il avait vu juste. Car à la lumière de la lampe, au fond du récipient, des lettres formaient des boucles, s'enroulaient, composaient des mots qu'il reconnaissait et qui s'organisaient péniblement à travers la substance fluide : « Le sixième fragment du Testament se trouve dans la pluie. Pulvérisé en milliers, en millions de gouttes. Mais il ne peut se rassembler, du moins en partie, que lorsqu'il y a une certaine quantité d'eau qui s'amasse. Comme il l'a fait dans ce conduit, ou dans la cataracte qui vient de tomber… »

– Que faites-vous, enfant du Joueur de Flûte ? demanda l'Autochtone, sortant cette fois de sous son bureau.

Puis, courbée sous le parapluie, elle saisit son pince-nez pendu à un cordon autour de son cou.

– J'ai cru voir quelque chose tomber, dit Arthur. Je l'ai ramassé, mais ce doit être un morceau de pain ou un objet qui s'est cassé.

– Vraiment ? fit l'Autochtone. (Elle chaussa son pince-nez et plissa les yeux.) Je pensais avoir senti de la magie… Ah, et maintenant je vois qu'il y a quelque chose dans votre étui… Donnez-le-moi !

Arthur hocha lentement la tête et s'approcha, la clef à molette dans sa main.

— Ray! le prévint Alyse.

— Donnez-le-moi avant que je vous réduise en poussière, éructa l'Autochtone. Je suis une vraie sorcière, maintenant, du cinquième grade pour le moment, mais quand même… Donnez-le-moi!

Elle saisit le parapluie, se préparant à le fermer pour le brandir. Arthur attaqua au moment où il vit ses doigts se glisser dans le parapluie pour commencer à le plier. Sa clef à molette rebondit sur la tête de l'Autochtone qui, après un simple battement de paupières, déclara:

— Un simple enfant du Joueur de Flûte ne peut frapper assez fort pour… pour…

Elle battit une nouvelle fois des paupières avant de glisser lentement sur le sol. Arthur, caché avec elle sous le parapluie partiellement replié, poussa son corps sous le bureau.

— Qu'avez-vous fait? lui chuchota Alyse d'un ton furieux. Vous allez tous nous faire exécuter!

— Je n'ai fait que l'assommer, se défendit Arthur. Il le fallait. Dites-moi, cette pluie, elle va bien quelque part? Elle doit se déverser dans une sorte de grand réservoir?

— Que voulez-vous dire?

Alyse regarda d'un air interrogateur sous le bureau, puis leva de nouveau les yeux. Sa petite bande était déjà arrivée au niveau supérieur, suivie d'une file de sorciers surnuméraires au regard morne.

— Comment ont-ils pu arriver avant nous? s'étonna Arthur.

— Ils ont pris un ascenseur, comme d'habitude!

— Ils vont se demander ce qui est arrivé à cette sorcière, n'est-ce pas?

— Évidemment!

Arthur essaya de réfléchir à la meilleure façon de cacher la sorcière, mais le moindre coin était visible. Ils étaient environnés de sorciers qui travaillaient à leur bureau, et ils étaient des milliers…

— Ils dorment aussi dans leur bureau?

— Toujours, répondit Alyse. Mais il ne fait pas nuit, n'est-ce pas? Je crois que j'aurais vraiment dû vous pousser de la Grande Chaîne!

Encore quatre étages à monter jusqu'à leur destination. Arthur vit Suzy penchée, en train de les observer. Elle lui fit signe à nouveau. Arthur répondit en grattant nerveusement sa casquette et en levant les mains en l'air, espérant lui exprimer le message qu'ils allaient rencontrer de sérieux problèmes, bien qu'elle ne puisse être d'aucun secours.

Il pensa qu'il ne pouvait rien faire d'autre que de se servir de la clef pour détruire autant d'ennemis que possible lors d'une attaque surprise et de vite s'échapper après. De plus, malgré le pouvoir de la clef et, même en connaissant le lieu, il lui serait très difficile de revenir car tous les sorciers étaient en alerte et avaient l'œil sur tout.

— En avez-vous déjà vu qui restent cachés sous leur bureau après avoir été montés en grade? demanda-t-il à Alyse.

— Bien sûr que non! Certains d'entre eux ont attendu des milliers d'années avant d'obtenir une promotion. La plupart du temps, ils dansent sur leur bureau. Ou se mettent à inventer des sortilèges pour recueillir de l'eau et en déverser des seaux sur leurs anciens collègues.

À trois étages de là, d'autres sorciers surnuméraires promenaient un regard glauque alentour, traînant les pieds autour du puits.

— Je ferais mieux de faire quelque chose, déclara Arthur en jetant un rapide coup d'œil circulaire pour vérifier que le bureau était bien hors du champ visuel des Autochtones qui les entouraient.

— Et quoi? lui demanda Alyse.

– Ceci!

Il déplaça le parapluie de sorte que lui et une partie du bureau ne puissent être vus des Autochtones du niveau supérieur.

La perplexité se peignit sur le visage d'Alyse puis se changea en une expression d'horreur quand Arthur brandit soudain sa clef à molette et l'abattit sur la lampe du bureau, qui explosa en une pluie d'étincelles, produisant une violente détonation. Un mur de flammes jaillit, que la pluie en tombant transforma instantanément en un nuage de vapeur.

Arthur traversa le nuage et lança sa clef à mollette sur la chaîne qui montait. Usant de toutes ses forces surnaturelles, il essaya d'ouvrir un maillon en le fendant, mais la clef se plia en deux et se brisa net dans sa main. La chaîne continua à s'élever d'une dizaine de centimètres, la tête de la clef fracassée à l'intérieur… Puis, dans un crissement d'effroi, la table de travail qui avait continué à monter de même se mit à tanguer dans l'air. Arthur, Alyse, la table et l'Autochtone évanouie glissaient vers un bureau adjacent.

– Arrêtez! cria Alyse de l'intérieur du puits tout en poussant du pied la table dans un coin. La chaîne est cassée! Arrêtez! La chaîne est cassée!

Encore aveuglé par la vapeur, Arthur bloqua le glissement de l'Autochtone, mais le bureau continuait à s'élever de l'autre côté, et le sol à s'incliner de plus en plus.

– Arrêtez tout! continuait à crier Alyse.

Le terrible grincement de la chaîne se tut soudain dans d'immenses trépidations. Le bureau s'arrêta, incliné de trente degrés, une flamme jaillit de la lampe en une série de petites explosions, et la vapeur disparut. Arthur poussa rapidement l'Autochtone contre la table coincée dans l'angle, pour qu'elle ait l'air de s'être heurté la tête dans l'accident.

– Qui pourrait bien savoir où va l'eau? insista Arthur.

— Comment avez-vous osé ? fut la réplique d'Alyse. Elle avait un si bon dossier !

— Certaines choses sont plus importantes, répliqua Arthur. Comme le fait, par exemple, que le Palais et l'univers tout entier vont être détruits si je ne fais rien. Alors, cessez de vous plaindre et dites-moi qui pourrait savoir où vont les eaux de pluie !

Alyse fit une grimace et leva les yeux. La pluie frappait le verre de ses lunettes. Puis, regardant de nouveau Arthur, elle répondit :

— Poilhirsute le saurait. Allez le lui demander, et partez d'ici !

— Tout va bien, chez vous ? cria un enfant mécano depuis l'étage supérieur.

— Pas vraiment ! cria Arthur. Juste une petite minute ! Où puis-je trouver Poilhirsute ? continua-t-il d'un ton calme. Je suppose que nous aurons besoin d'un laissez-passer pour revenir, non ?

— Vous trouverez un pipeau près du tuyau d'écoulement d'où vous êtes montés. Jouez son petit air dessus, et Poilhirsute arrivera dans l'entrepôt.

— *Son* air ? Ah oui, celui qu'il siffle. Je m'en souviens.

Arthur avait une excellente oreille, tellement bonne que la plupart des gens pensaient qu'il avait hérité ce don de son père, le chanteur du groupe Ratz, ignorant que Bob était en fait son père adoptif.

— Est-ce que nous avons besoin d'un laissez-passer pour revenir ? répéta-t-il.

— Je vais écrire un mot précisant que vous venez chercher une pièce dont nous avons besoin.

Alyse sortit son carnet, un crayon bleu, et gribouilla quelques mots sur une page qu'elle déchira et tendit à Arthur.

– Voilà. Allez-y, maintenant !

– Tout va changer, dit Arthur. Que vous le vouliez ou non. La seule question est : le changement sera-t-il pour le meilleur ou pour le pire ?

– Nous ne voulons que faire notre travail, répéta Alyse, comme si ces mots étaient un mantra.

Soudain, le parapluie qui était au-dessus d'eux bougea, repoussé par un sorcier surnuméraire vêtu de noir. Un autre atterrit près de lui dans un grand éclaboussement, puis un troisième. Ignorant Arthur et Alyse, ils allèrent examiner la sorcière inconsciente sur le sol. Tous sans exception, remarqua Arthur, avaient un subtil sourire au coin des lèvres, ravis de voir une sorcière évanouie et une promotion interrompue.

– Chef ? Qu'est-ce qu'on fait ? cria un mécano depuis l'étage supérieur.

Alyse leva les yeux.

– Descendez ! Toi, Bigby et Whrod. J'envoie Ray et Suze en bas chercher un crochet de chaîne numéro trois. Vous autres, je veux que vous vérifiiez que chaque centimètre de la chaîne horizontale depuis ici jusqu'au dixième bureau n'a pas été atteint par la corrosion.

– Une corrosion accidentelle ? gronda une toute petite voix.

Celui qui parlait était un automate à corps et tête de pieuvre. Sa voix sortait d'une valve située sous la sphère qui lui tenait lieu de tête, et s'ouvrait et se fermait d'une horrible façon.

– Comment le saurais-je ? cria Alyse. Mais c'est probable. Nous devons aller voir.

– Les hautes autorités approchent, signala l'automate. Attendons les instructions.

– Une grosse légume ! siffla un mécano du niveau supérieur.

Les trois sorciers surnuméraires se mirent brusquement au garde-à-vous comme des marionnettes mues par des fils, puis se dépêchèrent de remonter au niveau supérieur.

— Vous sautez dans le niveau en dessous, vous courez vers le flanc nord, et n'oubliez pas de vous servir de vos ailes, dit Alyse à Arthur. Un guetteur-sorcier verra tout de suite qui vous êtes.

— Suze! cria Arthur. Viens là!

Il se baissa sur le sol inégal et commença à se laisser glisser par-dessus le bord du bureau, s'assurant tout d'abord qu'il n'allait pas tomber sur la tête d'un Autochtone.

— Merci, dit Arthur à Alyse. Suze! Viens!

— Me voici! cria Suzy en retombant lourdement à côté de lui et faisant presque la culbute avant de trouver une bonne prise. Y a le feu, ou quoi?

— En quelque sorte, dit Arthur.

Il lâcha sa prise et sauta sur le plancher inférieur. Il avait pensé viser le bureau pour ne pas avoir à tomber d'aussi haut, mais il revint sur sa décision. Il était inutile d'attirer l'attention du sorcier qui l'occupait, d'autant qu'il venait de remarquer que ces Autochtones aux parapluies violets n'écrivaient pas. Ils regardaient toujours dans leur miroir, mais sans rien noter.

— Où on va? demanda Suzy.

— Pas loin, mais en tout cas on va vers le bas, répondit calmement Arthur en ouvrant la marche à travers un bureau dont il esquiva l'occupant qui avait repoussé sa chaise plus loin que la normale. En volant. Nous devons retrouver Poilhirsute et obtenir de lui qu'il nous conduise là où se déversent les eaux de pluie.

— Et pourquoi ne pas le demander à Alyse? Elle a le guide de tout l'endroit.

Arthur s'arrêta si brusquement que Suzy lui rentra dedans.

– Quel guide?

– Ce manuel avec des cartes et des instructions sur les lieux où l'équipe aurait à aller. Du moins c'est ce que m'a dit Bigby. Une sorte d'Anthologie mineure.

Arthur regarda derrière lui. Ils n'avaient traversé que six bureaux.

– Elle veut juste se débarrasser de nous.

– C'est normal, dit Suzy. On ne peut pas le lui reprocher.

– Moi, si.

Arthur allait en dire plus quand un torrent d'eau vint s'écraser entre lui et Suzy, juste devant les pieds de celle-ci.

– Ça, c'est pas une pluie pour rire, maugréa Suzy en essayant de se relever. J'aimerais bien un peu de soleil, moi.

– On en voudrait bien tous, répliqua l'Autochtone dans le bureau adjacent, sans détourner les yeux de son miroir.

– J'croyais que vous étiez pas censé nous parler, grommela Suzy.

– C'est juste, soupira le sorcier. Mais c'est tellement ennuyeux de surveiller ce miroir, dans l'attente que quelque chose vaille la peine d'être observé. Qu'est-ce que vous disiez sur cette personne qui voulait se débarrasser de vous? Je n'ai pas bien entendu, à cause de la pluie.

– Rien, ce n'était rien, dit Arthur.

– Alors, c'est comme d'habitude? soupira de nouveau l'Autochtone. Je croyais que vous, les mécanos, ça ne vous affectait pas de ne pas avoir droit à une promotion et tout ce qui s'ensuit.

– *Affectait?* reprit Suzy.

– Que ça ne vous rendait pas aigres, amers, envieux, expliqua l'Autochtone. Prenez ma dernière promotion, par exemple. Les collègues avec qui j'ai bu tant de thés durant ces derniers mille ans, et partagé tant de biscuits… Eh bien, ils m'ont lancé la théière en argent de notre section à la figure, quand j'ai été promu à un rang supérieur et élevé au-dessus d'eux.

— Viens, Suze, dit Arthur. Nous devons retourner là-haut.

— Ah bon? Et le guetteur?

— Quoi, un guetteur? glapit l'Autochtone. Allez-vous-en! Éloignez-vous de moi! Je dois travailler!

Il ouvrit sur-le-champ un livre et se mit à le lire à haute voix tout en inspectant son miroir, un œil à gauche et l'autre à droite, ce qui était du plus inquiétant effet.

Arthur resta immobile une minute, pensif, puis fit quelques pas en direction du bureau bloqué.

— Qu'est-ce que c'est que ce guetteur? chuchota Suzy en le rattrapant.

— Si nous ne nous approchons pas de lui, il n'y aura pas de problème, lui assura Arthur. (Il était tellement furieux contre Alyse qu'il n'envisageait même pas la possibilité ni le danger d'être découvert.) Je vais obtenir d'Alyse l'information dont nous avons besoin, et nous repartirons.

Quatre Cambouistis étaient en train de réparer le bureau démantibulé, mais Alyse ne s'y trouvait pas, ni la sorcière inconsciente, ni les sorciers surnuméraires, ni aucun autre Autochtone. Arthur s'assura pendant quelques secondes que la voie était libre, puis grimpa sur la structure et pénétra à nouveau dans le bureau.

Whrod, qui était en train de réparer un chaînon, le regarda.

— Je pensais qu'Alyse vous avait envoyé chercher un crochet?

— C'est ce qu'elle a fait. Mais je dois d'abord vérifier quelque chose avec elle. Où est-elle? Avec le guetteur-sorcier?

— Quel guetteur? Il y avait un automate-programmateur, mais à quatre ou cinq niveaux en dessous…

— Alors, où est Alyse?

– Chais pas. (Whrod haussa les épaules.) Tout le monde est en train de vérifier la chaîne sur l'autre niveau, à part nous.

– Très bien! fit Arthur.

Sur ce, il plia les genoux, sauta sur le bureau qui avait été renversé et écarté pour libérer le chemin et, de là, vers le niveau suivant, réalisant un saut de presque trois mètres.

– Frimeur, grogna Suzy avant d'escalader la structure à sa suite.

Chapitre 16

Alyse se trouvait à un bureau de là, à l'autre niveau, en train de rouler un morceau de papier pour le glisser dans la capsule à messages qui se trouvait sur la table de travail du sorcier. Tous les autres mécanos, occupés à inspecter les chaînes, étaient disséminés dans les bureaux alentour. Pas le moindre automate, pas trace non plus de l'automate-programmateur.

Arthur bondit vers Alyse, lui saisit le coude et la retourna de sorte que le sorcier ne les voie pas de face.

— Vous avez essayé de me tromper, lui chuchota Arthur d'un ton féroce. L'information que je cherche se trouve dans votre manuel.

— Lâchez-moi! protesta Alyse, mais tout en prenant garde elle aussi de baisser la voix.

— Pas de grabuge, l'avertit Arthur en serrant plus fort son bras. Si on découvre qui je suis, toute la troupe sera punie… Et peut-être même exécutée.

— Très bien. Que voulez-vous?

— Je cherche un grand réservoir, une citerne. Mais, d'abord, je veux voir ce message.

Il attrapa le papier avant qu'Alyse ait eu le temps de dire ouf, et l'ouvrit de sa main libre.

«À l'attention du sorcier chef de l'équipe 61580
Signale deux enfants du Joueur de Flûte suspects qui volent vers l'entrepôt des mécanos de la 27e Brigade d'Entretien de la Chaîne et du Maintien de la Motivation du Haut-Palais. Disent s'appeler Ray et Suze.»

— Espèce de traîtresse! fulmina Arthur.

— Alors, ce message, il est prêt oui ou non? demanda le sorcier, pas le moins du monde gêné par l'animosité évidente qui régnait entre Arthur et Alyse. Je n'ai pas que ça à faire!

— Il y a une petite erreur, répliqua Arthur. Il n'y a plus de message, merci.

Il coinça Alyse contre le puits provisoire et tendit le message à Suzy, dont le visage se figea en le lisant.

— Nous, les enfants du Joueur de Flûte, nous sommes solidaires, chuchota-t-elle. Nous ne faisons qu'un, toujours!

— Le travail passe en premier, répartit Alyse.

— Tiens-la, Suzy, pendant que je regarde son manuel. Joue-la décontractée. Alyse, souvenez-vous que, si vous essayez de faire quoi que ce soit, toute la troupe paiera, d'une façon ou d'une autre.

— Tu veux dire quoi, par «Joue-la décontractée»? le questionna Suzy en prenant le bras d'Alyse.

— Fais comme si vous étiez amies et que vous regardiez quelque chose par terre.

Il ouvrit la poche d'Alyse et en sortit son manuel.

— Il ne fonctionnera pas pour vous, le prévint Alyse. Il est uniquement destiné aux chefs de troupe.

— Il a intérêt à fonctionner pour moi, répliqua Arthur en l'ouvrant sous le regard stupéfié d'Alyse.

— Mais, vous ne *pouvez* pas l'ouvrir! souffla-t-elle.

Arthur l'ignora et lut la page de titre: «*Guide de l'Entretien de la Chaîne et de la Motivation.* Inscrit au registre n° 457589.»

Il alla directement à la dernière page. Un index listait juste les lettres de l'alphabet, de A à Z. Il posa le doigt sur le E, et les pages tournèrent sur tous les sujets commençant par cette lettre. Il les parcourut rapidement, jusqu'à l'article «Eau», qui comprenait une longue liste de subdivisions, parmi lesquelles les équipements d'entreposage permanents et les installations d'entreposage passagères.

Sous cette rubrique plusieurs menus se déroulèrent, dont le «Réservoir de pluie central» et la «Citerne d'appoint de pluie du milieu de la tour». Arthur n'eut même pas besoin de toucher ce dernier titre; il lui suffit de le regarder un peu plus longtemps que les autres pour que les pages se mettent immédiatement à tourner et lui révèlent un dessin, une carte, et une liste de détails techniques.

— Il y a un réservoir d'eau plus haut, à environ une centaine de bureaux d'ici. Il se trouve entre les n° 61350 et 61399. Je crois que ça va aller, il doit être assez important.

— Assez important pour quoi faire? demanda Suzy, accroupie par terre avec Alyse, toutes deux feignant de fixer leur attention sur le sol grillagé.

— Je vous le dirai en route.

Arthur consulta une dernière fois cette page et referma le guide. Il allait le ranger dans sa poche quand il se mit à vibrer vigoureusement dans sa main.

— Qu'est-ce que ça veut dire?

— Un changement d'ordres, expliqua Alyse. S'il vous plaît, je peux regarder ?

Arthur hésita. Au même moment, il entendit un grand sifflement suivi du bruit métallique des capsules éjectées des tubes à messages pneumatiques qui retombaient sur toutes les tables des Autochtones.

Il reprit le manuel, qui s'ouvrit de lui-même à une page où était écrit en gros caractères rouges :

MOBILISATION GÉNÉRALE !
La tour est arrivée sous les Jardins Incomparables.
Toutes les équipes techniques doivent immédiatement se présenter au niveau 0 de l'ascenseur numéro 1 de la plate-forme extérieure, et se mettre sous les ordres du Midi de Samedi afin d'y installer et d'élever le bélier d'assaut.

Arthur jeta un regard autour de lui. Tous les Autochtones s'étaient levés, enlevaient les parapluies de leurs bureaux et les repliaient. Ceux qui les avaient déjà en main se rangeaient en longues files, face à la tour, prêts à marcher au pas.

— Les ascenseurs normaux sont par là ? demanda Arthur à Alyse.

— Oui. Quels sont les ordres ? Nous devons obéir !

Arthur lui donna le manuel. Pendant qu'elle le lisait, il observa ce qui se passait autour de lui. La responsable des sorciers surnuméraires lisait un manuel identique à celui d'Alyse. Quand elle releva les yeux, son regard sombre rencontra celui d'Arthur, lequel baissa rapidement la tête, de peur que la surnuméraire ne soit une sorcière assez puissante pour deviner son identité.

— Nous devons y aller ! répéta Alyse. Le voilà, le grand, là ! Nous devons grimper sur la cabine pour monter jusqu'en haut !

— Qu'est-ce que ce bélier d'assaut? demanda Arthur.

Alyse haussa les épaules.

— Quelque chose de très gros qu'on ne peut pas faire monter autrement que dans le monte-charge ou ascenseur extérieur. Il fait une centaine de mètres de longueur, il n'a pas de chaîne, c'est un projectile autopropulsé, et il est dirigé par des centaines de sorciers de grade supérieur.

— On peut aussi le chevaucher? demanda Suzy, excitée par l'enthousiasme d'Alyse.

— Non, objecta Arthur. Alyse, je vous laisse aller avec la troupe, mais vous devez me promettre de ne pas nous trahir.

— Bien sûr! Entendu! répondit celle-ci, quoiqu'un peu trop vite.

Arthur jeta un nouveau regard alentour. Les sorciers s'éloignaient au pas cadencé. Seuls les sorciers surnuméraires étaient encore proches, observant les mécanos qui, pour la plupart, faisaient semblant d'inspecter les chaînes tout en surveillant Alyse, dans l'attente qu'elle leur dise ce qui allait se passer.

— Donnez-moi votre main, dit-il calmement. Et promettez-moi, à moi Lord Arthur, Héritier Légitime de la Grande Architecte, que vous ne nous trahirez pas.

— Je promets, Lord Arthur, de ne pas vous trahir.

Une faible lueur passa des doigts d'Arthur dans la main d'Alyse. Elle poussa un cri, mais le garçon ne la laissa pas partir avant que la lueur ait disparu.

— Qu'est-ce qui se passe? articula lentement une voix grave.

C'était un sorcier surnuméraire qui s'était glissé près de lui, humant l'air.

— Quelque chose de luisant est tombé d'en haut sur le sol, là quelque part, se hâta de lui expliquer Arthur. Mais il n'est pas temps de le chercher, avec cette mobilisation générale, n'est-ce pas, chef?

— Non, dit Alyse en secouant vigoureusement la tête, éclaboussant de la sorte les visages d'Arthur et de Suzy. Pas de temps à perdre…

— Quelque chose qui venait d'en haut? Quelque chose de luisant? insista le surnuméraire, qui s'agenouilla sur-le-champ pour se mettre à flairer le sol.

Arthur et les autres s'éloignèrent.

— Pas de temps à perdre! cria Alyse. Toute l'équipe en rang! Nous descendons travailler sur l'ascenseur extérieur numéro 1!

— Numéro 1?

Quelqu'un lança cette question depuis le bureau du dessous, largement incliné. L'ascenseur extérieur numéro 1?

— Oui! hurla Alyse. Allez! On retourne à la Grande Chaîne!

Le surnuméraire commença à renifler autour des pieds d'Arthur. D'autres sinistres Autochtones arrivèrent et se concentrèrent sur l'endroit que leur compagnon était en train de renifler.

— Nous prendrons la chaîne montante pendant que les deux premiers prendront la chaîne descendante, annonça Arthur tout en courant avec Suzy derrière Alyse.

Tous les bureaux étaient maintenant vides. Les Autochtones et leurs parapluies avaient disparu.

— On trouve cette citerne, on prend le sixième fragment et on sort de là.

— Qu'est-ce que c'est que cette histoire de bélier et de Samedi dans les Jardins? s'énerva Suzy.

— Une chose après l'autre, la calma Arthur.

La Grande Chaîne n'était qu'à une douzaine de bureaux de là. Arthur se retourna. Tous les surnuméraires étaient couchés sur le sol du bureau qu'il venait de quitter. Un immonde tas d'Autochtones noirs en mêlée, qui reniflaient le sol. Ils lui rappelèrent les larves de tenthrèdes-limaces qui se tordaient sur la terre après être tombées des arbres du jardin de sa maison.

« J'espère pouvoir rentrer à temps pour retrouver ma maison, pensa-t-il. De toute façon, elle est suffisamment loin du lieu de l'attaque nucléaire pour pouvoir être touchée. Mais les gens, c'est plus important qu'une maison, et Lilas et les autres, eux, ils sont proches du lieu de l'attaque ! Et moi qui ne sais même pas ce que j'ai fait ni combien de temps ça va durer ! Pas la peine d'y penser maintenant. Je dois me concentrer sur ce qui m'arrive… »

— De quelle couleur sont les parapluies des bureaux 61300 et suivants ? demanda Arthur. S'ils n'ont pas disparu…

— À carreaux bleu et jaune, dit Alyse.

— Nous compterons donc à partir de là, décréta Arthur en levant les yeux vers la structure.

Il voyait des files d'Autochtones qui marchaient, leurs parapluies repliés. Les bureaux étaient vides.

— Commencez à descendre, Alyse. Nous prendrons la chaîne montante.

— Sans rancune, lui dit-elle.

— Parlez pour vous, répliqua Arthur.

« Je reviendrai la punir sauvagement, pensa-t-il avant d'effacer aussitôt cette pensée de son esprit. Il y a des choses plus importantes à faire. Oublions cela. »

— Salut, Alyse ! fit Suzy en agitant joyeusement le bras. Vous emmêlez pas les pinceaux !

Alyse et un autre mécano posèrent le pied dans un chaînon de la chaîne descendante, tandis qu'Arthur alla se placer avec Suzy devant la chaîne montante.

— Facile ! commenta Suzy, amusée.

Arthur lui prit la main et tous deux restèrent debout quelques instants, observant la chaîne s'élever rapidement, calculant le moment précis où ils devraient poser le pied sur le chaînon.

– Maintenant! dit Suzy.

Et ils avancèrent. Soit Suzy n'avait pas aussi bien évalué la vitesse de la chaîne qu'Alyse, soit Arthur se concentrait moins bien les yeux ouverts que les yeux fermés, toujours est-il que leur mouvement mal calculé les projeta sur le côté. Arthur perdit l'équilibre, laissa traîner l'un de ses pieds sur le bord du chaînon et se dépêcha de le rentrer.

– Hop là! s'amusa Suzy. Elle est marrante, cette chaîne! On pourrait retourner avec ce genre de machin dans ce bon vieux Bas-Palais, non?

– Mais il n'y a plus de Bas-Palais!

Arthur essayait de compter les étages qui filaient comme des flèches devant ses yeux.

– Ah, c'est vrai. J'avais oublié. Ah bon…

Arthur la regarda fixement. Comment avait-elle pu oublier si facilement une chose pareille? Parfois, il pensait que les enfants du Joueur de Flûte n'étaient guère plus humains que les Autochtones, même s'ils étaient nés mortels.

Cette pensée lui fit oublier de compter.

– Zut alors! Mais bon, ça n'aura pas de conséquence si on se trompe de quelques étages. La Citerne de Relais de Pluie est énorme, d'après ce que dit ce manuel, que j'aurais dû garder, d'ailleurs.

– Pourquoi on va vers une Citerne d'appoint de pluie?

– Pour récolter un peu de cette pluie et l'étudier de près.

Ajoutant le geste à la parole, Arthur mit ses mains en coupelle. Suzy l'imita, prenant garde de ne pas faire de trop grands gestes pour ne pas se faire taillader une main par une saillie quelconque.

– Et je cherche quoi? demanda-t-elle quand sa main fut remplie d'une eau limpide.

– Des lettres et des mots.

– Mais oui! J'les vois! s'écria Suzy. O-r-l-g-w-x-s-tr-e… orlgwxstre… hummm… ça me dit quelque chose, mais je n'arrive pas à mettre de mot dessus…

– Ce n'est pas un vrai mot! Ce n'est qu'une suite de lettres sans queue ni tête, un embrouillamini, un morceau de Testament brisé, éparpillé au milieu de toutes ces gouttes de pluie. C'est pour ça que je dois trouver un endroit où beaucoup d'eau tombe en même temps : une grande partie, et même la presque totalité du sixième fragment du Testament devrait s'y trouver.

– Compris! Alors tu le trouves, tu l'emportes et on sort d'ici?

– Probablement. Je pense que c'est la chose la plus sensée à faire, même si je souhaiterais vraiment savoir pourquoi Samedi veut entrer dans les Jardins Incomparables. Oh, non!

– Quoi?

Suzy regarda autour d'elle, affolée.

– Je ne sais plus où j'en suis dans mon compte, se plaignit Arthur. Mais peut-être pourra-t-on voir à quel niveau on est, si les bureaux sont vides.

Tous les bureaux qu'ils avaient dépassés étaient vides en effet, cependant, il perçut quelques rapides mouvements dans les niveaux supérieurs.

– Celui-là était occupé, mais ils étaient debout devant leur bureau, pas assis.

– Regarde celui-ci. Qu'est-ce qu'ils font?

Les niveaux filaient trop vite pour qu'Arthur puisse continuer à compter précisément mais, pour ce qu'il put en voir, les bureaux qu'ils venaient de dépasser étaient occupés par des Autochtones qui exécutaient dans un coin de leur bureau des mouvements qui ressemblaient à du tai-chi – une danse très lente aux gestes mesurés. Leurs parapluies étaient fermés, aussi dansaient-ils sous la pluie, faisant gicler des gerbes d'eau tout en sautant et tournant au ralenti.

— Je n'ai aucune idée de ce qu'ils sont en train de faire, dit Arthur.

Il fronça les sourcils et ajouta :

— J'espérais que tous les Autochtones seraient partis prendre les ascenseurs. Cherche bien tout ce qui pourrait ressembler à un réservoir d'eau. Nous ne devons pas en être loin.

Ils passèrent devant plusieurs autres niveaux où les sorciers dansaient pareillement devant leur bureau, puis filèrent devant des étages vides, apercevant dans le lointain d'autres sorciers s'éloigner vers l'intérieur de la tour.

— Tu regardes de ce côté, moi de l'autre, recommanda Arthur. Je ne sais plus où est le nord. J'aurais vraiment dû garder ce guide. Je ne sais pas à quoi je pensais.

— Tu pensais qu'Alyse en aurait besoin ? suggéra Suzy. Zut alors. C'est ça ?

Arthur se retourna brusquement, ce qui n'était pas une bonne chose à faire quand on voyageait si vite à l'intérieur du maillon d'une gigantesque chaîne en marche. Il faillit perdre l'équilibre et tomba sur Suzy, qui tituba et faillit lâcher prise.

En se remettant d'aplomb, il aperçut au loin, à l'intérieur de la tour, une muraille de verre pleine d'une eau bleue miroitante. Le mur d'eau s'élevait jusqu'au niveau suivant et même au-delà.

— On va jusqu'où ? demanda Suzy.

— Jusqu'en haut, répondit Arthur de nouveau absorbé dans le comptage des étages. Prépare-toi, la citerne fait quarante-neuf niveaux.

Ils sortirent au quarante-neuvième, s'attendant à voir soit des bureaux vides, soit des bureaux occupés par des sorciers au travail. Mais aucun ne contenait de table de travail. Chacun d'entre eux, d'environ trois mètres carrés de superficie, était meublé d'un canapé et d'un lampadaire. Les canapés étaient recouverts de différentes matières allant du cuir noir au tissu à motifs floraux, et les lampadaires avaient des teintes assorties.

– C'est le territoire des Ingénieux Fainéants, chuchota Suzy.

– Oui, dit Arthur en regardant autour de lui. Mais il n'y en a pas un seul ici.

Il marcha vers le réservoir. Malgré la pluie qui gênait sa vision, il vit le mur de verre transparent du réservoir et sa surface bleu ciel qui s'étalait juste devant lui et dans laquelle la pluie tombait. On aurait dit un gigantesque aquarium, et Arthur se demanda s'il y avait des poissons dedans. Ou autre chose...

– Alors on met simplement sa main dedans, c'est ça ? insista Suzy tandis qu'ils arrivaient au bord de l'énorme citerne et observaient l'étendue de l'eau.

«Nous sommes à un kilomètre et demi de la tour, et ce réservoir d'eau fait environ cent cinquante mètres de profondeur, pensa Arthur, et sa superficie équivaut à peu près à seize piscines olympiques. C'est une sacrée réserve d'eau!»

Il se pencha et plongea la main dedans. Instantanément le sixième Fragment s'adressa à lui:

– *Arthur! J'ai besoin que tu m'aides à me rassembler. Viens dans l'eau! Vite!*

Chapitre 17

— Il veut que j'entre dans l'eau, annonça Arthur à Suzy

Il regarda la pluie qui éclaboussait la surface de l'eau puis, derrière lui, les canapés vides.

— Il est donc là ? dit Suzy sans cesser de surveiller elle aussi ce qui se passait derrière elle.

— Oui. Je crois que je vais devoir y entrer. Continue la surveillance.

Suzy fit oui de la tête et sortit sa clef anglaise dont elle frappa la lourde tête réglable contre sa paume.

« Un mètre cinquante de profondeur, estima Arthur. Plutôt profond… mais bon, il faut que je le trouve, ce Testament. »

S'armant de courage, Arthur avança sur le sol métallique treillissé et entra dans l'eau. Elle était froide, mais pas autant qu'il le craignait. En tout cas, certainement pas aussi froide qu'elle aurait dû l'être à cette altitude, car l'air, lui, ne l'était pas. Samedi devait aimer la pluie, mais à l'évidence elle détestait le froid des grandes altitudes terrestres.

– *Bien!* approuva le Testament. *Viens au milieu et appelle-moi!*

Arthur marcha dans l'eau quelques minutes. Il avait suivi des cours de natation et de sauvetage, mais sans chaussures. Il allait les enlever, puis décida de n'en rien faire : aucun problème s'il gardait la tête hors de l'eau. Il n'avait en effet aucun mal à respirer, quant à sa force et à son endurance, elles étaient plus grandes qu'elles ne l'avaient jamais été.

Il choisit de nager en faisant la brasse pour atteindre le milieu du réservoir, afin de voir devant lui. La brasse était plus lente, mais plus sûre que la nage libre. À mi-chemin, il se retourna et repartit en dos crawlé pour apercevoir Suzy. Elle lui fit un signe de la main, et il lui répondit.

Bon travail, Arthur! Maintenant, appelle-moi mentalement.

Arthur avançait dans l'eau tout en regardant la pluie, s'imaginant les minuscules fragments du Testament à l'intérieur de chaque goutte de pluie.

« Sixième fragment du Testament de la Grande Architecte, veille sur moi, Arthur l'Héritier Légitime, pensa-t-il un peu inquiet. Rassemble-toi et viens à moi! »

De longs écheveaux de caractères apparurent dans l'eau, flottant comme des algues marines phosphorescentes. La pluie, rayonnant d'une lumière intérieure, commença à s'orienter vers Arthur au lieu de tomber tout droit sur le sol treillissé.

Au-dessus de lui, les gouttes ricochaient sur le plancher.

Soixante étages au-dessous, une magicienne regardait son miroir avec stupeur. Elle hésita un moment, puis ouvrit un petit tiroir secret au centre de son bureau et appuya sur un bouton de bronze poussiéreux.

Tout autour d'elle, les miroirs se mirent à étinceler. Les Autochtones qui n'avaient jusque-là guère prêté attention à ce qui se passait refermèrent leurs livres avec un bruit sec et posèrent brusquement leurs stylos. Au-dessus de leurs têtes, les tubes à messages pneumatiques se gonflaient, toussaient, crachaient, et des capsules rouges tombaient sur les bureaux.

Les magiciens qui dansaient aux autres niveaux s'arrêtèrent tous en même temps, en plein milieu d'une mesure. Des parapluies s'ouvrirent, des chaises furent tirées pour s'y asseoir et des milliers de petits miroirs furent tournés pour mieux voir.

Plus haut dans la tour, le plus haut possible, là où le bélier d'assaut avait été installé, un téléphone sonna et le combiné en fut soulevé par une main blanche et soyeuse.

Arthur observa les écheveaux de caractères se tisser dans l'eau, tout en continuant à appeler mentalement le Testament. Peu à peu, les lettres formèrent des lignes qui s'assemblèrent sous la forme d'un grand oiseau au plumage noir et lustré. Puis son bec émergea de l'eau, ensuite son cou, enfin sa tête tout ébouriffée.

– Bien, Lord Arthur, croassa le corbeau. (Une aile constituée de lettres sortit de l'eau, tandis que l'ébauche de l'autre, assemblage de caractères informes, traînait à la surface.) Je suis presque entier. Il faut encore recueillir un peu de pluie.

– Arthur !

Arthur tourna la tête vers Suzy. Elle tendait sa clef anglaise dans une direction.

– Des Ingénieux Fainéants ! Il y en a plein !

– *Encore quelques minutes*, croassa le corbeau. *Continue de m'appeler, Lord Arthur !*

Le garçon essaya de sauter pour voir ce que voyait Suzy mais, même en poussant fort sur ses pieds, il ne put s'élever que d'une dizaine de centimètres, ce qui lui suffit néanmoins pour apercevoir, dans tous les bureaux qui s'étendaient derrière le réservoir, les Ingénieux Fainéants sortir en rampant de sous leurs canapés. Ils étaient tout simplement restés cachés là depuis le début.

Et, maintenant, ils avançaient sur Suzy, brandissant leurs épées en acier bleu à lames courbes et leurs stylets de cristal aux pointes empoisonnées de Rien.

Suzy rejeta derrière son dos le manteau de pluie qui l'enveloppait et leva sa clef.

— *Concentre-toi, Arthur! Appelle-moi!* croassa le sixième fragment.

Arthur plongea en avant et se lança dans la nage la plus libre et la plus rapide qu'il ait jamais exécutée.

— *Arthur! Je ne peux pas m'échapper sans toi!*

Arthur ignora le corbeau et nagea de plus en plus vite, fendant l'eau comme un dauphin. Malgré cette vitesse extraordinaire, non seulement après une douzaine de battements il ne se retrouva pas plus près du bord mais, après une douzaine encore, il se sentit carrément tiré en arrière. Une force le retourna à l'envers, l'entraîna sur le côté, et le fit tournoyer avant de l'aspirer violemment par les pieds.

Il était pris dans un tourbillon. L'eau s'échappait du réservoir, et il partait avec elle.

— Suzy! hurla Arthur. (L'eau coulait si fort et il tournait si vite qu'il ne voyait plus que la tête de Suzy.) Sers-toi de tes ailes. Vole à…

L'eau emplit sa bouche. Battant frénétiquement des bras, Arthur parvint avec peine à remonter à la surface. L'aspiration était d'une puissance incroyable, c'était l'action de tonnes d'eau attirées dans une canalisation de trois kilomètres de diamètre. Il regarda désespérément derrière lui, mais ne put voir Suzy. En revanche il distingua le miroitement des épées des Ingénieux Fainéants, et entendit, à travers ses oreilles remplies d'eau, le choc du métal, des cris et, parmi eux, un cri isolé.

Là-dessus, il ne put plus penser à rien d'autre qu'à lui-même; inexorablement attiré vers le fond, il se noyait, ses poumons se remplissaient d'eau. Toutes les peurs qui l'avaient traversé et en particulier celle d'endurer une mort lente sous l'eau se réalisaient.

Il tâtonna à la recherche de sa poche de ceinture et sentit, à travers l'étoffe, la Clef Cinquième sans essayer de la sortir car, s'il le faisait, il y avait de grandes chances pour qu'il la perde. Même à travers l'étoffe, il ressentit son pouvoir et se concentra pour le mettre à profit. Mais, à ce moment-là, le courant le repoussa si violemment que ses bras se tordirent derrière lui et qu'il culbuta, plongeant tête la première dans l'égout.

L'eau emplit complètement ses poumons et une dernière et pitoyable petite bulle d'air sortit de sa bouche.

«Je refuse de mourir, pensa-t-il. Je ne suis plus humain. Je suis l'Héritier Légitime de la Grande Architecte. Je vais respirer de l'eau.»

Il ouvrit la bouche et aspira une bonne quantité d'eau par les narines, ce qui lui fut, contre toute attente, agréable. La sensation d'étouffement disparut. Sa bouche, tordue quelques instants plus tôt en un cri de panique silencieux, dessina un mouvement qui était presque un sourire. Il aspira une nouvelle fois l'eau, pirouetta pour se retrouver à l'endroit, et fonça les pieds devant dans ce qui ressemblait à un gigantesque tuyau.

«Suzy a probablement dû être faite prisonnière, se dit-il. Je vais survivre et la sauver. Ce sera…»

L'eau qui l'emportait dans le tuyau changea soudain de direction et le projeta contre quelque chose de résistant. Il voulut crier mais, au lieu d'ondes sonores, ce furent des ondes liquides qu'envoya sa bouche. Puis, quand l'eau déferla, il fut de nouveau soulevé et propulsé encore plus fort, entraîné au cœur du maelström.

Sans cesser de pousser son cri silencieux, Arthur, pelotonné sur lui-même pour se protéger, fut ballotté, bringuebalé dans l'énorme tuyau d'écoulement qui descendait en lacets sur deux ou trois kilomètres.

L'eau mit une demi-heure à atteindre le fond. Entre-temps, Arthur fut projeté une centaine de fois contre les parois du monstrueux boyau. Il eut terriblement mal et fut meurtri de toutes parts. Aucun mortel n'aurait pu y survivre.

Au fond, l'eau quittant l'énorme tuyau, tombait en cascade dans un grand lac souterrain creusé dans les contreforts du Haut-Palais. Arthur, emporté dans la cascade, s'écrasa au fond, transpercé de mille douleurs plus intolérables et fulgurantes les unes que les autres, et y resta étendu jusqu'à ce qu'elles s'apaisent, le laissant épuisé.

Bouger lui faisait encore mal, mais il se força à remonter à la surface. Il craignait de ne plus pouvoir respirer de l'air en sortant la tête de l'eau, mais ce ne fut pas le cas, et il sentit à peine la différence.

Épuisé, il pataugea dans l'eau et regarda autour de lui. Il voyait le conduit géant et l'abondante cascade qui s'en déversait, mais pas grand-chose d'autre. Un brouillard, ou peut-être de la fumée occupait tout l'espace. Tandis que l'eau sortait de ses oreilles, il entendit le bruit sourd, sinistre et répétitif de puissants moteurs à vapeur.

« C'est au plus profond des sous-sols, pensa-t-il. Au milieu d'une grande quantité d'eau. Ce doit être le Réservoir de pluie central… »

– Sixième fragment ? Testament ? Es-tu là ? demanda-t-il.

Une tête de corbeau sortit alors de l'eau, mais elle n'était ni noire ni lustrée et, par intervalles, il y avait des espaces vides, et les lignes étaient fragmentées.

– La majeure partie de moi est là, Lord Arthur, croassa l'oiseau en ouvrant son bec, mais quelques fragments doivent encore arriver. En fait, je crois que les paragraphes qui constituent ma queue sont en ce moment sous forme de gouttes de pluie et qu'ils n'arriveront pas ici avant une heure ou deux.

— Je doute que nous disposions même d'une heure. J'ai été présomptueux. Scamandros m'avait averti qu'ils détecteraient le moindre acte de sorcellerie que j'accomplirais. J'ai simplement oublié que t'appeler en était un.

— Samedi doit avoir affecté un grand nombre d'Auto-chtones à la détection de tout signe de magie et de sorcellerie, dit le Testament. Chose surprenante, étant donné qu'elle rassemble en même temps ses forces pour attaquer les Jardins Incomparables. Si nous avons de la chance, cette bataille commencée nous servira seulement de divertissement. De toute façon, nous sommes bien en dessous du sol ici, et ses serviteurs n'aiment pas s'aventurer dans cette région.

— Mais les automates-pièges-à-Rats, eux si, lui fit remarquer Arthur. Est-ce que tu pourrais te reconstituer depuis n'importe quel endroit de ce bassin ?

— Mais oui, dit le Testament. Pourquoi ?

— Tu peux le faire sur la terre ferme, alors. Je dois sortir de l'eau. Je me sens meurtri comme si j'avais été piétiné par un mammouth. Où est la rive la plus proche ?

— Suis-moi, articula la tête du corbeau.

Sur ces mots, il commença à s'éloigner. C'était vraiment horrible à voir, cette tête d'oiseau portée par un fragment de cou, qui fendait l'eau sans aucun moyen évident de propulsion.

Arthur le suivit à la nage, avec lenteur et lassitude, pensant à Suzy et à Lilas. Il avait l'impression de les avoir abandonnées toutes les deux, sans en avoir eu l'intention. C'est ainsi que les choses s'étaient passées, il n'y pouvait rien.

«Non que ce soit une excuse, se dit-il, mais peut-être que Suzy va bien, et qu'ils l'ont juste faite prisonnière. Et peut-être que le temps s'est figé pour Lilas. J'ai l'air d'un lâche, à attendre ainsi le Testament pour le ramener à la Citadelle… Mais qu'est-ce que je peux faire d'autre?»

La brume s'ouvrit devant lui, dévoilant un long quai de pierre qui ne s'élevait qu'à quelques centimètres au-dessus du niveau de la mer. Il se hissa dessus et s'effondra. Le Testament l'observa, puis replia l'ébauche de son aile gauche.

Arthur ne resta pas étendu longtemps avant d'entendre un autre bruit que celui à la fois sourd, métallique et régulier des machines à vapeur. C'était quelque chose de plus sournois, comme si quelqu'un balayait le sol, accompagné d'un bruit de pas trottinants et d'un petit sifflement…

Il s'assit et observa le quai. Le sifflement était faible. Il commença à deviner qui en était à l'origine, hypothèse confirmée quand Poilhirsute sortit des brumes. Le Rat tenait une petite arbalète dans une main et tirait derrière lui un filet plein de quelque chose.

– Poilhirsute! l'appela Arthur.

Le Rat Apprivoisé sursauta, laissa tomber son filet et saisit son arbalète des deux mains.

– Lord Arthur! Que faites-vous donc ici?

– J'arrive tout droit et sans ménagement d'un conduit d'évacuation. Mais je suis content de vous voir. J'ai besoin que vous me donniez quelques indications. Mais qu'êtes-vous en train de faire?

Poilhirsute pointait l'arbalète vers lui, tout en secouant la tête d'un air navré. Arthur regarda, fasciné, la pointe de la flèche de l'arbalète: elle était en verre d'Immatérialité! On aurait dit une petite bouteille scellée, avec à l'intérieur un minuscule morceau de Rien.

– Je suis désolé, Lord Arthur. J'aurais préféré que vous ne vous trouviez pas sur mon chemin ! Mais j'ai reçu des ordres stricts…

– Non ! hurla Arthur.

Poilhirsute pressa la détente, et la flèche empoisonnée de Rien fila droit vers la poitrine du garçon.

Chapitre 18

Arthur n'eut pas le temps de réfléchir ni d'esquiver le coup. Il n'en eut pas besoin non plus, car sans que son esprit ne conçoive la moindre pensée, il fit un léger écart et saisit la flèche, exactement au milieu de son fût, si bien que la bouteille de Rien à son extrémité ne se brisa pas.

Arthur retourna la flèche pour l'utiliser comme une arme et avança sur Poilhirsute, qui réarma en toute hâte son arbalète pour lui lancer une nouvelle flèche.

– J'ai des ordres stricts! haleta le Rat. Je dois tirer sur tout obstacle qui se présente. Je ne veux vraiment pas vous tuer, mais je le dois!

Arthur vit de drôles de choses émerger des nuages de vapeur: c'étaient six automates-pièges-à-Rats qui avançaient sur le quai, leurs longues antennes tâtonnant devant eux.

Poilhirsute, voyant l'expression du visage d'Arthur, se retourna juste au moment où l'automate le plus proche lui fonçait dessus. Le Rat lança son arbalète, puis ramassa le filet et le lança dans l'eau. Il essaya de tirer son long couteau, mais lancer le filet lui avait fait perdre un temps précieux pour contre-attaquer. La griffe gauche de l'automate-piège-à-Rats se referma dans un bruit sec sur son cou. Un autre automate arriva, enroula ses antennes aux bords tranchants comme des rasoirs autour du corps du Rat, et commença à serrer.

Ce fut l'erreur. Poilhirsute était certainement presque déjà mort de toute façon, mais le fait de le comprimer brisa les bouteilles de Rien qu'il portait dans son dos, rangées dans leur carquois de bois. Le Rien explosa et, ce faisant, décomposa instantanément les antennes des automates. Ceux-ci vrombirent et poussèrent des cris d'alerte pendant que le Rien coulait comme du vif-argent sur leurs griffes et le long de leurs corps, dissolvant tout sur son passage.

En quelques secondes, il ne resta plus rien de Poilhirsute ni des deux automates-pièges-à-Rats. Plus aucune trace. Le Rien se recomposa en une mare d'obscurité et sombra bientôt dans les fondations du rempart, creusant un profond puits de ténèbres dans les fortifications du Palais.

Arthur guettait les quatre automates qui restaient, prêt à se défendre. Mais ils ne l'attaquèrent pas. Ils se contentèrent d'agiter leurs antennes, leur unique œil rouge brilla, puis tous quatre se retournèrent pour disparaître dans les vapeurs brûlantes.

– Ils ont reconnu que tu n'étais pas un Rat, dit le Testament. (Il avait deux ailes maintenant, et sautillait à la surface du bassin, bien qu'il n'eût toujours pas de serres ni de queue.) C'est une chance. Je pense qu'ils ont de sérieux problèmes pour reconnaître leurs proies légitimes.

– Pauvre Poilhirsute, dit Arthur. Il ne voulait pas me tuer, du moins pas moi en particulier. Qu'est-ce qu'il a lancé dans le réservoir ?

– Je vais voir.

Le Testament sautilla sur l'eau et attrapa dans son bec le filet qui flottait à la surface. Il le rapporta à Arthur qui s'était assis sur le bord du réservoir et balançait ses jambes. Ses chaussures avaient été arrachées dans sa descente vertigineuse, et sa salopette était déchiquetée aux coudes et aux genoux. Par chance, il avait toujours sa ceinture sur lui. Il tapota la bourse pour s'assurer que la clef, le médaillon du Marin et Éléphant étaient bien toujours là.

– Ce sont des objets de sorcellerie, dit le Testament en déposant le filet à côté d'Arthur. Je ne sais vraiment pas à quoi ils peuvent servir.

Arthur ramassa le filet. Il y avait trois grands flotteurs en verre à l'intérieur. L'un rouge, l'autre bleu, et un troisième vert. Ils semblaient faits du même genre de verre que celui des Bouteilles Synchrones.

– Il les a lancés dans l'eau, et c'est ça qui l'a empêché de sortir son arme, fit remarquer Arthur. C'était donc ça, le plus important.

– Alors, nous devrions les remettre à l'eau, suggéra le Testament. Pour respecter ses dernières volontés.

– Comment?

Ce n'était pas le genre de comportement auquel Arthur était habitué de la part du Testament – quelle que soit cette part.

– Nous devrions les remettre, répéta le Testament. Par respect. Ah, le texte qui doit composer les plumes de ma queue vient juste d'arriver. Je reviens tout de suite.

Il laissa Arthur avec le filet et sautilla vers la chute d'eau.

Le garçon souleva le flotteur rouge et le regarda ; il n'avait pas l'air particulièrement ensorcelé.

Arthur tint un instant tous les flotteurs devant lui, pensant à quelque chose que sa mère avait expliqué un jour à sa sœur

Michaëla sans s'apercevoir qu'il écoutait : à savoir qu'il n'y avait pas de vérité absolue, ni de voie unique, et que tout ce qu'on pouvait faire, c'était honorer ce à quoi l'on croyait, accepter les conséquences de ses actions, et tirer le meilleur parti de tout ce qui pouvait nous arriver.

— Je suis sûr que je vais le regretter, dit-il tout haut.

Et il laissa tomber les flotteurs dans le lac.

Ils dansèrent sur l'eau autour de ses pieds puis se mirent à dériver lentement, si lentement qu'il se demanda s'ils avançaient tout seuls ou s'ils étaient emportés par un courant.

En les regardant s'éloigner, Arthur essaya de réfléchir à ce qu'il allait faire après. Mais il avait mal partout : à côté de la douleur physique qui le taraudait, il se sentait accablé par la culpabilité.

« J'aurais dû emmener Suzy avec moi. Je n'ai pas réfléchi, j'étais trop sûr de moi. Bon, j'arrête de ressasser, maintenant. C'est fait, c'est fait. Il faut simplement que je la sauve. Il faut que j'affronte Samedi pour obtenir la Clef, de toute façon. Sauf qu'elle a beaucoup trop de sorciers à son service. Il faudrait que je retourne chercher l'Armée. Et puis dame Prima, dame Quarto, ou dame N'importe-Quoi. Les autres Clefs, quoi. Mais si je fais ça, ça risque de me prendre trop de temps pour pouvoir… »

Le Testament revint en sautillant sur une serre quelques minutes plus tard, tandis qu'Arthur se débattait avec sa conscience, ses peurs et ses plans avortés.

— J'y suis presque ! croassa le Testament. Plus qu'une autre serre et une queue, et nous partons !

— C'est bien. Dès que tu seras prêt, je crois que nous devrions retourner à la Citadelle…

Il se tut, tendit l'oreille.

— Qu'est-ce qu'il y a ? demanda le Testament qui lissait les plumes de son aile avec son bec.

— Les moteurs à vapeur. Ils se rapprochent. (Il se leva et se retourna.) Ils se rapprochent, et ils viennent d'une autre direction.

Le Testament cessa de se lisser les plumes et fouilla la surface de l'eau de ses petits yeux noirs.

— Un bateau à vapeur, dit Arthur. Ou plusieurs. Je les entends.

— Je les vois! dit le Testament. Regarde! Ils sont huit!

Arthur scruta le lac. Même s'il ne pouvait rien voir à travers toute cette vapeur et cette fumée, il entendait le battement rythmé des moteurs et le bruit d'un bateau qui creusait un sillage dans l'eau. Finalement, une proue fendit le brouillard, et Arthur reconnut le nez d'un bateau de Rat Apprivoisé, qui transportait une armée de Néo-Rien assemblés sur le pont avant.

— Le Joueur de Flûte! dit Arthur. Nous devons sortir d'ici!

— Avec toute cette magie, croassa le Testament, Samedi va sûrement réagir d'un moment à l'autre!

— Je crois que c'est déjà fait, dit Arthur en levant le doigt vers les nuages de fumée qui planaient au-dessus d'eux.

Un gigantesque anneau de feu commençait à se former au-dessus des navires, d'un diamètre aussi large que celui d'une piste d'athlétisme. Des flammes s'en élevaient. Petites au début, pareilles à une pluie de feu, elles se mirent à grossir et à devenir de plus en plus chaudes — on le voyait à la façon dont elles changeaient de couleur, passant de l'orange au bleu puis du bleu au blanc.

Les navires réagirent en augmentant leur vitesse. Ils filaient vers le quai où justement Arthur se trouvait. Les cheminées crachaient de la fumée, les moteurs chauffaient, poussés à leur puissance maximale.

— Ils arrivent droit sur nous! s'exclama Arthur. Tu es achevé, oui ou non?

– Pas tout à fait, répondit le Testament. Il ne me manque plus qu'un petit paragraphe, mais un paragraphe essentiel, pour former une rémige de mon aile…

– Dépêche-toi!

Au fur et à mesure que les bateaux approchaient, l'anneau de feu avançait, et la tempête de pluie incendiaire se déchaînait.

Mais elle ne descendait pas sur les navires, ni ne frappait les soldats Néo-Rien sur les ponts. La pluie s'écartait loin d'une invisible barrière qui s'étendait depuis les mâts des navires jusqu'aux bastingages de ses ponts : c'était un mur magique qui se révélait, pour le moment, imperméable à l'attaque de Samedi.

«Nous ne sommes pas protégés, réalisa Arthur. Le feu arrive beaucoup trop près de…»

Il pouvait sentir maintenant sur son visage la chaleur de l'incendie qui faisait rage. Les gouttes étaient si brûlantes qu'il les voyait tomber très profondément dans l'eau où elles ne s'éteignaient pas, mais restaient longtemps sous forme de flammes, ce qui n'était pas normal.

– Tu es prêt? demanda Arthur au Testament en le brusquant un peu. On doit vraiment y aller, maintenant, et vite!

– J'y suis, j'y suis presque, chantonna le corbeau.

À trois mètres d'eux, une violente averse de pluie, plus exactement des cordes de feu s'enfonçaient dans l'eau. À trois cents mètres, les navires arrivaient à toute vapeur. Un groupe de soldats montra Arthur et, soudain, les flèches filèrent dans l'air; elles volaient dans l'axe, mais sans traverser l'incendie dévastateur.

– C'est bon, dit le corbeau. (Il s'envola et vint se percher sur l'épaule d'Arthur.) Je suis complet. Je suis le sixième fragment du Testament de la…

Arthur n'attendit pas la suite. Il prit ses jambes à son cou et continua à courir à perdre haleine le long du quai, pour-suivi par les flammes qui crépitaient sur la pierre. Il entendit aussi les cornes de brume des navires et les cris de guerre des Néo-Rien qu'il ne connaissait que trop bien, depuis qu'il leur avait livré bataille dans le Grand Labyrinthe.

Et à travers tout ce bruit – le martèlement des moteurs, le hurlement des cornes de brume, le sifflement, le rugissement de l'incendie, les cris –, il y avait encore un autre son. Un son clair et isolé, beau et terrible à entendre.

C'était celui du Joueur de Flûte, qui jouait un air sur ses pipeaux.

– Ah, fit le corbeau. Le troisième fils de la Grande Architecte. Cet importun.

– Importun! Arthur s'étrangla de rire. Le mot est faible!

Le quai se terminait contre un rocher taillé à pic, sans aucune issue visible. Arthur l'observa une seconde, puis se mit à chercher les protubérances rocheuses qui ne semblaient pas tout à fait à leur place. Il en trouva tout de suite une, la pressa et poussa la plaque rocheuse qui s'ouvrit en gémissant. Il entra.

C'était une caverne qui servait d'entrepôt. Ses murs étaient tapissés de casiers contenant de nombreux et divers outils de ferronnerie et de métallurgie qui, à un autre moment, auraient intéressé Arthur. Mais, avec l'Armée du Joueur de Flûte à ses trousses, il leur accorda à peine un regard.

– Et comment je referme la porte? demanda-t-il au Testament, après s'être assuré qu'il y avait une autre sortie.

– Je n'en ai aucune idée.

– Tu es là depuis dix mille ans! Tu n'as donc rien appris?

– Mon point de vue était plutôt limité, lui expliqua le corbeau. Sans parler que j'étais extrêmement fragmenté.

Arthur saisit plusieurs barres de fer et les appuya contre la porte, donnant des coups de pied dessus pour les caler.

– Ça peut tenir quelques minutes. Viens! dit-il.

– Où allons-nous? demanda le Testament.

– Hors d'ici, pour commencer.

Arthur ouvrit la porte au fond de la caverne et découvrit un escalier en colimaçon en fer forgé rouge, aux rampes et aux marches ornées de rosaces dorées.

– Il va falloir un bon moment au Joueur de Flûte pour qu'il débarque avec toutes ses troupes, mais les soldats vont forcément envoyer des patrouilles en reconnaissance. Nous devons nous écarter de leurs deux chemins. Celui des troupes, et celui de leurs éclaireurs.

– Samedi devrait être bien occupée tout là-haut, dit le Testament. Sa tour est arrivée jusqu'aux Jardins Incomparables, et les Drasils ne peuvent pas pousser plus haut.

Arthur s'élança dans l'escalier et gravit les marches trois par trois. Le corbeau volait derrière lui et se posait de temps à autre sur sa tête.

– Pourquoi veut-elle entrer dans les Jardins Incomparables? demanda Arthur sans s'arrêter de grimper.

– Parce que les Jardins Incomparables sont la première chose qu'a conçue la Grande Architecte, en vertu de quoi elle doit être la dernière à disparaître, croassa le corbeau. Mais il y a une autre raison: Samedi pense qu'elle aurait toujours dû y régner. Elle envie Dimanche, et veut le supplanter.

– Même si ça implique la destruction du Palais?

L'escalier déroulait ses spirales entre des passerelles semblables à celle où Suzy et lui avaient été éjectés depuis le Nabuchodonosor Synchrone.

« Il serait vraiment simple d'accéder tout de suite à l'escalier Imprévisible, pensa-t-il. Je peux l'imaginer, à la façon dont je monte ces marches… »

– Elle croit que les Jardins Incomparables survivraient même si le reste du Palais s'écroulait dans le Rien, lui répondit le corbeau. Il se pourrait qu'elle ait raison. Anéantir les sou-bassements du Palais était peut-être le seul moyen qu'elle avait à sa disposition pour empêcher les Drasils de pousser.

– Donc, elle va vraiment y entrer ? Et le seigneur Diman-che, il ne pourrait pas l'en empêcher ?

– J'ignore tout des pouvoirs actuels de Dimanche, déclara le Testament. Ainsi que de ses intentions. Pour avoir une réponse à cette question, il nous faut trouver le septième fragment du Testament et le libérer. Mais avant tout, bien entendu, tu dois t'approprier la Clef Sixième en la prenant à Samedi, l'autoproclamée Magicienne Supérieure.

– Je sais, dit Arthur. Mais comment suis-je censé faire cela ?

– Là où il y a un Testament, il y a…

– Ça suffit ! protesta-t-il. Je n'en peux plus, d'entendre ce genre de phrase.

– Ah ? s'étonna-t-il. Tu as déjà entendu ça ? Je suis vrai-ment désolé.

– Et si tu me suggérais quelque chose d'un peu plus concret ? Un plan, par exemple, ou un conseil intelligent, pour changer ?

– Hum, se renfrogna le corbeau. Si je comprends bien, mes modestes Parties n'ont pas eu l'heur de te plaire ?

– Ce n'est pas exactement cela, dit Arthur, radouci. Cer-taines parties sont meilleures que d'autres. Mais, dis-moi, jusqu'où il monte, cet escalier ?

– J'ai vraiment un plan, un vrai de vrai, dit le Testament, après cinquante autres marches.

– Alors, parlons-en, de ton plan.

Arthur n'était même pas essoufflé d'avoir grimpé autant de marches. Il n'en revenait pas.

– Ton amie, l'enfant du Joueur de Flûte, tu veux tenter de la sauver ?

– Bien sûr ! Si Suzy est encore vivante…

Là, il s'arrêta de parler, car le corbeau s'écrasa presque sur son visage avant de réussir à se poser sur son épaule.

– Tu es bien sûr d'être un fragment du Testament ? reprit Arthur. Les autres fragments, tes compléments, précisément, d'habitude ils ne s'occupent guère de… personne.

– Tout cela fait partie de mon plan, lui assura le Testament. Tu vois, quand j'étais en suspens dans la pluie, j'en profitais pour jeter un coup d'œil dans plein de coins et recoins et autres fissures où personne n'allait jamais. J'ai même vu les cages suspendues où ils mettaient leurs prisonniers.

– Des cages suspendues ?

Cette image ne dit rien qui vaille à Arthur.

– Oui, s'enthousiasma le corbeau. Actuellement, dans les ailes sud et ouest de la tour, se trouve tout le gros matériel d'élévation, tous les systèmes de monte-charge et d'ascenseurs. L'aile nord est un à-pic parfaitement lisse et tranquille, je ne sais pas pourquoi. Mais pour ce qui est de l'aile est, elle est toute hérissée de prolongements, de plates-formes, de balcons, de bras de grue, bref, ce genre de choses. En haut, autour du niveau 61620, les Auditeurs Internes se servent d'une saillie d'environ un mètre cinquante de longueur, pour suspendre des cages où ils enferment leurs prisonniers. C'est probablement là que ton amie se trouve maintenant. À moins que les Ingénieux Fainéants ne l'aient tuée sans autre forme de procès. Ce sont des créatures méchantes, et leurs dagues empoisonnées de Rien…

– Supposons qu'elle soit vivante, l'interrompit Arthur.

Il hésita avant d'ajouter :

– De toute façon, je veux la sauver. Mais comment pouvons-nous arriver jusqu'à ces cages sans attirer l'attention des Auditeurs Internes ? Une bataille se prépare, peut-être même deux.

– Ça ne fera que nous aider, dit le Testament. Quant à savoir comment nous allons y arriver, c'est assez simple. Nous nous déguiserons en Employés de la Salle de Bains.

– Nous ? On va se déguiser en Employés de la Salle de Bains ?

– Oui, croassa gaiement le corbeau. Tu es assez grand pour avoir l'air d'un petit Employé de la Salle de Bains, et moi je peux rentrer dans leur masque.

– Mais d'abord, pourquoi un Employé de la Salle de Bains monterait jusque-là ?

Arthur frissonna quand il se rappela les visages aux masques d'or des Employés de la Salle de Bains qui lui avaient fait un lavage entre les oreilles, autrement dit un lavage de cerveau, le privant provisoirement de sa mémoire.

– Parce que ce sont des Auditeurs Internes, dit le Testament. Je t'explique : tous les Employés de la Salle de Bains sont des Auditeurs Internes, bien que tous les Auditeurs Internes ne soient pas des Employés de la Salle de Bains.

– Tu veux dire qu'ils travaillent pour Samedi ? C'est elle qui veut effacer tous les souvenirs des enfants du Joueur de Flûte ?

– Oui, oui. Ça n'est pas sans rapport avec une tentative de retarder l'arrivée de l'Héritier Légitime. Ou d'un autre, si jamais tu te faisais tuer.

– Alors si je comprends bien, nous nous déguisons en Employés de la Salle de Bains, nous nous dirigeons vers les bureaux des Auditeurs Internes, et nous faisons sortir Suzy de sa cage. Mais quel rapport avec la capture de la Clef, ou avec tout autre chose, d'ailleurs ?

– Eh bien, c'est que, à cet endroit, il ne devrait pas y avoir d'Auditeurs Internes, énonça le Testament. Ce sont les meilleurs soldats de Samedi, et ils seront forcément là-haut, prêts à partir à l'assaut des Jardins Incomparables. Comme je l'ai dit, la partie tranquille, c'est l'aile est. Nous sauvons ton amie, puis nous regardons les troupes du Joueur de Flûte affronter celles de Samedi et, au moment opportun, tu ouvres la cage de l'ascenseur qui monte à la Citadelle et tu fais passer tes troupes.

— Je ne sais pas ouvrir une cage d'escalier.

— C'est facile – du moins, ce sera facile à ce moment-là, parce que tous les sorciers de Samedi qui bloquent actuellement les ascenseurs seront distraits par la bataille. Et, si jamais ils ne le sont pas, tu te sers de la Clef Cinquième pour nous faire sortir, nous nous regroupons, et nous revenons par le même chemin. Qu'est-ce que tu en dis?

— Pas très sûr, comme plan, observa Arthur. Mais, pour ce qui est de la première partie, cette histoire de déguisement, ça va marcher. Si je peux juste sauver Suzy et que nous puissions sortir tous les trois, ce sera déjà pas mal. Parce que je dois retourner sur Terre, aussi. J'ai besoin de faire quelque chose d'important là-bas…

— Oublie la Terre! croassa le corbeau. La Terre se porte très bien. C'est le Palais dont nous devons nous occuper.

— Ce n'est pas la même chose? s'étonna Arthur. Je veux dire que si le Palais disparaît, tout disparaît?

— Non, fit le corbeau. Qui t'a dit ça?

— Mais… tout le monde…, bégaya Arthur. La Grande Architecte a créé le Palais et les Royaumes Secondaires…

— Elle a créé la plus grande partie du Palais après avoir créé l'univers. Je parie que c'est Samedi, fine mouche, qui a inventé cette histoire de Royaumes Secondaires. La Grande Architecte a créé le Palais pour pouvoir observer et rapporter ce qui se passe dans l'univers parce que cela offre un grand intérêt. Pas l'inverse.

— La plus grande partie du Palais, souligna Arthur. Tu as dit «la plus grande partie du Palais».

– Oui, car les Jardins Incomparables sont les premiers à être sortis du Rien.

– Ils sont donc l'épicentre de l'univers ? Et qu'est-ce qui se passe si les Jardins Incomparables sont détruits ?

– Tout disparaît, c'est la fin de la création. La fête est finie.

– Au fond, ce que tout le monde a toujours dit est vrai, conclut Arthur. Ça signifie tout simplement que tant que la dernière pierre du Palais (autrement dit la première) restera debout, le reste de l'univers survivra.

– Pourquoi pas, dit le corbeau, c'est une vue comme une autre. Si ça te fait plaisir de théoriser… Mais dis-moi, là, c'est une porte ?

Et il vola jusqu'au milieu de l'escalier en colimaçon.

Arthur, plongé dans ses pensées, le suivit en ralentissant le pas.

Chapitre 19

– Attends! Ne l'ouvre pas! cria Arthur.

Mais trop tard.

Le corbeau avait sauté sur la poignée pour l'abaisser, puis avait poussé la porte avec son bec. En entendant le cri d'Arthur, il se retourna pour le regarder dans l'entrebâillement de la porte.

– Oui? Quel est le problème?

Arthur s'approcha et jeta prudemment un coup d'œil. Derrière la porte, une cour pavée s'étendait au pied de la tour. Deux sorciers surnuméraires se tenaient à environ un mètre de là, leur tournant le dos. Derrière eux, dans cette même cour, des Autochtones étaient massés en foule. Ils devaient être au moins deux mille, parmi eux plusieurs centaines de sorciers surnuméraires et autant de sorciers de rangs divers, qui tenaient tous leurs parapluies fermés malgré la pluie.

Les Autochtones leur tournaient également le dos. Ils regardaient tous une gigantesque plate-forme en fer à la base de la tour. Aussi vastes qu'un terrain de football, ses côtés faisaient presque quatre mètres de hauteur. Constituée de milliers de plaques métalliques fixées les unes sur les autres, elle ressemblait au pont d'un vieux cuirassé, dont la carcasse et les mécanismes auraient été découpés en rondelles.

Située exactement au pied de la tour, la plate-forme massive était équipée de chaque côté de gigantesques roues en bronze. À chacun de ses quatre angles s'élevaient des tourelles ouvertes sur le ciel et dans lesquelles se trouvaient des sorciers.

Mais ce n'était pas cette plate-forme que regardaient les Autochtones rassemblés dans la cour pavée ; ils fixaient la construction qui se dressait sur la plate-forme et qui ressemblait à un projectile géant : c'était un cylindre d'une centaine de mètres de hauteur avec une base en bronze massif et dont la moitié supérieure était une demi-sphère ouverte en treillis de bronze, évoquant une volière baroque. Cette cage géante était divisée en huit niveaux dont les bases étaient en osier, ce qui la faisait ressembler à la nacelle d'une montgolfière. Les niveaux étaient reliés entre eux par de fines échelles métalliques qui s'allongeaient sur toute la longueur du cylindre, depuis la capsule inférieure jusqu'au sommet ouvert sur le ciel.

Une douzaine d'automates, probables constructeurs de ce spectaculaire échafaudage, étaient juchés au sommet d'une sorte de fusée agitant leurs tentacules. Autour d'eux planaient et voletaient une bonne cinquantaine de mécanos. La plupart d'entre eux manipulaient de minuscules morceaux de métal.

Voyant les Autochtones contempler l'édifice dans la cour, tous les mécanos levèrent les yeux de leur tâche. Arthur ne put s'empêcher d'en faire autant, tout en refermant doucement la porte afin de se rendre plus discret.

Tout en clignant des paupières pour chasser une goutte de pluie qui était tombée dans son œil, il entrevit une forme sombre, si sombre qu'elle ne pouvait qu'être constituée de

Rien, pensa-t-il. Elle descendait lentement sous la pluie, en direction du cylindre de bronze, si lentement que, au début, on aurait pu croire qu'elle se mouvait de son seul et propre mouvement. Ce ne fut qu'après que les yeux d'Arthur se furent adaptés à l'obscurité qu'il discerna des lignes pâles qui en striaient la surface, les traces laissées par les cordes immatérielles actionnées par plusieurs centaines d'Autochtones pour approcher la forme du missile de bronze.

Les cordes luisaient d'un éclat presque aveuglant, pourtant ce fut la forme sombre qui brûla les yeux d'Arthur. Il comprit alors immédiatement de quoi il s'agissait : la forme était celle d'une pointe de fer constituée de Rien solidifié, pareille à celle dont le Joueur de Flûte s'était servi pour faire cesser le mouvement du Grand Labyrinthe, hormis le fait que celle-ci, quoique plus mince, était mille fois plus longue – trois kilomètres environ, et dotée d'une pointe incroyablement effilée. Les Autochtones volants alignèrent la pointe de fer contre le cylindre en bronze treillissé. Cela fait, l'un d'eux cria un ordre et, tous ensemble, ils lâchèrent les cordes. Juste avant que la pointe de fer ne tombe, les automates l'attrapèrent ; leurs tentacules, recouverts d'une couche protectrice lumineuse, jetaient des étincelles au contact du Rien. Ils manœuvrèrent la pointe pour la mettre dans la bonne position, puis l'immobilisèrent. Les mécanos arrivèrent alors et ajustèrent un anneau de matière translucide étincelante, probablement du verre d'Immatérialité, pour maintenir la pointe de fer en place au sommet du cylindre.

– C'est l'engin que Samedi a fait fabriquer pour traverser les soubassements des Jardins Incomparables, souffla le Testament.

Le corbeau n'avait pas parlé assez doucement au goût d'Arthur. Il referma discrètement la porte et, se tournant vers lui :

– Il faut que tu te calmes et que tu sois plus prudent, lui chuchota-t-il. Il y a des milliers d'Autochtones, par ici.

– Je croyais être calme, dit le Testament, baissant un peu la voix. Je ne me suis pas matérialisé depuis des siècles. On ne s'habitue pas si facilement à avoir une gorge et un bec.

– Bon, bon, mais essaie de te calmer, l'avertit Arthur.

– Très bien, croassa le corbeau d'une voix si basse et si calme qu'Arthur put à peine le comprendre. Tout ce que je voulais dire, c'est que si nous nous trouvons devant l'engin de Samedi destiné à éventrer les jardins, il est probable alors que tous les Autochtones ici présents vont y entrer. Et, quand ils y seront, nous pourrons y aller.

– Ce doit être le bélier d'assaut mentionné dans les consignes d'Alyse. Et voici l'ascenseur ou le monte-charge extérieur numéro 1, je ne sais pas comment on l'appelle.

– Peu importe comment on l'appelle, abrégea le Testament. Du moment qu'il marche. Plus vite Samedi commencera à combattre Dimanche, plus vite nous pourrons passer en douce de l'autre côté de la tour.

– D'accord, ça me va. (Arthur regarda ses pieds nus et sa salopette déchirée.) Mais il faut que je me trouve des vêtements.

– Pas de problème !

Et, avant qu'Arthur ait eu le temps de l'en empêcher, le Testament bondit vers la porte, l'ouvrit avec son bec et passa derrière en sautillant, se transformant dans le même temps en un petit mécano tout ébouriffé.

Il entendit le Testament adresser quelques mots à l'Autochtone le plus proche, qui répondit suffisamment fort pour que non seulement Arthur l'entende, mais encore tous les Autochtones à vingt mètres à la ronde.

– Vous êtes sûr ? Il m'a demandé, moi ? Il a prononcé mon nom ? Woxroth ?

– Oui, affirma le Testament. C'est cela. Woxroth. Suivez-moi.

Arthur s'appuya contre le mur, regrettant de n'avoir pas fixé avec le Testament des règles de base plus rigoureuses. Il n'avait même pas sa clef anglaise sur lui et se demandait s'il allait étrangler l'Autochtone ou seulement le frapper de son poing, quand le sorcier surnuméraire arriva, suivi de près par le Testament, qui referma la porte derrière eux.

Le surnuméraire regarda Arthur, qui commençait à élever ses deux mains pour les serrer autour de son cou, avant de se reprendre et de lever le poing. Comme l'Autochtone ne cessait de le fixer avec une expression triste à pleurer, Arthur baissa les bras et lui dit :

– Je ne veux que votre manteau, votre chapeau et vos souliers. Donnez-les-moi.

– Quoi ? fit l'Autochtone. Vous n'avez donc pas de lettre pour moi ?

– Non, dit Arthur.

Il sentit se lever en lui la colère qui le saisissait chaque fois qu'une créature insignifiante contrecarrait ses objectifs.

– Je suis Arthur ! Donnez-moi…

Il entendit un énorme bong ! et l'Autochtone s'écrasa au sol. Le corbeau sauta de sa nuque, abandonnant le pavé dont il avait su tirer avantage.

– Pour quelle raison lui parlais-tu ? demanda-t-il à Arthur. Il suffisait juste de lui donner un bon coup !

– J'allais le faire, protesta Arthur en se baissant pour ramasser le chapeau de l'Autochtone inconscient. C'est qu'il avait l'air tellement triste et pitoyable.

Le manteau et les souliers lui allèrent comme un gant quand il les enfila, ce qui tombait très bien. Arthur se regarda, et se demanda s'il ne venait pas de grandir à la minute même, juste parce qu'il avait besoin de ressembler à un Autochtone.

Si le Testament pensait qu'il pouvait passer pour un Employé de la Salle de Bains, il devait mesurer maintenant presque deux mètres. Presque aussi grand que son grand frère Éric, une star du basket-ball, réalisa-t-il. Et là, une vague de mélancolie le traversa : « Il se peut qu'Éric soit déjà mort, ou bien il mourra quand l'hôpital sera bombardé et que la ville disparaîtra avec lui. Je ne devrais pas être aussi grand, à l'âge que j'ai. Je sens que mon vieux moi s'en va… de plus en plus vite… et que je ne peux plus redevenir normal. »

Il venait de finir de s'habiller, avait rangé sa précieuse bourse dans la poche du manteau et était en train de ramasser le parapluie noir de l'Autochtone quand la porte s'ouvrit brusquement. Le Testament, rapide comme l'éclair, se transforma sur-le-champ en couverture pour se lancer sur l'Autochtone étendu inconscient sur le sol.

Une sorcière portant un parapluie jaune entra.

– Dépêche-toi, idiot ! cria-t-elle à Arthur. Nous montons tous à bord du bélier d'assaut ! Allez, vite !

Elle resta debout, observant Arthur qui essayait de réfléchir tout en abaissant le bord de son chapeau pour cacher ses yeux et son visage. Comme il ne bougeait pas, elle se renfrogna et, brandissant son parapluie, s'écria :

– Qu'est-ce que tu fais ? Le temps presse ! Je vais de ce pas faire un rapport sur toi. Woxroth, c'est ça ?

– Désolé, marmonna Arthur.

Il s'avança vers elle, pensant pouvoir l'attirer à l'intérieur et refermer la porte, laissant le soin au Testament de l'assommer avec son pavé.

Mais d'autres sorciers et sorcières étaient en train d'arriver pour voir ce qui se passait, leur attention ayant été attirée par le cri de la surnuméraire. Aussi, ne pouvant mettre son projet à exécution, Arthur se dépêcha de sortir. Comme il refermait la porte derrière lui, il perçut un mouvement soudain, et frissonna en sentant le Testament courir sur sa manche sous la forme de quelque chose qui ressemblait à un cafard.

Les Autochtones qui attendaient n'étaient plus une masse grouillante en extase devant le boulet de bronze. Ils étaient alignés en une longue file qui zigzaguait d'un bout à l'autre de la cour pavée. La tête du défilé se trouvait au pied du bélier d'assaut, et les Autochtones escaladaient les échelles extérieures le long de la partie solide du bronze avant de se mettre en rang sur les différents niveaux.

Arthur rejoignit le défilé à la fin de la file. L'Autochtone qui était devant lui, un sorcier surnuméraire, le regarda un instant comme s'il le reconnaissait puis se contenta de pousser un soupir mélancolique avant de se remettre à marcher. Arthur imita son attitude : il traîna les pieds et baissa considérablement la tête, afin que son chapeau cache son visage.

Avant d'arriver à ce qui ressemblait à une fusée, Arthur eut largement le temps d'évaluer le nombre de sorciers qui montaient dans le bélier d'assaut. Le temps qu'ils y arrivent tous, calcula-t-il, ils seraient environ cinq mille à bord. La plupart d'entre eux étaient des sorciers titulaires, certains munis de parapluies d'or et d'argent, signe qu'ils étaient aux niveaux les plus hauts qu'il ait jamais vus. Au sommet de la pointe, où ils devaient se trouver depuis toujours, se tenaient des douzaines d'Autochtones coiffés des chapeaux hauts de forme en satin chatoyant des Auditeurs Internes, pareils à ceux que le Joueur de Flûte avait tués dans le refuge de Vendredi au Moyen-Palais. Des Ingénieux Fainéants, assis tout au bord sur l'un des niveaux du milieu et appuyés sur leurs deux mains, balançaient leurs jambes à travers les barreaux.

Comme ils approchaient de la base du bélier, Arthur aperçut un sorcier muni d'un parapluie en train de pointer tout le monde sur une liste. Mais, pire que cela, à côté de lui se tenait un Autochtone à l'air impérieux, immensément

213

grand, vêtu d'une queue-de-pie de pur argent, d'un pantalon noir comme la nuit, et chaussé de souliers qui reflétaient magnifiquement la lumière. Sur ses épaules était jeté un pardessus gris perle composé de sept capes, et toutes les gouttes de pluie disparaissaient en grésillant à son approche.

«Ce doit être le Crépuscule de Samedi, pensa Arthur. Il va me repérer, c'est sûr… et il y a cinq mille sorciers ici, prêts à me faire la peau.»

Essayant de paraître désinvolte, Arthur leva la main devant son visage et se grattouilla le nez. La bouche en partie cachée, il souffla :

– Testament !

Un cafard albinos avec «Testament» écrit en lettres rouges sur son dos rampa sur le poignet d'Arthur et se lova dans la paume de sa main.

– *Pense à moi*, dit silencieusement le Testament. *Tu n'as pas besoin de parler.*

– *Ah, c'est vrai, j'avais oublié. C'est le Crépuscule de Samedi, là devant. Il faut que tu le distraies. Prends par exemple la forme d'un Rat Apprivoisé, et sauve-toi. Profites-en pour aller délivrer Suzy, parce que moi, je risque de ne pas en avoir l'occasion de sitôt…*

– *Comment peux-tu le savoir ? lui réfuta le Testament. Je ne crois pas non plus que le Crépuscule de Samedi te reconnaîtra. Il y a trop de magie dans les parages pour qu'il puisse sentir ta présence. Ce truc en bronze empeste la magie, sans parler de la plate-forme. Ils disposent de deux cent cinquante-cinq chefs sorciers qui se préparent à soulever ce truc, tu sais. Contente-toi de faire profil bas.*

– *Je veux quand même que tu ailles délivrer Suzy ! insista Arthur. Vas-y maintenant, tant que l'occasion se présente.*

– *Non*, répondit le Testament à l'esprit d'Arthur. *Mon travail, c'était de trouver l'Héritier Légitime et, maintenant que c'est fait, je reste avec toi. Il se peut même que nous trouvions la Clef. Tout peut arriver maintenant, avec l'Armée du Joueur de Flûte en dessous et les insectes de Samedi au-dessus.*

– Je veux que tu ailles délivrer Suzy! Je te l'ordonne!

– Quel est votre nom? l'interrogea le sorcier au parapluie doré.

Arthur laissa retomber sa main, et le Testament rampa le long de sa manche.

– Euh, Woxroth, marmonna Arthur.

– Les plus petits sont aussi les derniers, observa le sorcier. Montez à l'échelle et trouvez-vous une place.

Comme Arthur se dépêchait de grimper à l'échelle, le sorcier se tourna vers le Crépuscule de Samedi qui, un monocle sur l'œil droit, fixait le sol pavé.

– Le chargement est presque complet, sire.

– Ce n'est pas trop tôt, maugréa le Crépuscule. Les armées du Joueur de Flûte sont arrivées. Qu'ils prennent le niveau de plain-pied s'ils veulent, ils ne monteront pas bien haut dans la tour, car nous occuperons bientôt les jardins.

– Sont-ils aussi beaux et extraordinaires qu'ils le disent? questionna le sorcier.

Le Midi arrivait juste derrière lui. Il était à quelques mètres derrière Arthur, qui pouvait tout entendre de leur conversation.

– Nous le saurons bientôt, répondit le Crépuscule. Il est temps de commencer.

Il tint l'échelle d'une main, mettant l'autre en porte-voix devant sa bouche pour appeler un autre sorcier à parapluie doré qui se tenait en observateur dans la plus proche coupole d'angle de la plate-forme.

– À l'assaut! cria-t-il. Droit vers le sommet!

Chapitre 20

Les sorciers surnuméraires se trouvaient au niveau le plus bas de la fusée, immédiatement au-dessus du socle de bronze. À travers le treillis d'osier, sous ses pieds, Arthur voyait le socle de bronze qui constituait toute la moitié inférieure de la fusée. Que pouvait-il contenir, se demanda-t-il. Sans doute du propergol, un combustible. Il était évident que les sorciers se préparaient à utiliser le bélier sur les soubassements des Jardins Incomparables, et il était probable que l'assaut allait se produire depuis le sommet de la tour.

Arthur eut de la chance d'être parmi les derniers à accéder à la fusée, car la seule place qu'il put trouver était contre les barreaux. Les Autochtones étaient entassés épaule contre épaule, alors que lui pouvait bouger, se retourner et regarder ce qui se passait à l'extérieur du missile.

Autour de lui, pas un bruit, pas une parole échangée. Il regarda à travers les barreaux les sorciers qui s'affairaient dans l'une des coupoles d'angle de la plate-forme inférieure. Ils enfonçaient leurs parapluies dorés et argentés dans des trous pratiqués dans le fer forgé. Une fois les parapluies en place, ils en tordirent les manches qui se transformèrent en lutrins sur lesquels, comme un seul homme, ils disposèrent des livres ouverts. Après quoi, sans qu'aucun signal n'ait été donné, du moins qui soit visible ou audible, ils se mirent à gratter le papier avec des plumes de paon.

Arthur ressentit alors le pouvoir qui se dégageait de ce qu'ils écrivaient. Il sentit une nausée l'envahir, et des picotements, des démangeaisons sur tout son corps. Tandis qu'ils écrivaient, la plate-forme se détacha lentement du sol et commença à monter le long de la tour.

Les sorciers surnuméraires se mirent alors à chuchoter entre eux :

– Nous allons tous mourir.

– J'espère mourir le premier.

– Nous allons tous mourir ensemble.

– Pas forcément. Nous pourrions juste être horriblement blessés et de nouveau rétrogradés.

– Tu prends toujours les choses du bon côté, Athelbert…

– Non, pas du tout. Je m'attends à mourir.

– Je suis surpris qu'ils nous aient mis ici. Je croyais que nous serions les premiers à aller au massacre.

– Non, ç'aurait été une perte de temps de nous mettre au premier rang. Ces gros coléoptères décapiteraient les gens comme nous en moins de deux.

– Quels coléoptères ?

– Chut ! rugit une voix autoritaire de quelque part, plus loin dans les rangs des Autochtones tassés les uns contre les autres.

Arthur frissonna en sentant la nouvelle charge de magie envoyée par les Autochtones en train de griffonner dans les coupoles, et la plate-forme s'éleva plus vite. Étant placé sur le côté de la fusée le plus distant de la tour, il ne put compter le nombre de niveaux auxquels ils venaient de s'élever, mais les évalua à plusieurs centaines.

— Comment ça se fait que tu sois devenu plus petit, Woxroth ? demanda un Autochtone derrière son dos.

— Une forme de rétrogradation, grommela Arthur.

Un silence empli de crainte et de respect accueillit cette réponse, suivi d'un murmure :

— Et moi qui croyais ne pas avoir de bol. Rétrogradé et tué par un coléoptère, tout ça le même jour.

— *Quelle bande d'optimistes, n'est-ce pas ?*

Ainsi parla le Testament dans l'esprit d'Arthur.

— Ils sont peut-être seulement réalistes. As-tu quelque suggestion à propos de ce que je pourrais faire ?

— *Attends ton heure et cherche n'importe quelle occasion. Puis saisis-t'en.*

— Très aimable à toi. Ça ne m'est pas d'un grand secours.

— Les sorciers qui ont vue sur l'extérieur, tenez-vous prêts ! ordonna une voix de l'intérieur.

L'ordre retentit en écho dans tous les étages inférieurs.

Les Autochtones qui flanquaient Arthur s'approchèrent du bord en traînant les pieds et introduisirent leurs parapluies repliés à travers les barreaux. Sans comprendre la raison de leur geste, Arthur les imita.

— Nous approchons du niveau 61600, et le sommet se trouve au niveau 61850. Préparez-vous à une contre-attaque. Quand vous voyez quelque chose de vert et d'iridescent, tirez !

— Woxroth ! chuchota l'Autochtone à la gauche d'Arthur. Pour l'éradication rayonnante de la matière, est-ce qu'on commence par imaginer une braise incandescente ou la pointe de la flamme d'une bougie ? Je ne me souviens plus exactement…

— Euh… Je ne sais pas, bredouilla Arthur, s'efforçant

d'altérer sa voix, de la rendre basse et morose comme celle du vrai Woxroth.

— Une braise, bien sûr, affirma le sorcier surnuméraire à la droite d'Arthur. Tu as donc tout oublié ?

— Presque tout, répondit le surnuméraire à sa gauche. Oh là là ! Qu'est-ce que c'est que ça ? Braise incandescente, braise incandescente…

— Accrochez-vous, dit l'Autochtone à droite d'Arthur.

Arthur regarda à travers les barreaux. La plate-forme élevait la fusée plus rapidement qu'il le pensait, en tout cas aussi vite que la chaîne. Aussi ne pouvait-il pas voir grand-chose, avec le vent qui sifflait à travers les barreaux, le léger mouvement de balancement de la fusée, et les Autochtones qui ne cessaient de jouer des coudes entre eux.

À trois mille mètres au-dessus d'eux s'entrelaçaient dans le firmament des traînées de fumée et de fulgurantes clartés qui s'épanouissaient comme de silencieux et fugaces feux d'artifice aux couleurs intenses. Puis le ciel se referma. Tout ce qu'Arthur entendait, c'était la respiration des Autochtones qui l'entouraient, et le sourd vrombissement de la plate-forme en mouvement.

Les étincelles jaillissaient du corps des milliers d'Autochtones volants qui cernaient la tour, formant un cercle gigantesque. Au début, Arthur ne put discerner sur quoi ils jetaient leurs scintillants et silencieux sortilèges, tant il y avait de fumée et de lueurs dans le ciel. Puis il aperçut une vrille de couleur verte d'environ cent mètres de long et trois mètres d'épaisseur qui jaillit du nuage et cingla les ailes de l'Autochtone qui avait commis l'imprudence de monter trop haut. La vrille claqua comme un fouet, si fort qu'Arthur et tous les Autochtones tressaillirent. La vrille avait dû blesser mortellement le sorcier, car il tomba tout droit comme une pierre.

219

— Un coup de fouet et hop, terminé! Ce serait bien, commenta l'un des voisins d'Arthur. Anéantis par une mauvaise herbe…

— Pas du tout! corrigea l'un des Autochtones. Elle est à cinq cents mètres au-dessus de nous. Ils vont tirer dessus depuis le sommet, et ses vrilles vont nous rentrer dans la chair et nous découper en rondelles aussi facilement qu'un couteau dans une génoise. Forcément, après ça, on sera une proie facile pour les coléoptères.

— C'est quoi une génoise? J'en ai jamais vu.

Arthur n'écouta qu'à moitié les plaintes qui se répandaient autour de lui. Il observa la vrille cingler l'air encore et encore, tressaillant à chaque claquement. Mais l'Autochtone qui avait dit qu'ils n'en approcheraient pas avait raison. La plate-forme avait beaucoup ralenti et se déplaçait maintenant à l'oblique. Arthur sentit alors baisser l'énergie maléfique dispensée par les Autochtones dans les coupoles de pilotage.

Puis la plate-forme pivota, et Arthur eut un nouvel aperçu de ce qui l'entourait. L'angle de la tour devint visible, puis tout un flanc. Ils étaient à présent arrivés au faîte de la tour, et le sol, cinq kilomètres plus bas, était hors de vue.

Ici la tour présentait une surface beaucoup plus étroite que celle des autres niveaux qu'Arthur avait déjà visités. Les quinze derniers, composés de seulement cinq bureaux, étaient les plus exigus. Tout au sommet et en plein milieu, il y avait un bureau beaucoup plus vaste que les autres, de la dimension de quatre cubes. Sa structure était en fer, mais ses murs étaient en cristal, de même que son toit.

Quelqu'un se trouvait à l'intérieur de ce bureau de cristal, observant la plate-forme et la fusée dériver lentement jusqu'à…

Jusqu'à *elle*!

L'inaccessible Samedi. Ce ne pouvait être qu'elle, avec ses deux mètres et demi de hauteur, se dit Arthur. Une aura resplendissait autour de sa tête. Était-ce l'éclat de ses cheveux blonds, ou celui d'un casque d'or ou de cuivre? Arthur n'aurait su le dire. Toujours est-il qu'elle portait, il le voyait nettement, une sorte d'armure, un pectoral en or rose qui flamboyait comme un soleil couchant, ainsi que des jambières, des spalières et des cubitières constituées de plaques de métal dont les tons rappelaient toutes les nuances du crépuscule.

La plate-forme pivota jusqu'à ce que la porte située au plus bas niveau de la fusée se trouve alignée avec le bureau. Or c'était exactement la porte à côté de laquelle Arthur se tenait. Celle que Samedi avait clairement l'intention d'utiliser…

– Place! Place! ordonna une voix autoritaire.

Quelques Autochtones écartèrent sans ménagement Arthur de la porte – lequel se retrouva encore plus tassé contre ses compagnons de voyage –, pour frayer un passage à Samedi jusqu'à l'échelle intérieure qui conduisait au niveau supérieur de la fusée.

Un Autochtone, en reculant, heurta le visage d'Arthur qui ne protesta pas mais se déplaça un peu sur sa droite pour observer ce qui se passait entre les deux épaules des sorciers devant lui.

Samedi toucha le mur de son bureau et, sous sa main, le verre se fracassa, se pulvérisa en parcelles de lumière qui tournoyèrent et s'entremêlèrent pour former une paire d'ailes resplendissantes qui s'attachèrent à ses épaules. Elle les fit battre deux fois et s'envola vers l'ouverture au cadre de bronze qui servait de porte à la fusée. Puis, se posant telle une danseuse étoile sur la scène, elle traversa la foule sans jeter le moindre regard aux Autochtones qui essayaient en vain, pressés qu'ils étaient les uns contre les autres, de pencher la tête en signe de respect et de faire la révérence, et ce malgré les nombreux et douloureux télescopages de crânes occasionnés par leurs efforts inutiles.

— *Là, dans sa main! croassa le Testament. La Clef! Tu peux l'appeler. Non, à la réflexion, mieux vaut ne pas le faire tout de suite…*

— *Certainement pas*, approuva Arthur en pensée.

Il se haussa sur la pointe des pieds et tendit le cou pour voir ce que Samedi tenait dans la main. Ce n'était ni un parapluie ni un couteau, mais quelque chose de bien plus petit, de fin et de court…

« C'est une plume, pensa-t-il. Une plume d'oie. »

Il perdit de vue Samedi au moment où elle escalada l'échelle intérieure. La plate-forme s'éleva d'un mètre pour s'aligner au niveau du milieu de la tour. Puis Samedi, dans un ample geste du bras et un grand effet de plume de paon, donna un ordre, et la plate-forme se posa sur le haut de la tour dans un assourdissant bruit de ferraille. Une minute plus tard, des douzaines d'automates se mirent à grimper, et des mécanos s'envolèrent des étages inférieurs pour venir fixer la plate-forme à la tour.

Arthur leva la tête. Les nuages devaient être, pour autant qu'il put l'évaluer, à trois cents mètres au-dessus d'eux, et les vrilles qui continuaient à cingler le vide pouvaient bien atteindre jusqu'à cent mètres. Ils avaient donc une marge de sécurité de presque deux cents mètres. Sans doute le bélier d'assaut se trouvait-il à la même distance afin d'avoir une chance de percer les soubassements des Jardins Incomparables.

Quelqu'un poussa un cri, loin en dessous. Arthur vit alors les mécanos et les automates disparaître sous la plate-forme.

— Préparez-vous à l'attaque! ordonna la voix autoritaire à l'intérieur de la fusée.

Les Autochtones autour d'Arthur s'agrippèrent aux barreaux, les autres, plus éloignés, s'accrochèrent les uns aux autres. Le garçon se cramponna fermement à la barre la plus proche et plia les genoux.

— Mettez le feu aux poudres! hurla la voix.

Arthur ne put distinguer précisément ce qui se passait mais, quelque part au centre de la fusée, se produisit une éruption soudaine, un jaillissement vertical d'étincelles incandescentes qui atteignirent le plancher d'osier supérieur, mais sans pour autant l'enflammer…

— Cinq… quatre… trois… deux… un! cria à nouveau la voix. Feu!

Il y eut un crépitement qui diminua progressivement en intensité, puis s'éteignit. Mais rien ne se produisit. Le coup avait fait long feu.

— Feu…! insista la voix, cette fois un peu moins impérieuse.

— Mais qu'est-ce qui se passe? interrogea une autre voix féminine, froide et cristalline, qui fit trembler Arthur. Est-ce que je dois tout faire moi-même?

— Non, madame, dit la première voix, cette fois carrément implorante. Je vais allumer moi-même le second feu…

Une minute plus tard, il y eut une autre énorme gerbe d'étincelles.

— Cinq… quatre… trois… deux… un…

Un coup violent frappa la fusée, envoyant tous les Autochtones à genoux. Arthur se retrouva balancé d'un côté et de l'autre, percutant les sorciers dont les manches de parapluie lui rentrèrent dans les côtes et dans les jambes.

D'énormes nuages de fumée s'élevèrent puis se déployèrent en volutes, et la fusée jaillit de la plate-forme à une vitesse inimaginable.

Quelques secondes plus tard, Arthur entendit le claquement terrible d'une vrille, aussitôt suivi par d'autres.

Clac! Clac! Clac!

Chaque impact ébranla la fusée, et les barreaux de la cage de bronze tintèrent comme des cloches. Le bélier d'assaut ne dévia pas de sa route, il fonçait tout droit dans les fondations des Jardins Incomparables.

– Préparez-vous ! Préparez-vous à l'impact !

L'avertissement vint trop tard pour la plupart des Autochtones. Le peu d'entre eux qui tenaient encore sur leurs pieds se tordaient comme des vers pour ne pas tomber.

Quand le bélier d'assaut percuta la fusée, tout le monde se cogna la tête au plafond avant de retomber au sol. Arthur se sentit heurté et meurtri par ce qui devait être un enchevêtrement de coudes, de genoux, de pointes et de cannes de parapluie. Si sa nature avait été encore humaine, il ne serait plus à présent qu'un tas d'os brisés et de chairs sanguinolentes.

Mais humain, il ne l'était plus, et c'était heureux, car son esprit aurait alors passé un quart d'heure aussi alarmant et douloureux que son corps dans ce chambardement. Quand la fusée perfora les assises des Jardins Incomparables, l'intérieur s'assombrit d'un coup. Une partie des Autochtones, ceux dont l'esprit était le moins embrumé, ouvrirent leurs parapluies qui jetèrent de vives lueurs ; c'est alors qu'ils virent une terre aux riches tons de brun se déverser à travers les barreaux, un limon qui coulait comme de l'eau, menaçant de les noyer ou de les étouffer.

– Rangez-vous sur les côtés ! cria quelqu'un.

Les parapluies s'ouvrirent d'une pichenette, et les Autochtones se mirent à proférer des formules magiques, des incantations, se servant de mots qui transpercèrent le front d'Arthur, mais qui ne provoquèrent pas vraiment de douleur.

Les parapluies ouverts et les formules magiques endiguèrent la marée de terre. La fusée se mit à ralentir, et les malheureux Autochtones du niveau inférieur, figés de peur, entendirent des cris et des hourras au-dessus de leurs têtes. Le missile s'arrêta complètement et, perplexes, ils ne virent plus rien autour d'eux qu'une abondante étendue de terre.

– On a percé le dernier niveau! cria un Autochtone du niveau supérieur. On a fait une trouée dans le soubassement!

– On y va! cria quelqu'un d'autre. Aux échelles! À la victoire!

Arthur se remit tant bien que mal sur ses pieds, parapluie en main. Il s'était à peine redressé qu'une Autochtone en train de hurler le heurta en tombant sur lui, en même temps qu'elle luttait désespérément contre un énorme ver de terre armé de grandes dents, qui l'attaquait à travers les barreaux. Le lombric était un Néo-Rien – au moins partiellement –, car à travers sa gueule ouverte on ne discernait pas une gorge de chair, mais les ténèbres du Rien.

Arthur transperça le ver de terre de la pointe de son parapluie.

«Meurs! pensa-t-il avec fureur. Braise rougeoyante… Flamme de bougie… Quoi que tu sois, tue-le!»

Chapitre 21

Une flamme sifflante et incandescente de deux mètres de long tomba sur le ver et le parcourut sur toute sa longueur sans toucher l'Autochtone qu'il avait essayé de dévorer. Elle tint un millième de seconde les cendres du Rien dans sa main puis, comme elles se dispersaient dans l'air, elle s'exclama en battant des mains :

— Mince alors !

— Tu n'as pas fait échouer l'explosion, dit un autre Autochtone, mais il y a un hic, quelque chose ne s'est pas passé normalement. Attention ! Oh ! là là ! Encore une !

Des flammes, des rafales d'étincelles et de grêle fusèrent des parapluies sur de nouveaux énormes vers aux mâchoires puissamment dentées qui passaient à travers les barreaux. Cris et hurlements des Autochtones, mêlées, carnage. Nombreux furent ceux qui moururent des morsures et des strangulations infestées de Rien des invertébrés, une sorcellerie comme une autre.

– Vite! Montez! hurla quelqu'un. Réveillez-vous! Vous n'avez pas compris, ce n'est pas le vrai assaut!

– Ils ont failli m'avoir, grommela quelqu'un près de l'oreille d'Arthur, tout en écrasant un ver pour le renfoncer dans la terre d'où il venait de sortir.

– Vite, en haut!

Arthur obéit à l'injonction et retourna vers l'échelle intérieure. Les Autochtones et les sorciers surnuméraires tout autour de lui pouvaient s'offrir le luxe de se retourner, mais les vers de terre continuaient à arriver. Seul un cercle de plus en plus réduit d'Autochtones ainsi que de continuelles attaques de sorcellerie limitaient leur approche.

Finalement, il ne resta plus qu'Arthur et quatre autres Autochtones au pied de l'échelle pour enflammer en désespoir de cause la marée grouillante de vers qui se tortillaient et progressaient vers eux dans de hideuses reptations.

– Impossible de monter, s'affola un Autochtone. Dès qu'on sera là-haut, ils nous auront, ils anéantiront le peu qu'il reste de nous. Je savais que ça finirait comme ça…

– Taisez-vous! hurla Arthur.

C'est alors que survint un monstrueux déferlement de vers que les flammes d'Arthur ne purent tuer qu'en partie.

«Il y a une telle dose de pouvoir magique par ici, pensa-t-il, que personne ne pourra s'apercevoir que j'en ajoute une touche.»

D'une main, Arthur fouilla dans la poche de son manteau tout en frappant un lombric de l'autre avec son parapluie qui n'était plus qu'un piètre morceau de métal et de tissu. Il ouvrit le sac qui contenait la Clef et enfonça deux doigts dedans, jusqu'à sentir le contact lisse et froid du miroir.

– Par le pouvoir de la Clef Cinquième, chuchota-t-il, si bas qu'il ne put même pas entendre sa propre voix par-dessus les ignobles bruits de friture des vers qui grillaient sous les flammes, détruis toute cette masse de vers de terre autour de moi! Fais-les disparaître, réduis-les à néant!

Il y eut un intense éclair de lumière, accompagné d'une pure et simple note de la plus belle des musiques, et les vers disparurent. Pas la moindre trace de cendre ni de morceaux de vers carbonisés, exactement comme s'ils n'avaient jamais existé.

Arthur fut rassuré, mais pas pour longtemps car il entendit alors des cris, des explosions, le crépitement du feu et le sifflement des sortilèges de destruction qui continuaient au niveau supérieur.

– On monte!

Les autres Autochtones le regardèrent, puis se retournèrent et montèrent à une vitesse qui leur aurait gagné l'approbation d'Alyse.

– Ils ont plus peur de toi que des lombrics, gloussa le Testament.

Il s'envola de la manche d'Arthur sous la forme d'un corbeau d'une quinzaine de centimètres de long, et grandit jusqu'à recouvrer sa taille normale quand il se posa sur son épaule.

– Attendons un moment avant de monter. Elle sait que tu es là, maintenant.

– Mais comment… Je pensais qu'il y avait tellement de magie que…

– Oui, mais ce n'est pas la même que celle qui émane des Clefs, expliqua le Testament. Peu importe, ça se présente bien. Elle est assaillie par les gardes du corps de Dimanche. Nous l'attaquerons quand ils auront fait leur boulot. Mieux vaut rester ici, et attendre jusque-là.

– Ici? questionna Arthur.

Comme en réponse à sa question, toute la fusée se mit à trembler. Le plancher s'enfonça d'un mètre et dévia brusquement sur un côté.

— Euh… Peut-être pas, reconnut le corbeau. Vite ! En haut !

Arthur grimpa à l'échelle, puis à la suivante, et ainsi de suite, si vite qu'il se demanda s'il ne s'était pas lui-même transformé en fusée. Il dut ralentir quand il eut rattrapé la file des Autochtones et se retrouva derrière eux. Ils grimpaient à toute vitesse quoique un peu moins vite que lui, affolés par les soubresauts et les déplacements saccadés de la fusée. En regardant en bas, où les planchers étaient encore éclairés par la lueur déclinante des parapluies des Autochtones massacrés, Arthur s'aperçut que des parties du bélier d'assaut avaient disparu… à moins qu'elles se soient détachées.

— Vite ! cria l'Autochtone devant Arthur. Le bélier d'assaut est en train de se désagréger !

Elle regarda en bas et ajouta en toute hâte :

— Plus précisément, il est en train de tomber en se désagrégeant !

Arthur baissa la tête : les étages inférieurs de la fusée avaient disparu. À leur place, un trou béant, à peu près de la largeur du missile, d'où s'échappaient des volutes de fumée. À une certaine distance en dessous, il aperçut une vague étendue verte qui était le sommet de la tour.

— Dépêchez-vous ! cria encore l'Autochtone.

Et tout le monde de se précipiter, tandis que de plus en plus de morceaux de fusée s'effritaient sous eux et descendaient dans la trouée soit pour frapper la tour soit peut-être pour parcourir un trajet encore plus long – quelques bons six kilomètres jusqu'au plancher du Haut-Palais…

Arthur arriva tout essoufflé à l'étage supérieur de la fusée comme une bulle à la surface d'une baignoire, prêt à exploser. La pointe de Rien avait disparu, dissoute dans la route qu'elle traçait selon son objectif à travers les soubassements des Jardins Incomparables.

Sauf qu'elle n'avait pas vraiment tracé de route, pas plus que la fusée. Arthur jeta un rapide coup d'œil autour de lui, clignant des yeux sous la douce lumière veloutée du soleil. Le sommet de la fusée était à quelques dizaines de centimètres sous le bord de la trouée faite par la pointe. Quelques-unes des échelles intérieures avaient été arrachées et gisaient par terre. En entendant un tumulte général ponctué de cris, Arthur imagina qu'ils provenaient de l'endroit où tout le monde s'était réfugié.

Le plancher s'effondra de plusieurs mètres sous les pieds d'Arthur. Le garçon se mit à courir vers la première échelle à sa portée. Le sol continuait de s'effondrer. Arthur grimpa les barreaux quatre à quatre. À trois barreaux du sommet, il se lança vers le haut avec toute l'énergie et la concentration d'un champion de saut en hauteur. Le Testament lui prêta heureusement son concours en lui agrippant la tête et en battant des ailes de toutes ses forces.

C'était à deux doigts. Arthur se retrouva assis au bord du trou, les jambes ballantes, les mains accrochées à la tendre pelouse verte qui menaçait de céder. Puis il avança en tâtonnant à la recherche d'un sol plus sûr, pendant que le dernier étage du bélier d'assaut et qu'une douzaine d'infortunés Autochtones plongeaient derrière lui.

Avant d'avoir eu le temps de se repérer, il faillit se faire couper en deux par une paire de longues mâchoires géantes. Tout en roulant désespérément sur le côté, il lança son parapluie contre le scarabée irisé long de plus de trois mètres qui menaçait de lui monter dessus.

Le coléoptère saisit le parapluie et le réduisit en miettes, ce qui aurait été une bonne tactique contre un sorcier normal. Mais la manœuvre donna simplement à Arthur le temps de sortir la Clef de son sac. Il se concentra en la regardant. Le scarabée s'inversa pour devenir une image-miroir de lui-même, puis diminua comme une étoile qui s'éloigne, jusqu'à devenir un simple rai de lumière.

Les scarabées arrivaient en masse, mais aucun n'était encore assez proche pour pouvoir l'attaquer. Arthur prit ces quelques secondes de répit pour faire le point.

Il était debout sur une merveilleuse pelouse de beau et vrai gazon. Une pelouse ovale, large d'un bon kilomètre et demi, couronnée d'une rangée de bruyères et de fleurs sauvages. Le tout était surmonté par la crête majestueuse d'arbres rouge et or qui arrêtait la vue.

Mais à une centaine de mètres se dressait un rempart de baleines de parapluie argentées derrière lequel Samedi et ses forces armées se défendaient contre une armée de scarabées à longues mandibules. Une interminable rangée de cadavres d'Autochtones, la plupart sans tête, serpentait depuis la trouée qui s'ouvrait derrière Arthur jusqu'au rempart de baleines de parapluie. Il profita de l'abri de fortune que constituait une montagne de corps entassés près de lui pour courir s'y cacher. Heureusement, aucun scarabée ne l'y suivit.

— Ça va bien, vous ? éructa une voix derrière le genou d'Arthur.

Il recula d'horreur : c'était une tête sans corps qui s'adressait à lui en lui lançant des regards mauvais.

— Typique ! continua la tête. C'est toujours les autres qui ont de la chance et qui obtiennent des promotions avec tout ce qui va avec. On a intérêt à gagner, c'est tout ce que je peux dire. On va gagner ?

— Je ne sais pas, répondit Arthur.

Il était difficile de dire ce qui se passait vraiment. Il restait encore bien un millier de sorciers, sans compter Samedi elle-même. Ils avaient fait une sorte de bouclier protecteur de leurs parapluies ouverts, et lançaient infatigablement leurs sortilèges et leurs maléfices, provoquant des incendies, des destructions, des explosions, des implosions, des effondrements et des métamorphoses. Mais il y avait au moins autant de scarabées, qui arrachaient les sorciers de derrière leur rempart et les déchiquetaient entre leurs longues mandibules.

– *Elle gagne cette partie,* dit le Testament. *Elle se sert de la Clef contre eux comme d'un accessoire magique ordinaire. Regarde.*

La haute et menaçante silhouette de Samedi se dressait au milieu de ses troupes, entre ses deux gardes du corps qui étaient presque aussi grands qu'elle. Elle tenait la Clef Sixième d'une façon quasi désinvolte, comme un chef d'orchestre sa baguette. Tandis qu'Arthur l'observait, elle commença à écrire quelque chose devant elle avec autant d'aisance que de soin. Une ligne de lettres chatoyantes coula alors de sa plume et flotta dans l'air comme un ruban.

Quand Samedi eut terminé d'écrire, elle se débarrassa d'une chiquenaude de son porte-plume. Le ruban de mots vola par-dessus les têtes de ses sorciers et transperça directement le premier scarabée, puis un autre et ainsi de suite, comme le fil d'une aiguille de couturière à la main experte. Chaque fois que le ruban passait, que ce soit dans sa tête, dans l'un de ses membres ou dans sa carapace, le scarabée tombait au sol, terrassé.

– *Je crois que maintenant, c'est le bon moment,* continua le Testament. *Demande la Clef. Elle viendra à toi quand tu l'appelleras.*

– Mais elle a encore une tonne de sorciers, et ces scarabées tombent comme des mouches, fit observer Arthur.

– *Je sais, mais que veux-tu qu'on fasse d'autre ? Je te l'ai dit, je ne suis pas un as de la stratégie. En plus, elle va bientôt se rendre compte de notre présence.*

– Réfléchir. Je dois réfléchir, murmura Arthur.

Il jeta un regard à la ronde. Où pourrait-il aller s'il obtenait la Clef ? Les arbres étaient trop éloignés, et abritaient probablement davantage de ces monstrueux insectes. Il n'avait aucune idée de ce qui pouvait bien se trouver au-delà des arbres. Il ne pouvait pas deviner non plus si le seigneur Dimanche interviendrait et, s'il le faisait, de quel côté il serait.

Quand Samedi s'était servie de la Clef Sixième, son action avait été décisive, et le problème avait été réglé en quelques secondes. La moitié des coléoptères de Dimanche étaient morts – du moins rendus inoffensifs – au pied du rempart de parapluies. D'autres encore tombaient, sous les acclamations de joie des sorciers de Samedi.

– *Elle nous a remarqués,* lui dit le Testament. *Désolé. Je crois que j'ai trop remué mes ailes.*

Samedi fixait Arthur droit dans les yeux. Ses deux acolytes, son Midi et son Crépuscule, faisaient de même.

Arthur regarda derrière lui et prit une décision. Faisant passer d'un mouvement leste la Clef Cinquième dans sa main gauche, il leva la main droite et appela aussi fort qu'il le put :

– Moi, Arthur, proclamé Héritier du Royaume, rappelle légitimement la Clef Sixième…

Une lumière éblouissante jaillit de la main de Samedi. Elle se divisa en deux branches, l'une dirigée vers son Midi et l'autre vers son Crépuscule, bifurqua à nouveau vers les sorciers qui les entouraient, puis se dispersa encore vers les autres groupes de sorciers. En une seconde elle fut pourvue d'une centaine de branches et, la seconde suivante, d'un millier. La force du sortilège de Samedi se multipliait de manière exponentielle. Une fois toutes les ramifications arrivées à la dernière rangée de sorciers, elles se recombinèrent pour former une décharge électrique plus puissante que le plus terrible éclair produit par un orage naturel.

La foudre arriva droit sur Arthur. Il leva le miroir, pensant pouvoir ainsi la détourner ou la réfléchir, mais elle était trop puissante. Il fut terrassé. Foudroyé. Propulsé à dix mètres de là, le Testament croassant de terreur à ses côtés. Arthur heurta la terre tout au bord de la trouée. L'espace d'une seconde, il chancela, prêt à tomber, à deux doigts du vide. Son chapeau glissa de sa tête, mais le Testament, battant violemment des ailes, lui saisit si fort le bras qu'il fit couler sous ses griffes son sang couleur d'or.

—… Et avec elle tout pouvoir sur le Haut-Palais, continua Arthur en perdant finalement l'équilibre. Mon sang en est garant…

Il tomba mais, tout en tombant, il continuait à crier, et l'écho de ses mots retentit aux oreilles de Samedi et de ses sorciers.

—… C'est la vérité du Testament, envers et contre tout!

Chapitre 22

Lorsque Martine revint, Lilas n'avait pas réussi à transporter plus de vingt dormeurs. La femme ne donna aucune explication. Réapparue au moment précis où Lilas essayait farouchement de hisser l'un des dormeurs dans un lit, elle se contenta de prendre la relève, sans prononcer un seul mot. Lilas lui sut gré de n'avoir maintenant plus qu'à soulever les jambes des dormeurs pendant que Martine les prenait sous les aisselles.

En une heure, elles déplacèrent une cinquantaine de personnes vers les salles d'opération, ce qui fit naître en Lilas l'espoir de pouvoir les transporter toutes. C'était un tout petit espoir, mais c'était mieux que ce morne fatalisme, cette main froide qui lui avaient étreint jusque-là la poitrine.

Elles transportaient le cinquante et unième dormeur, puis le cinquante-deuxième, puis le cinquante-troisième quand l'horloge se remit en marche.

— Oh, non! s'écria Martine en voyant l'affichage passer lentement, très lentement de vingt-trois heures cinquante-huit à vingt-trois heures cinquante-neuf.

— Le temps a encore ralenti, observa Lilas. Il avance plus lentement. Il nous reste un peu plus d'une minute. Peut-être qu'il va encore ralentir, et qu'alors nous pourrons retourner en haut…

Martine se mit à pousser le lit avec une énergie soudaine, dans le but de se mettre en lieu sûr ; avec une force et à une vitesse telle qu'elle en perdit le contrôle et le fit rentrer sans aucune douceur dans le mur d'en face. Elle poussa aussi Lilas, qui hésitait en pensant que peut-être, peut-être, elle pourrait aller prendre d'autres dormeurs pour en sauver encore quelques-uns…

L'aiguille de l'horloge marquait minuit.

— Arthur, il faut que tu reviennes tout de suite pour arrêter ça ! cria Lilas, la tête levée vers le plafond. Tu ne peux pas laisser faire ça !

Lilas et Martine coururent chercher le lit. Martine le saisit et le dirigea vers la salle d'opération. Lilas, étouffant un sanglot et ravalant une larme, le poussa avec elle.

Elles se trouvaient au milieu du couloir quand le sol se mit à trembler et que toutes les lumières s'allumèrent. Le tremblement dura une minute au moins, après quoi il y eut un terrible bruit de ferraille accompagné d'un effondrement. Des plaques de plâtre du faux plafond tombèrent sur Lilas.

Puis le sol se stabilisa à nouveau. Lilas s'accroupit dans l'obscurité, près du lit, tenant la main de Martine. Elle n'arrivait pas à penser à ce qu'elle devait faire, l'esprit paralysé par ce qui venait de se passer.

— Je ne peux pas croire qu'ils l'aient fait, dit-elle. Et Arthur qui n'est toujours pas revenu ! Et nous en avons sauvé si peu… Je veux dire que nous avons sauvé si peu de gens des griffes de Vendredi ! Ils vont mourir dans leur sommeil…

— Nous ne savons pas ce qui s'est passé, dit Martine, la voix étranglée. Nous devons le savoir.

Lilas éclata d'un rire nerveux, hystérique, libérant toute la peur et l'angoisse qu'elle avait réussi à contrôler jusque-là. Puis, comme elle contenait son fou rire, le système d'alarme se mit en route, les lumières vertes à clignoter, éclairant le visage de Martine qui se penchait vers Lilas.

– Je suis désolée de m'être enfuie. Vous êtes plus courageuse que moi, vous savez.

– Vous croyez? (Lilas étouffa un nouveau sanglot qui menaçait de sortir.) Mais vous êtes revenue.

– Oui, dit Martine. Et je crois qu'Arthur reviendra, lui aussi.

– Il aurait vraiment intérêt!

Lilas se leva et examina les trois dormeurs. Ils avaient l'air d'être dans un état normal, à part la fine couche de poussière et quelques fragments de plâtre qui les recouvraient.

– Tu entends ça, Arthur? cria Lilas en levant les yeux vers l'installation électrique qui déployait tous ses fils au-dessus de sa tête. Il faut que tu reviennes pour tout arranger! Arthur! Je t'en supplie, il faut vraiment que tu reviennes!

À PROPOS DE L'AUTEUR

Garth Nix est né à Melbourne, en Australie, un samedi. Il a épousé Anna, la rédactrice de sa maison d'édition, un samedi également. Samedi est donc un jour bénéfique.

Pendant de nombreuses années, Garth a consacré ses dimanches après-midi à l'écriture. Le reste de la semaine, il était occupé à de multiples tâches alimentaires et il fut tour à tour vendeur, rédacteur, consultant et agent littéraire.

Mardi est également un excellent jour car ce fut un mardi qu'il reçut un télégramme (il y a fort longtemps!) lui annonçant la publication de sa première nouvelle, ou encore plus récemment, quand il apprit que son roman *Abhorsen* était premier dans la liste des best-sellers du *New York Times*.

Mercredi pourrait être un jour banal mais il lui rappelle l'époque du service militaire. C'était le mercredi soir qu'avaient lieu les exercices de nuit.

Jeudi est à marquer d'une pierre blanche, car son fils Thomas est né un jeudi après-midi.

D'ordinaire, vendredi a plutôt bonne presse car, pour la plupart des gens, c'est la fin de la semaine de travail. Mais pas pour Garth, qui a maintenant la chance de vivre de sa plume.

Quel que soit le jour de la semaine, il n'est pas rare de le croiser à Coogee Bay, près de Sydney où lui et sa famille sont installés.

Tome 1, LUNDI MYSTÉRIEUX

En ce premier jour dans son nouveau collège, les choses ne se présentent pas très bien pour Arthur Penhaligon : en plein cross, il est terrassé par une crise d'asthme. C'est alors que deux hommes à l'allure étrange surgissent pour lui remettre une clef en forme d'aiguille d'horloge qui lui permet de respirer. Mais cette clef qui maintient Arthur en vie intéresse d'effrayantes créatures venues d'un autre univers. Et une curieuse épidémie se répand sur la ville ! En désespoir de cause, Arthur pénètre dans une demeure qu'il est seul à voir et qui se révèle être le point de passage vers les Royaumes Secondaires. Là, il va se trouver des alliés et affronter de mystérieux personnages avant de conquérir la Clef Première. Devenu Héritier Légitime de la Grande Architecte et maître du Bas-Palais, il peut enfin regagner son monde… jusqu'au jour suivant !

Tome 2, SOMBRE MARDI

Après maître Lundi, Arthur affronte un nouvel ennemi, le redoutable Lord Mardi. Ce dernier revendique les biens et les pouvoirs du jeune garçon et menace de s'attaquer à la famille Penhaligon et au monde entier. Afin de déjouer ses plans, Arthur doit s'emparer de la Clef Seconde et libérer la deuxième clause du Testament. Cette quête entraîne le garçon au fond d'un gouffre transformé en camp de travail terrifiant puis dans les Confins Extrêmes. Au cours de ce périple, il se casse la jambe. Heureusement, il peut compter sur son amie Suzy Turquoise Bleue. Avec son aide, il retrouve la deuxième clause et reprend la Clef et le contrôle des Confins Extrêmes des mains de Mardi.

Tome 3, MERCREDI SOUS LES FLOTS

À peine revenu sur Terre après avoir conquis la Clef Seconde, Arthur est balayé par une vague monstrueuse qui le conduit dans les Royaumes Secondaires. Sauvé de la noyade par des pirates, Arthur doit non seulement récupérer la Clef Troisième, mais aussi retrouver son amie Lilas, elle aussi emportée par les flots. Il lui faut d'abord affronter un fantomatique écumeur des mers. Avec l'aide d'une bande de Rats Apprivoisés et de Suzie Turquoise Bleue, il surmonte les obstacles et entre en possession de la Clef Troisième. Devenu duc des Mers Frontalières, il pense enfin retourner chez lui. Mais, entretemps, un Moins-que-Rien appelé l'Écorché a revêtu son apparence et pris sa place au sein de la famille Penhaligon…

Tome 4, JEUDI MEURTRIER

Parce qu'une créature venue des Royaumes Secondaires, l'Écorché, a usurpé son identité, Arthur Penhaligon est reclus au Palais et condamné à servir un siècle durant dans l'armée de Jeudi, menacée par l'invasion de nouveaux Moins-que-Rien. Sur Terre, l'Écorché tente de prendre le contrôle des esprits des humains. Et comble de malheur, Arthur se rend compte qu'il a perdu ses pouvoirs ! C'est donc son amie Lilas qui doit retourner sur Terre pour déjouer le piège de l'Écorché.

Tome 5, VENDREDI MALÉFIQUE

La quête des sept clefs devient de plus en plus dangereuse pour Arthur qui se transforme malgré lui en Autochtone. Or comment rentrer chez lui s'il perd sa condition de mortel ? Autre sujet d'inquiétude : ses amis ont été capturés, sa mère a disparu et il doit donc affronter seul dame Vendredi. Cette superbe Autochtone, Curatrice du Palais, a perdu la raison et vole les vies, les émotions et les souvenirs des êtres humains. Grâce au pouvoir de la Clef, Arthur va leur redonner leur mémoire et leur existence avant de s'attaquer à Samedi Suprême.

Découvrez bientôt la suite et fin des aventures
d'Arthur Penhaligon, dans le tome 7.

Mise en pages : Didier Gatepaille

Loi n°49-956 du 16 juillet 1949
sur les publications destinées à la jeunesse
ISBN 978-2-07-062120-0
Numéro d'édition : 159969
Numéro d'impression : 97071
Dépôt légal : novembre 2009
Imprimé en France par CPI Firmin Didot